New
TOPIK

新韓檢
必修文法
150

中高級

國際學村

　　『NEW TOPIK 必修語法 150』은 TOPIK II 을 대비하는 외국인 학습자를 위한 한국어 문법 대비서입니다. 특히 이 책은 학습자들이 짧은 시간 안에 TOPIK에 자주 출제되는 문법을 공부하고 실전 문제로 자신의 실력을 확인할 수 있도록 구성하였습니다.

　　많은 학습자들이 한국어 교육 기관에서 한국어를 배우거나 스스로 한국어 문법을 공부하고 있지만 TOPIK을 준비하는 데에는 대부분 어려움을 겪고 있습니다. 그 이유는 크게 다음과 같이 생각해 볼 수 있습니다.

　　1) TOPIK을 준비하기 위해 꼭 알아야 할 문법 목록이 없다.
　　2) TOPIK을 준비하기 위해 혼자 학습할 수 있는 문법책이 없다.
　　3) 배운 문법이라도 그 문법이 TOPIK에 어떻게 출제되는지 모른다.

　　이러한 문제로 고민하는 학습자들을 위하여 이 책은 TOPIK을 준비하는 데에 앞서 알아야 할 문법을 선정하고, 문법의 내용을 알기 쉽게 정리하였습니다.

　　먼저 지금까지의 TOPIK 기출문제를 분석해서 중요하게 출제되는 문법 150개를 선정했습니다. 그 다음 선정된 기출 문법들을 출제빈도수에 따라 중요도를 나눠 제시하였는데 이것은 시간이 충분하지 못한 학생일지라도 출제빈도수가 높은 문법을 중심으로 살펴보며 시험을 대비 할 수 있도록 하기 위함입니다. 뿐만 아니라 자세한 연습문제 풀이를 통해 학습자는 TOPIK에 익숙해질 수 있도록 구성하였습니다.

　　이 책을 통해 TOPIK을 대비하는 외국인 학습자들이 공부의 방향을 잃지 않고 효율적으로 시험을 준비하여 좋은 결과를 얻기를 바랍니다.

　　책이 나오기까지 어떤 TOPIK 대비서가 필요한지에 대해 함께 고민하고 조언해 준 외국인 학생들과 문법 사항을 감수해 주신 감수자 선생님들께 감사드립니다. 또한 좋은 책을 만들기 위해서 수고해 주신 랭기지플러스 출판사 분들께도 감사의 말씀을 드립니다.

집필자 일동

「NEW TOPIK 新韓檢中高級必修文法 150」是專為正在準備 TOPIK 中高級考試的學習者編寫的韓語文法應考用書。尤其，本書是為了讓韓語學習者在短時間內學習 TOPIK 考試經常出現的文法，並透過實戰練習確認自己的實力所編著而成。

雖然有很多學習者在韓語教育機構學習韓文或是自學韓語，但在準備 TOPIK 考試的過程中仍然遇到很多困難。可想而知，其理由大致如下：

1) 手上沒有準備 TOPIK 考試必須一定要會的文法清單。
2) 手上沒有可以自學準備 TOPIK 考試的文法書。就算是學過的文法，也不知道在 TOPIK 中高級考試中會如何出題。

本書為了苦惱這些問題的韓語學習者挑選出準備 TOPIK 考試時必須要學會的文法，並用淺顯易懂的方式整理文法內容。

首先，我們分析了 TOPIK 歷屆考古題，從中挑選出最重要、會被拿來出題的 150 個文法。接著將挑選出來的基礎文法按照出題頻率分別標示重要程度。這是為了讓準備時間不足的考生可以先以出題頻率高的文法為重來準備考試。除此之外，學習者可以透過解題來熟悉 TOPIK 考試。

希望藉由本書能讓準備 TOPIK 考試的學習者掌握學習方向，有效率地準備考試並考取好成績。

在此要感謝至本書出版為止，一同思考考生需要怎樣的 TOPIK 應考書籍並給予建言的外國學生以及幫忙審定文法的老師們。此外，還要向為了出版優良書籍而勞心勞力的 LanguagePLUS 出版社全體職員致上誠摯的謝意。

金周衍，文仙美，劉載善，李知昱，崔裕河

일러두기 本書構成

　이 책은 150개의 문법으로 구성되어 있고 문법의 의미에 따라 29개의 장으로 구분하였다. 각 장은 '초급 문법 확인하기', '알아두기', '더 알아두기', '확인하기', '연습 문제'로 구성되어 있다.

　本書由 150 個文法構成，根據文法的意義區分成 29 個章節。每個章節由「初級文法回顧」、「常見用法」、「更多用法」、「小試身手」以及「練習題」所構成。

1) 초급 문법 확인하기　初級文法回顧

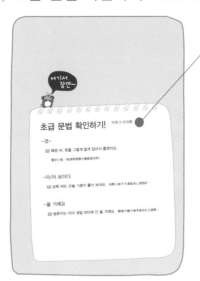

초급 문법을 예문을 통해 확인해 볼 수 있어요.
可以透過例句確認初級文法。

2) 알아두기　常見用法

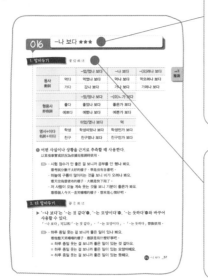

★ : TOPIK에 얼마나 많이 출제됐는지를 나타내요!! ★이 많을수록 자주 출제가 된 문법이니까 ★★★은 시험 전에 꼭 확인하도록 하세요!

★ : 表示 TOPIK 考試中出現的頻率！！★越多表示越常出現，因此★★★的文法考前一定要確認一遍！

1. 알아두기

문법의 '형태 변화, 의미, 예문, 주의 사항'이 들어 있어요.

常見用法：包含文法的「形態變化、意義、例句、注意事項」等。

4

3) 더 알아두기 更多用法

2. 더 알아두기

다른 문법과 함께 쓰이면 의미가 어떻게 되는지 정리되어 있고, 의미나 기능이 유사한 문법을 비교해 놓았어요. 무엇보다 TOPIK 문제에서 비교되어 함께 출제되는 문법들도 정리되어 있으니 놓치지 마세요.

更多用法：該單元講解之文法與其他文法一起使用時會是何種意義皆整理於此，並將意義或用法相似的文法放在一起比較。重要的是，TOPIK 考題中被拿來比較並放在一起出題的文法也都整理好了，請不要錯過。

📍 : 문법을 비교해서 정리해 놓은 부분입니다. 만약 같은 장에 있는 두 문법이 비교될 경우에는 앞 부분의 문법 '더 알아두기'에는 정리해 놓았지만, 뒷 부분의 문법 '더 알아두기'에는 같은 내용의 문법 비교를 싣지 않았어요. 하지만 📍 만 잘 따라가면 빨리 찾을 수 있어요.

📍 : 這是將文法加以比較後整理出來的部分。假如是同一章節裡的兩個文法加以比較，前半部的文法會整理在「更多用法」中，後半部的文法在「更多用法」中則不會收錄相同內容的文法比較。但是如果好跟著 📍 走，就可以迅速找到對應的內容。

TIP : TOPIK을 대비하기 위해서 필요한 정보나 항목을 자세하게 보충하여 다루고 있어요.

TIP : 詳細地補充並掌握準備 TOPIK 考試所需的訊息或項目。

4) 확인하기　小試身手

3. 확인하기

문법이 어떻게 TOPIK에 출제됐는지 확인할 수 있어요. 정답해설도 함께 있으니 답을 찾는 방법도 함께 공부할 수 있어요.

可以確認該文法在 TOPIK 考試中會如何出題。由於會附上詳解，讀者也可以學習找尋答案的方法。

5) 연습 문제　練習題

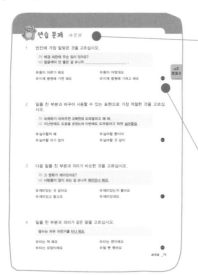

연습 문제 : TOPIK 문제 유형을 분석하여 실전 문제를 충실히 대비할 수 있도록 출제한 문제예요.

練習題：分析 TOPIK 考題類型，盡可能模擬實戰考試所出的考題。

093 : 문법의 번호로 문법 항목 뒤에 붙거나 해당 문법의 연습 문제 끝에 붙어요.

093 : 在文法後方附上文法編號，或是附在該文法練習題的後方。

6) 부록　附錄

불규칙, 반말, 서술문이 수록되어 있어요.

收錄了「不規則」、「半語」和「書面語」。

7) 포켓북　學習手冊

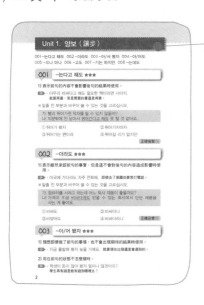

편하게 들고 다니면서 공부할 수 있는 책이에요.
문법의 의미와 예문이 포함되어 있어요.

這是一本方便學習者隨身攜帶學習的學習手冊。裡面包含文法的意義和例句。

차례
目錄

문법 비교 색인
文法比較索引

TOPIK〈韓國語文能力測驗〉介紹

1. 考試的目的
　—為母語非韓語的外國人與海外僑胞提供韓語學習方向，並推廣和普及韓語。
　—對韓語能力進行評定，並給予能力資格證書，可應用於韓國留學和就業等用途。

2. 應考對象
　—母語非韓語的外國人與海外僑胞
　—韓語學習者與欲赴韓國留學者
　—欲至國內外韓國企業與公家機關就業者
　—就讀國外學校或已畢業的韓國人

3. 主辦機關
　主辦單位：韓國教育部國立國際教育院
　承辦單位：財團法人語言訓練測驗中心（LTTC）

4. 考試時間
　—考試類型：TOPIK I〈初級〉，TOPIK II〈中、高級〉
　—能力分級：共分 6 級〈1 級～6 級〉

TOPIK I		TOPIK II			
1 級	2 級	3 級	4 級	5 級	6 級
80 分以上	140 分以上	120 分以上	150 分以上	190 以上	230 分以上

5. 考試時間

級別	節數	類型	時間
TOPIK I	第一節	聽力／閱讀	100 分鐘
TOPIK II	第一節	聽力／寫作	110 分鐘
	第二節	閱讀	70 分鐘

6. 題型與分配

1）考題構成

級別	節數	類型／時間	類型	考題數	配分	總分
TOPIK I	第一節	聽力〈40 分〉	選擇題	30	100	200
		閱讀〈60 分〉	選擇題	40	100	
TOPIK II	第一節	聽力〈60 分〉	選擇題	50	100	300
		寫作〈50 分〉	寫作題	4	100	
	第二節	閱讀〈70 分〉	選擇題	50	100	

2）考題類型

① 選擇題〈4 選 1〉

② 寫作題

‧完成句子〈簡短回答〉：2 題

‧作文題：2 題

　　—200～300 字的中級程度說明文一篇

　　—600～700 字的高級程度論述文一篇

7. 試題種類

種類	A 卷	B 卷
測驗地區	美洲、歐洲、非洲	亞洲、大洋洲
測驗日	星期六	星期天

8. 報名相關資訊

應試地區：台灣

一律使用網路報名：https://www.topik.com.tw

※詳細報名程序請至官網查詢。

9. 各等級成績說明

級別	等級	能力指標
TOPIK I	1 級	一具備完成「自我介紹、購物、點餐」等日常生活上必需的基礎會話能力，並能理解和表達「個人、家庭、興趣、天氣」等一般話題。 一能掌握約 800 個常用單字，認識基本語法並能造出簡單的句子。 一能理解和書寫簡單的日常生活實用句。
TOPIK I	2 級	一能使用韓語進行「打電話、求助」等日常生活溝通並於「郵局、銀行」等公共設施使用韓語溝通。 一能理解並使用約 1,500-2,000 個單字，並以段落表達個人熟知的話題。 一能區分及使用正式或非正式場合的用語。
TOPIK II	3 級	一日常生活溝通沒有困難，具有能使用各種公共設施服務及進行社交活動之基礎語言能力。 一能理解自己熟悉及社會上熱門的話題，並以段落表達。 一能區分及使用口語和書面用語。
TOPIK II	4 級	一具備使用公共設施及進行社交活動之語言能力，並能執行部分一般職場業務。 一能理解電視新聞和報紙中較淺顯的內容，並能流暢表達一般社會性和抽象的話題。 一能理解常用的慣用語和具有代表性的韓國文化，並可理解和表達社會和文化方面的內容。
TOPIK II	5 級	一具備在專業領域上進行研究或擔任業務所需之一定程度的語言表達能力。 一可理解並談論不熟悉的主題如政治、經濟、社會、文化等。 一可因應場合正確使用正式、非正式和口語、書面用語。
TOPIK II	6 級	一具備在專業領域上進行研究或擔任業務所需之比較正確而流利的語言表達能力。 一可理解並談論不熟悉的主題如政治、經濟、社會、文化等，雖未能達到母語使用者的水準，但在執行任務和表達能力上沒有困難。

10. 寫作領域的作文評定標準

題目	評定範圍	
51～52	內容與試題的實行	—是否針對試題寫出正確合適的內容？
	語言使用	—單字與文法的使用是否正確？
53～54	內容與試題的實行	—是否確切執行試題的要求？ —是否用與主題有關之內容構成豐富、多樣化的文章？
	文章脈絡與結構	—文字的組織是否明確且具有邏輯？是否妥善構成中心思想？ —是否使用對展開理論有所幫助的適當言談標記？
	語言使用	—是否正確並多樣化使用單字與文法？ —是否有配合文章的目的與功能，使用合適的格式體寫作？

11. 成績查詢相關資訊

—成績查詢方法：點擊官網（www.topik.go.kr）查詢以及確認寄送的成績單

　　※點擊官網查詢成績時，需輸入測驗期別、准考證號碼、出生年月日

　　※海外考生也是自行透過官網（www.topik.go.kr）查詢成績

—成績單發給對象：除違規考生之外，不論合格與否，全體考生皆發給成績單

—成績單發給方式：

　　・網路寄送：利用 TOPIK 官網的成績單發給選項線上發給（成績公布當日即可輸出列印）

　　・掛號郵寄：成績單於網上成績公布後一個月內以掛號郵寄給考生

12. 應試須知

—測驗當天請提前 30 分鐘到達測驗地點（考場大樓）並入座考場對應之座位，遵循試務人員指示，測驗開始前 20 分鐘禁止入場（絕對不可於報考地區之外的地區或其他考場應試）

—於退費期間申請退費時，不論是否已受理退費申請皆不得應試，若參加測驗，該成績以無效論。

—測驗中必須將身分證與准考證放置於桌面左側。

—考生本人必須自行分配考試時間，在規定時間內完成作答。

—測驗中不得中途離場，如因無法抗拒之因素，可於獲得試務人員同意後，在不妨礙其他考生的情況下安靜地離場。

—測驗期間如因身體不適或需使用洗手間必須到走廊去時，為預防作弊行為，必須由試務人員陪同前往。

—TOPIK II 兩節測驗中，考生缺考任何一節考試時，該期測驗以缺考論。

—測驗期間不得飲食，也不得喧嘩。

—考場內禁止吸菸，並小心不要破壞考場設施。

—如有違反本測驗規定或不服試務人員之指示者，試務人員得中止並取消其應試資格，且本次測驗成績以無效論，兩年內不得再報考本測驗。

13. 確認應試者本人相關資訊

—測驗當日為確認應試者身分，必須攜帶准考證、國民身分證（或效期內之外國人登錄證、護照、駕照等）正本到場應試，若未攜帶上述證件者不得參加測驗。

—學生證及證書等不可當作身分證使用，規定之身分證影本亦不可作為身分證使用。

—於韓國應試者，可於准考證列印期間自 TOPIK 官網列印准考證。准考證遺失時，向考場管理本部進行申告，確認為本人之後始可重新發給准考證。

—試務人員必須誠實確認應試者身分，考生若不遵循可視為違規。

14. 作答注意事項

—請務必小心不要毀損或弄髒答案卡，在上面塗鴉或做不必要的標記時會以違規論。尤其絕對不可污損答案紙上的時間標誌（■■■）。

—請於答案卡上作答，若未將答案謄寫至答案卡上則不予計分。

—選擇題作答時，請使用電腦專用筆粗端作答，每一題務必只能選擇一個答案，並在該數字下方標記●。未完整填塗答案或填塗兩個答案時，該題無法計分。考生可自備修正帶（非修正液），欲修改答案時，須使用修正帶將欲修改答案完全覆蓋後再重新作答。

—選擇題作答時，如有多處需修改，考生可要求更換新的答案卡，測驗結束時不論是否已完成作答，必須立即停筆，否則以違規論。

—寫作測驗請使用電腦專用筆細端作答，答案必須寫在指定格內，若寫出線外或寫錯欄位不予計分。欲修改答案時，請直接於欲修正的部分畫上兩條刪除線，或使用修正帶修改。若必須使用修正帶時，請安靜地向試務人員舉手。

—填寫答案卡填寫錯誤時，考生可要求更換新的答案卡，即便考試時間內無法完成作答，測驗結束時也必須繳交答案卡。測驗結束後不可繼續作答，若有繼續作答等不繳交答案卡給試務人員的情形發生時，該節不予計分。

—作答時僅能使用試務人員於第一節測驗開始前提供之雙頭電腦專用筆。

—若未使用指定用筆或違反上述規定事項時，其結果將顯示於評分結果上由考生自行負責。

—考試結束的鐘聲一響起應立即停筆並將答案卡置於桌面右側，題本置於桌面左側，雙手置於桌子下方，靜待試務人員指示。

—即便作答結束，在測驗結束後試務人員下指示前不可擅自離場，使用的題本與答案卡務必繳回。

UNIT 1

양보 讓步

001 -는다고 해도 ★★★

1. 알아두기 常見用法

		-았/었다고 해도	-(느)ㄴ다고 해도	-(으)ㄹ 거라고 해도
동사 動詞	먹다	먹**었다고 해도**	먹**는다고 해도**	먹**을 거라고 해도**
	하다	했**다고 해도**	한**다고 해도**	할**거라고 해도**

		-았/었다고 해도	-다고 해도	-(으)ㄹ 거라고 해도
형용사 形容詞	적다	적**었다고 해도**	적**다고 해도**	적**을 거라고 해도**
	비싸다	비쌌**다고 해도**	비싸**다고 해도**	비쌀 **거라고 해도**

		이었/였다고 해도	(이)라고 해도	일 거라고 해도
명사+이다 名詞+이다	선생님	선생님**이었다고 해도**	선생님**이라고 해도**	선생님**일 거라고 해도**
	친구	친구**였다고 해도**	친구**라고 해도**	친구**일 거라고 해도**

❶ 선행절의 내용이 후행절의 결과에 영향을 주지 않을 때 사용한다.
　　表示前句的內容不會影響後句的結果時使用。

　例 • 지금부터 열심히 공부를 한**다고 해도** 대학에 합격하기는 힘들어요.
　　　　就算現在開始認真念書也很難考上大學。
　　 • 아무리 친구**라고 해도** 서로 지켜야 할 예의가 있잖아요.
　　　　就算是朋友，彼此之間還是有要遵守的禮儀。
　　 • 아무리 비싸**다고 해도** 필요한 책이라면 사야지.
　　　　就算再貴，若是需要的書還是得買。

2. 더 알아두기 更多用法

▶ '-는다고 해도'는 '-아/어 봤자'⁰⁰³와 바꾸어 사용할 수 있다.
　　「-는다고 해도」可以與「-아/어 봤자」替換使用。

　例 • 밤을 새운**다고 해도** 못 끝낼 거예요. 就算熬夜也無法完成的。
　　　 =밤을 새워 **봤자** 못 끝낼 거예요.

※ 밑줄 친 부분과 바꾸어 쓸 수 있는 것을 고르십시오.

> 가: 빨리 뛰어가면 막차를 탈 수 있지 않을까?
>
> 나: 10분밖에 안 남아서 <u>뛰어간다고 해도</u> 못 탈 것 같아요.

① 뛰어가 봤자

② 뛰어가자마자

③ 뛰어가는 편이라서

④ 뛰어갈 리가 없지만

本題大意為，跑過去的行動不影響後句。選項②的「－자마자」表示順序，選項③的「－는 편이다」表示程度，所以都不是答案。選項④的「－을 리가 없다」表示不可能的意思。只有表示某種預期的結果不可能出現的選項①「－아/어 봤자」才是正確答案。

正確答案①

002 –더라도 ★★★

1. 알아두기　常見用法

		–았/었더라도	–더라도
동사 動詞	먹다	먹었더라도	먹더라도
	가다	갔더라도	가더라도
형용사 形容詞	많다	많았더라도	많더라도
	비싸다	비쌌더라도	비싸더라도

		먹	먹
명사+이다 名詞＋이다	선생님	선생님이었더라도	선생님이더라도
	친구	친구였더라도	친구더라도

❶ 선행절의 사실은 인정하지만 그것이 후행절의 내용에 영향을 주지 않을 때 사용한다.

表示雖然承認前句的事實，但是這不會對後句的內容造成影響時使用。

例▶ • 가: 엄마, 나는 사촌언니 결혼식에 못 갈 것 같아요.

媽媽，我可能無法參加表姊的婚禮了。

나: 아무리 바쁘**더라도** 언니 결혼식에는 가야지.

就算再忙，姊姊的婚禮還是得去呀。

• 미국에 가**더라도** 자주 전화해. 即使去了美國也要常打電話。

2. 더 알아두기　更多用法

▶ '–더라도/와 '–아/어도'004의 문법 비교

「–더라도/와」和「–아/어도」的文法比較

'–더라도'는 '–아/어도'와 바꾸어 사용할 수 있다.

「–더라도」可以跟「–아/어도」替換使用。

例▶ • 날씨가 춥**더라도** 학교에는 가야 돼. 就算天氣再冷也得去學校。

= 날씨가 추워**도** 학교에는 가야 돼.

'-아/어도'는 선행절의 일이 일어난 상황과 아직 일어나지 않은 상황에서 모두 사용할 수 있다. 하지만 '-더라도'는 선행절의 일이 아직 일어나지 않은 상황에서만 사용할 수 있다.

不管前句的事情發生了沒，都可以使用「－아/어도」。但是「－더라도」只有在前句的事情尚未發生時才能使用。

이미 공부했지만 이해가 안 되는 상황

已經學過了，但還是不懂的情況

例 ▶ • 아무리 공부**해도** 잘 이해가 안 돼요. 再怎麼學還是無法理解。

앞으로 공부한다고 해도 이해가 안 될 것 같은 상황

就算以後繼續學，似乎也學不會的情況

例 ▶ • 아무리 공부**해도** 잘 이해가 안 될 거예요. 就算再怎麼學還是學不會的。

= 아무리 공부하**더라도** 잘 이해가 안 될 거예요.

3. 확인하기　　小試身手

※ 밑줄 친 부분과 바꾸어 쓸 수 있는 것을 고르십시오.

> 가: 컴퓨터를 사려고 하는데 어느 회사 제품이 좋을까요?
>
> 나: 가격이 조금 비싸더라도 믿을 수 있는 회사에서 만든 제품을 사는 게 좋아요.

① 비싸도

② 비싸더니

③ 비쌌어도

④ 비싸더라니

答案解析

本題大意為不管價格多少，最好還是買信譽良好的公司出產的產品會比較好。選項②的「–더니」表示對照，選項④的「–더라니」表示結果與預期設想的一樣。以上都不是答案。選項③的「–아/어도」雖然表示謙讓，但陳述一般事實的時候應該使用現在式，所以③也不能成為答案。只有使用連接詞「–아/어도」表示謙讓意思的①才是正確答案。

正確答案①

003 −아/어 봤자 ★★★

		−아/어 봤자
동사 動詞	읽다	읽어 봤자
	가다	가 봤자
형용사 形容詞	많다	많아 봤자
	예쁘다	예뻐 봤자

❶ 선행절의 일을 해도 기대하는 결과가 안 나올 거라고 예상할 때 사용한다.
預想即便做了前句的事情，也不會出現期待的結果時使用。

> 例 • 지금 출발해 봤자 늦을 거예요. 就算現在出發還是會遲到的。
> • 요즘은 열심히 공부해 봤자 취업이 힘들 것 같아요.
>   這年頭就算努力念書，似乎還是很難找到工作。

❷ 선행절의 상태가 대단하지 않을 때 사용한다. 用在前句的狀態不怎麼樣時。

> 例 • 학생이 돈이 많아 봤자 얼마나 많겠어요? 學生再有錢是能有錢到哪裡去？
> • 이번 영화가 재미있어 봤자 지난번 영화보다는 못 할 거예요.
>   這次的電影再有趣，還是比不上上次那部電影。

주의사항　注意事項

● '−아/어 봤자'가 ❶ 의 뜻일 때는 후행절에 '소용이 없다'가 자주 온다.
當「−아/어 봤자」是 ❶ 的意思時，後句常常接「소용이 없다」。

> 예 아직 일어나지 않은 일에 대해서 걱정해 봤자 소용이 없어요.
>   還沒發生的事情你再怎麼擔心都是多餘的。

● 후행절에는 명령문, 청유문이 오지 않는다. 後面不可接命令句和勸誘句。

▶ '-아/어 봤자'가 ❶의 뜻일 때는 '-는다고 해도'⁰⁰¹와 바꾸어 사용할 수 있다.

當「-아/어 봤자」是①的意思時，可以跟「-는다고 해도」替換使用。

> 例 ・밤을 새 **봤자** 못 끝낼 거예요. 就算熬夜也做不完的。
> =밤을 **샌다고** 해도 못 끝낼 거예요.

▶ '-아/어 봤자'가 ❶의 뜻일 때는 '-으나 마나'⁰⁰⁵와 바꾸어 사용할 수 있다.

當「-아/어 봤자」是①的意思時，可以跟「-으나 마나」替換使用。

> 例 ・지난 시험을 잘 못 봐서 공부를 열심히 **해 봤자** 진급하기 힘들 거예요.
> 因為上次考試沒考好，就算再怎麼努力念書也很難晉級。
> = 지난 시험을 잘 못 봐서 공부를 하**나 마나** 진급하기 힘들 거예요.

3. 확인하기   小試身手

※ 밑줄 친 부분과 의미가 같은 말을 고르십시오.

> 가: 참, 두 시에 약속이 있는 거 잊어버리고 있었네. 지금이라도 빨리 가야겠어.
>
> 나: 약속 시간이 벌써 삼십 분이나 지났잖아. <u>가 봤자 소용 없을 걸</u>.

① 지금 가면 만날 수 있을 거야.

② 빨리 가면 만날 수 있을까?

③ 가자마자 만날 걸.

④ 지금 가도 만날 수 없을 거야.

答案解析

本題大意為，就算現在去也見不到人，去了也無濟於事的意思。選項①、②、③都表示有可能見得到人，所以不能成為答案。只有④才是正確答案。

正確答案④

OO4 −아/어도 ★★★

1. 알아두기　　常見用法

		−아/어도				−아/어도
동사 動詞	먹다	먹**어도**	형용사 形容詞	많다	많**아도**
	만나다	만나**도**		늦다	늦**어도**

❶ 선행절의 사실을 인정하지만 그것이 후행절의 내용에 영향을 주지 않을 때 사용한다. 表示承認前句的事實，但該事實不會對後句的內容造成影響時使用。

> 例 ▶ ・가: 요즘 영어를 공부한다고 들었는데 많이 늘었어요?
> 聽說你最近在學英語，有進步嗎？
> 나: 아니요. 아무리 노력**해도** 실력이 늘지 않아요.
> 沒有，不管我再怎麼努力，實力就是沒進步。
> ・가: 몇 시까지 와야 해요? 得幾點到？
> 나: 아무리 늦**어도** 10시까지는 꼭 와야 합니다.
> 再怎麼晚，最晚 10 點前一定要到。

2. 더 알아두기　　更多用法

 ▶ '−아/어도'와 '−더라도'② 의 문법 비교
(P.24) 「−아/어도」和「−더라도」的文法比較

3. 확인하기　　小試身手

> ※ 다음 밑줄 친 부분에 가장 알맞은 것을 고르십시오.
>
> 가: 무슨 걱정 있니?
> 나: _____ 친구한테 연락이 안 와서.
>
> ① 아무리 기다려도 　　　　② 계속 기다리더라도
> ③ 끝까지 기다린다고 하고 　④ 오랫동안 기다리고 나면

答案解析

本題大意為，나沒有朋友的消息，很著急的意思。選項③表示「朋友說好要等他」，選項④表示「如果等朋友的話，他就沒有消息。」這句顯然是錯誤的，因為前後句對不上。選項①和②都表示謙讓，但選項②表示「就算繼續等朋友」，前後句對不上所以也是錯的。只有選項①表示「等朋友的動作持續到現在」，故①為正確答案。

正確答案①

005

–으나 마나 ★★★

1. 알아두기　常見用法

		–(으)나 마나
동사 動詞	먹다	먹**으나 마나**
	가다	가나 **마나**

❶ 어떤 일을 하든지 안 하든지 결과가 달라지지 않을 때 사용한다.
表示某件事情不管做與不做結果都不會改變時使用。

例 • 뛰어 가나 **마나** 지각일 거예요. 不管跑不跑都會遲到的。

　　• 그 사람은 보나 **마나** 오늘도 집에서 게임하고 있을 거야.
　　　不管有沒有看到那個人，他今天肯定也在家裡打電動。

　　• 내 친구는 노래를 못 하니까 들**으나 마나** 역시 이상하게 부를 거야.
　　　我朋友不會唱歌，不管聽不聽都會唱得很奇怪。

주의사항　注意事項

● '–으나 마나이다'의 형태로도 사용한다.　也可以使用「–으나 마나이다」的形態。
例 말하나 마나예요. 그 사람은 계속 자기 주장만 할 거예요.
　　不管說不說都一樣，那個人肯定會固執己見。

2. 더 알아두기　更多用法

▶ '–으나 마나'는 '–아/어 봤자' 003 와 바꾸어 사용할 수 있다.
「–으나 마나」可以跟「–아/어 봤자」替換使用。

例 • 지난 시험을 잘 못 봐서 공부를 하나 **마나** 진급하기 힘들 거예요.
　　因為上次考試沒考好，就算再怎麼努力念書也很難晉級。
　　= 지난 시험을 잘 못 봐서 공부를 열심히 **해 봤자** 진급하기 힘들 거예요.

※ 다음 밑줄 친 부분과 의미가 비슷한 것을 고르십시오.

> 가: 이번 모임에 몇 명이나 참석할 수 있는지 물어보세요.

> 나: <u>물어보나 마나</u> 모두 참석한다고 할 거예요.

① 물어보거나

② 물어볼 건지

③ 물어보지 않아도

④ 물어보기보다는

006　–고도 ★

1. 알아두기　常見用法

		–고도
동사 動詞	먹다	먹**고도**
	가다	가**고도**

❶ 선행절의 행동 후의 결과가 예상과 달랐을 때 사용한다.
表示前子句行動後的結果和預想不同時使用。

例 · 그 사람과 헤어지**고도** 눈물을 안 흘렸어요.
即使和那個人分手了也沒掉一滴眼淚。

· 조금 전에 밥을 먹**고도** 또 먹어요. 雖然不久前吃過飯，又吃了。

· 아이가 넘어지**고도** 울지 않네요. 孩子雖然摔倒了卻沒有哭呢。

주의사항　注意事項

● 후행절에는 명령문, 청유문이 오지 않는다. 後句不能接命令句和勸誘句。

2. 확인하기　小試身手

※ (　　) 안에 알맞은 것을 고르십시오.

가: 뉴스를 보니 차가 별로 없는 새벽에 대형 교통 사고가 많이 난대요.

나: 차가 별로 없으니까 빨간 신호등을 (　　　　　) 그냥 지나가는
차가 많아서 그런가 봐요.

①본다면　　②봐서 그런지　　③보고도　　④보고서야

答案解析

本題大意為，深夜沒什麼車，雖然有看到紅燈，但很多車子都直接開過去，所以才會有這麼多大型交通事故。選項①的「–는다면」表示條件，選項②的「–아/어서 그런지」表示或許是那個理由，所以不能成為答案，選項④的「–고서야」表必要時間順序，也不能成為答案。只有使用連接詞「–고도」表示與期待的結果相反的選項③才是正確答案。

正確答案③

–기는 하지만 ★

常見用法

		–기는 하지만
동사 動詞	먹다	먹**기는 하지만**
	가다	가**기는 하지만**
형용사 形容詞	춥다	춥**기는 하지만**
	예쁘다	예쁘**기는 하지만**

		(이)기는 하지만
명사+이다 名詞+이다	학생	학생**이기는 하지만**
	친구	친구**기는 하지만**

❶ 선행절의 상황을 인정하지만 후행절에는 예상과 다른 상황이 올 때 사용한다.

표示承認前子句的情況，但後子句中卻迎來與預料不同的狀況時使用。

例 ・가 : 오늘 날씨가 어때요? 今天天氣如何？

나: 바람이 불**기는 하지만** 춥지는 않아요. 雖然颳風，但是不冷。

・가 : 유학 생활이 어때요? 留學生活怎麼樣？

나: 즐겁**기는 하지만** 아직 익숙해지지 않았어요. 雖然愉快，但是還不習慣。

小試身手

※ 다음 밑줄 친 부분의 말과 바꿔 쓸 수 있는 말을 고르십시오.

가: 백화점의 물건들은 너무 비싼 것 같아요.

나: <u>비싸기는 하지만</u> 품질이 좋잖아요.

① 비싸면   ② 비싼데다가

③ 비싸도   ④ 비싸도록

答案解析

本題大意為，百貨公司的商品價格雖然貴，但是品質很好。選項①的「–으면」表示條件，選項②的「–는데다가」根據其文法規則，積極意義的內容只能和積極意義的內容相接，消極意義的內容只能和消極意義的內容連接成句，所以不能使用。選項④的「–도록」表示程度，也不能使用。選項③使用「–아/어도」表示承認前句內容，可後句卻接意料之外的結果。因此在本題中，③為正確答案。 正確答案③

008 –는데도 ★

		–았/었는데도	–는데도	–(으)ㄹ 건데도
동사 動詞	찾다	찾**았는데도**	찾**는데도**	찾**을 건데도**
	오다	왔**는데도**	오**는데도**	올 **건데도**

		–았/었는데도	–(으)ㄴ데도
형용사 形容詞	많다	많**았는데도**	많**은데도**
	바쁘다	바빴**는데도**	바쁜**데도**

		이었/였는데도	인데도
명사+이다 名詞＋이다	학생	학생**이었는데도**	학생**인데도**
	친구	친구**였는데도**	친구**인데도**

❶ 선행절의 상황에서 일반적으로 예상되는 결과와 다른 결과가 후행절에 온다. 跟在前子句狀況下一般預料的結果不一樣，出現在後子句的是另一種結果。

> 例 ▸ · 가: 아직도 열쇠를 못 찾았어요? 還是沒找到鑰匙嗎？
>　　나: 온 집안을 다 찾아**봤는데도** 없었어요. 我把整個家都翻遍了還是沒找到。
>　 · 생활비가 넉넉**한데도** 항상 부족하다고 해요. 生活費給得很充裕卻老說不夠。
>　 · 몇 번이나 말**했는데도** 듣지 않으면 할 수 없지요.
>　　如果講了好幾遍還是不聽，我也沒辦法。

주의사항 注意事項

> ● 후행절에는 미래가 오지 않는다. 後句不能接未來時制。
>
> 예 선생님께 물어 보는데도 <u>모를 거예요.</u> (X)
>　　　　　　　　　　　(미래) 未來
>
> ● 후행절에는 명령문, 청유문이 오지 않는다. 後句不能接命令句和勸誘句。
>
> · ' –는데도'는 '불구하고'와 자주 같이 사용된다.
>　「–는데도」常搭配「불구하고」一起使用。
>
> 예 바쁜데도 와 주셔서 감사합니다. 感謝您百忙之中抽空來訪。
>　　＝ 바쁜데도 불구하고 와 주셔서 감사합니다.

※ 두 문장을 바르게 연결한 것을 고르십시오.

한 달간 열심히 연습했어요. 실력이 늘지 않아요.

① 한 달간 열심히 연습을 한 대로 실력이 늘지 않아요.

② 한 달간 열심히 연습을 했는데도 실력이 늘지 않아요.

③ 한 달간 열심히 연습을 했을 적에 실력이 늘지 않아요.

④ 한 달간 열심히 연습을 했으면 실력이 늘지 않아요.

答案解析

本題大意為「練習了一個月，實力沒有進步」，前句與後句的意義相對立。選項①的「–는 대로」表示其結果與前句動作的結果相同。選項③的「–을 적에」表示「當動作進行時」的意思。選項④的「–았/었으면」表示「如果行動的話」。以上 3 個選項都沒有對立之意。唯選項②「–는데도」表示相反的意思，所以②為正確答案。

正確答案②

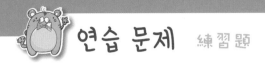

연습 문제 練習題

1 밑줄 친 부분을 같은 의미로 바꾸어 쓴 것을 고르십시오.

> 가: 요즘 영수가 시험 준비로 많이 바쁜가 봐.
> 나: 그러게. <u>힘들어 보여서 내가 도와준다고 해도 싫대.</u>

❶ 내가 도와준다고 했는데도 괜찮대   ❷ 내가 도와주는 통에 괜찮대

❸ 내가 도와준 덕분에 괜찮대   ❹ 내가 도와주기만 하면 괜찮대   001

2 두 문장을 바르게 연결한 것을 고르십시오.

> 눈이 오다/등산을 하다

❶ 눈이 오느라고 등산을 하겠습니다.   ❷ 눈이 오면서 등산을 하겠습니다.

❸ 눈이 오다가 등산을 하겠습니다.   ❹ 눈이 오더라도 등산을 하겠습니다.   002

3 밑줄 친 부분을 같은 의미로 바꾸어 쓴 것을 고르십시오.

> 가: 지하철이 곧 끊길 시간이에요. 뛰어가요.
> 나: 지금 <u>뛰어가나 마나예요.</u> 우리 집으로 가는 지하철은 벌써 끊겼어요.

❶ 뛰어가도 소용없어요   ❷ 뛰어간 셈 쳤어요

❸ 뛰어가려던 중이에요   ❹ 뛰어갈 지경이에요   005

4 밑줄 친 부분에 들어갈 가장 알맞은 것을 고르십시오.

> 가: 자동차를 사고 싶은데 돈이 없어. 부모님께 한번 말씀 드려 볼까?
> 나: 꿈도 꾸지 마. _____ .

❶ 말하는 대로 해 줄 셈이야   ❷ 말해 봤자 소용없을 거야

❸ 말하는 바람에 소용이 없어   ❹ 말 안 하더라도 안 해 줄 거야   003

5 다음을 가장 알맞게 연결시킨 것을 고르십시오.

> 부모님께서 반대하시다/나는 꼭 유학 가다

❶ 부모님이 반대하셔도 나는 꼭 유학을 갈 겁니다.

❷ 부모님이 반대하실 테니까 나는 꼭 유학을 갔습니다.

❸ 부모님이 반대하시느라고 나는 꼭 유학을 갑니다.

❹ 부모님이 반대하시기 위해 나는 꼭 유학을 가기로 했습니다.   004

6 다음 (   )에 알맞은 말을 고르십시오.

> 그 사람이 어떤 말을 (   ) 저는 그 사람을 믿을
> 수가 없어요.

❶ 하려고   ❷ 해도

❸ 하다니   ❹ 했다가   004

7 (   ) 안에 알맞은 것을 고르십시오.

> 다른 사람에게 안 좋은 말을 하고 (   ) 이미 해 버
> 린 말을 취소할 수는 없다.

❶ 후회를 하고서야   ❷ 후회를 하고 있으면서

❸ 후회를 한다고 해도   ❹ 후회를 할 게 아니라   001

8 밑줄 친 부분에 알맞은 말을 고르십시오

> 가: 주말에 혜경이한테 카메라를 좀 빌려 달라고 부탁해야겠어.
> 나: 부탁해 보나 마나야. _____ .

❶ 계속 부탁을 하면 도와줄 거야

❷ 지난번에 부탁했을 때도 너를 도와줬잖아

❸ 아마 네 부탁을 듣고 빌려 줄 거야

❹ 새로 산 거라서 아무한테도 안 빌려 주잖아   005

9　밑줄 친 부분에 들어갈 말을 고르십시오.

　가: 오늘은 기분이 안 좋아서 친구들과 술이나 한잔 해야겠어요.
　나: ＿＿＿＿＿＿＿＿＿＿＿＿ .

❶ 술을 마시더라도 너무 많이 마시지는 마세요
❷ 술을 좋아하니까 친구들과 술을 마셔 두겠어요
❸ 술을 마시면 마실수록 기분이 안 좋을까 봐요
❹ 술을 좋아해서 술을 마신 덕분에 기분이 좋아요　　　002

10　밑줄 친 부분이 바르게 사용된 문장을 고르십시오.
❶ 너무 큰 실수를 해서 잘못을 빌어 봤자 소용 없을 것이다.
❷ 꾸준히 노력을 해 봐야 마침내 성공을 하고 말았다.
❸ 아무리 운동을 해도 예전보다 많이 건강해졌다.
❹ 집에 도착하다시피 컴퓨터 작업을 시작해야 한다.　　　003

11　(　　　)에 들어갈 적당한 말을 고르십시오.

　가: 내일이 시험인데 더 공부하지 않고 벌써 자요?
　나: 열심히 (　　　　　　　　　) 못 볼 것 같으니까 그냥 자려고요.

❶ 공부하더니　　　　　　　　❷ 공부할 테니까
❸ 공부해도　　　　　　　　　❹ 공부할 게 아니라　　　004

12　밑줄 친 부분과 같은 의미를 가진 것을 고르십시오.

　가: 요즘에 복권이 인기가 많던데 한번 복권을 사 볼까요?
　나: 사 보나 마나예요. 복권에 당첨될 가능성이 얼마나 낮은데요.

❶ 나도 사고 싶은데 같이 살래요?　　❷ 당첨될 테니까 꼭 사세요.
❸ 사 보면 당첨되겠는데요.　　　　　❹ 산다고 해도 당첨 안 될 거예요.　　001 005

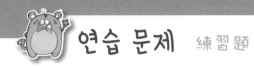

연습 문제 練習題

13 밑줄 친 부분이 맞는 것을 고르십시오

① 저장한 자료가 모두 <u>없어지느라고</u> 다시 시작해야 한다.

② 집에 <u>가려다가</u> 같이 저녁을 먹읍시다.

③ 아무리 <u>바쁘더라도</u> 친구의 생일을 잊어버리면 안 된다.

④ 노래를 <u>부르더라면</u> 마음 속에 있는 안 좋은 기분을 없앨 수가 있다.

002

14 밑줄 친 부분과 의미가 같은 말을 고르십시오.

가: 다음 주에 고향에 내려가야 하는데 기차표를 아직 안 샀어. 기차역에 전화
　 해 봐야겠다.

나: 다음 주는 설날이어서 사람들이 모두 고향에 가잖아. 지금 <u>전화해 봤자 소
　 용 없을걸</u>.

① 전화하면 살 수 있을 거야　　　　　② 전화해도 살 수 없을 걸

③ 전화하자마자 표를 살걸　　　　　　④ 전화하는 덕분에 표를 살 수 없어

003 004

15 밑줄 친 부분과 바꿔 쓸 말을 고르십시오.

가: 이번 시험이 어려운지 쉬운지 선생님한테 한번 물어 볼까?

나: <u>물어 보나 마나예요</u>. 분명히 쉽다고 할 거예요.

① 물어 봐야지 알 수 있어요　　　　　② 물어 볼 건지 결정하세요

③ 물어 봐도 결과는 마찬가지예요　　　④ 물어 보면 대답해 줄 거예요

001 005

UNIT **2**

정도 程度

009 -는 셈이다 ★★★

1. 알아두기 常見用法

		-(으)ㄴ 셈이다	-는 셈이다
동사 動詞	먹다	먹은 **셈이다**	먹는 **셈이다**
	끝내다	끝낸 **셈이다**	끝내는 **셈이다**

❶ 생각해 보면 결국 어떤 일을 하는 것과 비슷할 때 사용한다.
표示感覺做某件事情類同於做另外一件事情時使用。

例 ▸ • 가: 아직도 일이 많이 남았어요? 還剩很多事情要做嗎？

　　나: 아니요, 이제 이것만 하면 되니까 다 한 **셈이에요**.

　　沒有，只要做完這個就好，算是差不多做完了。

　• 가: 노트북 싸게 샀다면서요? 어디서 샀어요?

　　聽說你用很低的價格買了筆記型電腦？你在哪裡買的？

　　나: 중고로 샀는데 고장이 여러 번 나서 수리비로 얼마나 썼는지 몰라요.

　　我是買二手的，故障了好幾次，不曉得花了多少維修費。

　　수리비까지 생각하면 비싸게 산 **셈인** 것 같네요.

　　連維修費也算進去的話，算是買貴了呢。

2. 더 알아두기 更多用法

 ▶ '-는 셈이다'와 '-는 셈치다'의 문법 비교

「-는 셈이다」和「-는 셈치다」的文法比較

'-는 셈이다'는 어떤 일을 하는 것과 비슷하다고 판단할 때 사용한다. 반면에 '-는 셈치다'는 현실과 다른 상황을 가정할 때 사용한다.

「-는 셈이다」表示判斷做某件事情與做另外一件事情的效果相似時使用。相反的，「-는 셈치다」為假定與現實不同的情況時使用。

例 ▸ • 이번 시험이 어려웠으니까 80점이면 잘 본 **셈이에요**.

　　這次的考試很難，考到 80 分算是考得好的了。

　　(시험을 잘 본 **편이에요**. 算是考試考得好的了。)

　• 가기 싫은 출장이지만 여행을 가**는 셈치**려고요.

　　雖然不想出差，但就當作去旅遊吧。

　　(실제로 여행을 가지는 않지만 여행을 간다고 가정한다.)

　　雖然實際上不是真的去旅行，但是假定為去旅行。

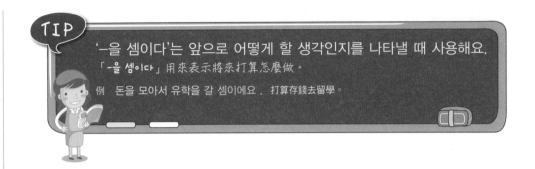

TIP

‘-을 셈이다’는 앞으로 어떻게 할 생각인지를 나타낼 때 사용해요.
「-을 셈이다」用來表示將來打算怎麼做。

例 돈을 모아서 유학을 갈 셈이에요. 打算存錢去留學。

3. 확인하기   小試身手

※ 밑줄 친 부분에 들어갈 가장 알맞은 것을 고르십시오.

가: 급한데, 완성하려면 아직 멀었어요?

나: 거의 끝났어요. 이것만 붙이면 되니까 _____ .

① 이제 다 한 셈이에요

② 이제 끝난 모양이에요

③ 다 하기 전에 좀 쉴 거예요

④ 급하게 하려면 힘들 거예요

答案解析

本題的情景為，가詢問工作完成是否還要很久？나則回答已經快完成了。選項②的「-는 모양이다」為推測某件事情的意思，與已表明幾乎完成不相呼應，選項③和選項④給的答案與文中提問不相符。只有表示工作快要結束的選項①才是正確答案。

正確答案①

010　–는 편이다 ★★★

1. 알아두기　常見用法

		–(으)ㄴ 편이다	–는 편이다
동사 動詞	먹다	먹**은 편이다**	먹**는 편이다**
	보다	본 **편이다**	보**는 편이다**

		–(으)ㄴ 편이다
형용사 形容詞	작다	작**은 편이다**
	크다	큰 **편이다**

❶ 어떤 일이 대체로 어떤 상황에 가깝다는 것을 나타낸다.
表示某件事情大致接近某種狀況。

例　• 가: 주말에 보통 뭐 하고 지내요? 周末一般都做些什麼？
　　나: 주말에는 공원에 자주 가**는 편이에요.** 我周末經常去公園。
　　• 가: 이 식당 어때요? 這家餐廳怎麼樣？
　　나: 음식도 맛있고, 서비스도 좋**은 편인** 것 같네요.
　　食物好吃，服務也算好的。

2. 확인하기　小試身手

※ 빈칸에 가장 알맞은 것을 고르십시오.

> 가: 고향에 계신 부모님께 자주 전화하세요?
>
> 나: 네. 일주일에 두세 번은 하니까 _____ .

① 가끔 하려고 해요　　　　　　② 가끔 한 모양이에요

③ 자주 하는 편이지요　　　　　④ 자주 할 필요가 없어요

답案解析

가詢問나是否常給老家的父母打電話，나回答「是，一週會打兩、三次，……」。選項①的「으려고 하다」表示對未來的計劃，選項②的「–는 모양이다」表示推測，選項④則表示沒有必要經常聯繫，這與前句的問題不符。只有表示經常聯繫父母的選項③才是正確答案。

正確答案③

011 −을 만하다 ★★★

1. 알아두기　常見用法

		−(으)ㄹ 만하다
동사 動詞	먹다	먹을 만하다
	가다	갈 만하다

❶ 가치가 있어서 권할 때 사용한다.　因為有價值而勸說時使用。

例 • 가: 한국 음식 중에서 맛있는 음식을 추천해 주세요.
　　請推薦一下韓國料理中的美味料理吧。
　　나: 불고기가 먹을 **만할** 거예요. 한번 먹어 보세요.
　　烤肉值得一吃，請嘗試看看。

❷ 할 수 있는 수준이나 정도를 나타낸다.　用來表示可以做到的水準或程度。

例 • 가: 5월인데 벌써 덥네요. 才 5 月就已經這麼熱了。
　　나: 아직은 참을 **만하**지만 앞으로가 걱정이에요.
　　雖然還能忍受，但是接下來令人擔心。

주의사항　注意事項

● '−을 만하다'가 ❶ 의 뜻일 때는 '−아/어 보다'와 자주 같이 사용한다.
當「−을 만하다」是 ❶ 的意思時，常搭配「−아/어 보다」一起使用。
例 부산은 꼭 한번 여행 가 볼 만한 곳이에요.　釜山是值得去旅行的地方。
　　삼겹살은 한국에서 먹어 볼 만한 음식이에요.　五花肉在韓國是值得一吃的食物。

※ (　　　) 안에 알맞은 것을 고르십시오.

가: 좀 쉬고 싶어요. 오랫동안 걸었더니 다리가 아프네요.

나: 조금만 더 가면 (　　　　　　) 곳이 있어요.

① 쉴 뿐인　　　　　　　　　　② 쉴 만한

③ 쉴 뻔한　　　　　　　　　　④ 쉬는 듯한

答案解析

本題必須找出含有「可以休息的地方」之意的選項。選項①表示除了休息之外沒有別的事情可做，選項③表示差一點就可以休息了，選項④表示就像是休息一樣，這些都不是答案。只有選項②「−을 만하다」才是正確答案，表示可以做到的水準或程度。

正確答案②

012 –을 정도로 ★★★

012 –을 정도로 ★★★

1. 알아두기   常見用法

		–았/었을 정도로	–(으)ㄹ 정도로
동사 動詞	먹다	먹었을 정도로	먹을 정도로
	가다	갔을 정도로	갈 정도로
형용사 形容詞	좋다	좋았을 정도로	좋을 정도로
	아프다	아팠을 정도로	아플 정도로

❶ 뒤에 오는 말의 정도가 앞에 오는 말과 비슷함을 나타낸다.
表示後面接的話，其程度與前子句所說的話程度相似。

> 例
> • 가: 목소리가 왜 그래요? 감기에 걸렸어요? 你的聲音怎麼了？感冒了嗎？
>   나: 네, 목소리가 안 올 **정도로** 목감기가 심해요.
>   是啊，我得了重感冒連聲音都發不出來了。
>
> • 가: 다리를 다쳤다고 들었는데, 어때요? 聽說你的腿受傷了，怎麼樣了？
>   나: 걷기 힘들 **정도로** 아파요. 痛到無法走路。

주의사항 注意事項

● 어떤 상황을 과장해서 말할 때 사용하기도 한다. 誇張地敍述某種情況時也會使用。
예 독감에 걸려서 죽을 정도로 아팠어요. 我得了流感，難受得要死。
(많이 아팠다는 것을 '죽을 정도로'라는 표현으로 나타내고 있다.)
使用「죽을 정도로」這種誇張的表達方式表達非常難受。

● '−을 정도이다'의 형태로도 사용한다. 也能以「−을 정도이다」的形態使用。

예 한국 사람도 알아듣기 힘들 정도로 말이 빨라요. 話快得連韓國人都難以聽懂。

= 말이 빨라서 한국 사람도 알아듣기 힘들 정도예요.

2. 더 알아두기　更多用法

▶ '−을 정도로'는 '−을 만큼'과 바꾸어 사용할 수 있다.
「−을 정도로」可以跟「−을 만큼」替換使用。

例 • 옆에 있는 사람의 얼굴도 안 보일 **정도로** 어두워요.
　　黑到連旁邊人的臉都看不見。
　　= 옆에 있는 사람의 얼굴도 안 보일 **만큼** 어두워요.

3. 확인하기　小試身手

※ 다음 밑줄 친 부분과 의미가 비슷한 것을 고르십시오.

시험을 보는 교실 안은 연필 소리도 <u>들릴 정도로</u> 조용해요.

① 들릴 뿐　　　　　　　　② 들리는 대로

③ 들릴 만큼　　　　　　　④ 들리는 동안에

答案解析

表示教室裡安靜到連寫字的聲音都聽得到。畫底線部分表程度，選項①表「只能聽見鉛筆的聲音」，選項②表「一聽見鉛筆的聲音就…」。選項④表「聽見鉛筆聲音的那段時間」，以上都沒有表程度的意思。只有選項③「−을 만큼」表程度，故③為正確答案。

正確答案③

013　–다시피 하다 ★★

1. 알아두기　常見用法

		–다시피 하다
동사 動詞	살다	살**다시피 하다**
	뛰다	뛰**다시피 하다**

❶ 어떤 일을 실제로 하는 것은 아니지만 거의 비슷하게 할 때 사용한다.
表示雖然沒有真的去做某件事情，但也幾乎類似做了的時候使用。

> 例 ▶ • 가: 왜 그렇게 피곤해 보여? 你看起來為什麼那麼累？
> 　　나: 요즘 시험이 있어서 도서관에서 살**다시피 했**너니 너무 피곤해요.
> 　　　　因為最近有考試，幾乎跟住在圖書館裡沒兩樣，太累了。
> • 다이어트 때문에 매일 굶**다시피 하**는 사람들이 많아요.
> 　很多人因為減肥的關係幾乎每天都餓肚子。

2. 더 알아두기　更多用法

▶ **'–다시피 하다'와 '–다시피'의 문법 비교**
「–다시피 하다」和「–다시피」的文法比較

'–다시피 하다'는 어떤 일을 실제로 하는 것은 아니지만 거의 비슷하게 할 때 사용한다. 반면에 '–다시피'는 듣는 사람이 이미 알고 있다고 생각하는 정보를 다시 확인할 때 사용한다.
「–다시피 하다」用在雖然沒有真的做某件事，但也幾近於做了的時候。「–다시피」用於再次確認話者認為聽者已經知道的資訊。

> 例 ▶ • 알**다시피** 외국어 실력은 짧은 시간에 완성되는 것이 아닙니다.
> 　　你也知道，外語實力非一蹴可及。
> • 너도 **들었다시피** 시험날짜가 바뀌었어. 就像你聽到的一樣，考試日期改了。

'–다시피'는 '알다, 보다, 듣다, 배우다, 느끼다' 등의 동사와 자주 사용한다.
「–다시피」常搭配「알다, 보다, 듣다, 배우다, 느끼다」等動詞一起使用。

※ 다음 밑줄 친 부분에 들어갈 적당한 것을 고르십시오.

> 가: 어제 본 영화 재미있었어요?
>
> 나: 아니오, 너무 지루해서 거의 _____ 했어요.

① 졸까 말까

② 졸려고

③ 조는 둥 마는 둥

④ 졸다시피

014

–은 감이 있다 ★

1. 알아두기　常見用法

		–(으)ㄴ 감이 있다
형용사 形容詞	짧다	짧은 감이 있다
	크다	큰 감이 있다

❶ 상황을 보고 어떤 느낌이나 생각이 드는 것을 나타낸다.

表示看到某種情況之後，產生了某種感覺或想法。

例 • 가: 선생님, 지금부터 열심히 공부하면 제가 그 대학교에 합격할 수 있을까요?

老師，從現在開始認真念書的話，我考得上大學嗎？

　　나: 좀 늦은 **감이 있지만** 지금부터라도 열심히 하면 좋겠다.

雖然感覺有點晚，但還是從現在開始認真念書會比較好。

• 가: 오늘 산 치마인데 어때요?　這是今天買的裙子，你覺得怎樣？

　　나: 예쁘기는 한데 좀 **짧은 감이 있네요.**　漂亮是漂亮，但感覺有點短呢。

주의사항　注意事項

• '–은 감이 있다'는 '–은 감이 없지 않다'로도 사용한다.

「–은 감이 있다」也可以改用「–은 감이 없지 않다」。

例 민호의 농담은 지나친 감이 있다.　民浩的玩笑感覺開得有點過火了。

= 민호의 농담은 지나친 감이 없지 않다.

※ 다음 밑줄 친 부분에 들어갈 알맞은 말을 고르십시오.

가: 지금부터 시험 공부를 시작해도 괜찮을까?

나: 내일이 시험이면 좀 _____ 그래도 안 하는 것보다 낫겠지.

① 늦곤 하지만　　　　　　② 늦는 김에

③ 늦은 체 했지만　　　　　④ 늦은 감이 있지만

答案解析

題意為明天就要考試了，現在才開始唸書感覺有點晚，可是比不唸還好。畫線部分表前後意義間的轉折。選項①的「–곤 하다」表示重複的行動，選項②的「–는 김에」表示趁著做前句行動的機會一起做後句的行動，選項③的「–는 체하다」表示假裝，以上都沒有轉折的意思。只有表示感覺時間有點晚的選項④才是正確答案。

正確答案④

015 −을 지경이다 ★

		−(으)ㄹ 지경이다
동사 動詞	먹다	먹을 지경이다
	가다	갈 지경이다

❶ 어떤 상태와 비슷함을 나타낸다. 表示與某種狀態相似。

例▶ • 너무 많이 걸었더니 쓰러질 지경이에요. 走路走得太多，都要暈倒了。
   • 그 사람이 보고 싶어서 미칠 지경이에요. 我想念那個人想得快要瘋了。
   • 시험을 망쳐서 눈물이 날 지경이에요. 我考試考砸都要掉眼淚了。

▶ '−을 지경이다'는 '−을 정도이다'와 주로 바꾸어 사용할 수 있다.
「−을 지경이다」主要可以和「−을 정도이다」替換使用。

例▶ • 친구는 계속 잘 달렸지만 나는 힘들어서 죽을 지경이었다.
   朋友一直跑得好好的，但我已經累得快死掉了。
   = 친구는 계속 잘 달렸지만 나는 힘들어서 죽을 정도였다.

※ 다음 밑줄 친 부분과 바꿔 쓸 수 있는 것을 고르십시오.

요즘 스트레스가 심해서 잠도 못 잘 지경이에요.

① 요즘 스트레스가 심해서 잠도 못 잘걸요
② 요즘 스트레스가 심해서 잠도 못 잘 정도예요
③ 요즘 스트레스가 심해서 잠도 못 잘 셈이에요
④ 요즘 스트레스가 심해서 잠도 못 잘 리 없어요

答案解析

表示最近壓力很大，大到連覺都睡不好的地步。選項①的「−을걸요」表示推測，選項③的「−을 셈이다」表示做某件事情和做另外一件事情的效果相同。選項④的「−을 리 없다」表示無此道理，以上都不符合題意。只有選項②的「−을 정도이다」表示程度相似，故正確答案為②。

正確答案②

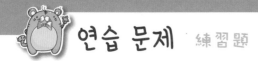

연습 문제 練習題

1 밑줄 친 부분을 같은 의미로 바꾸어 쓴 것을 고르십시오.

> 이 일을 친구와 같이 하기로 했다. 그렇지만 친구는 바빠서 거의 참여를 못 했기 때문에 나 <u>혼자 한 거나 마찬가지다</u>.

❶ 나 혼자 한 셈이다   ❷ 혼자 하려던 참이다

❸ 나 혼자 해 버릴 거다   ❹ 나 혼자 할 뿐이다   **009**

2 밑줄 친 두 문장을 바르게 연결한 말을 고르십시오.

> 가: 영수 씨 어머니는 어떤 분이세요?
> 나: <u>잘 웃지 않으세요. 마음은 따뜻한 편이에요</u>.

❶ 잘 웃지 않으시면 마음은 따뜻한 편이에요

❷ 잘 웃지 않으셔서 마음은 따뜻한 편이에요

❸ 잘 웃으실수록 마음은 따뜻한 편이에요

❹ 잘 웃지 않으셔도 마음은 따뜻한 편이에요   **010**

3 괄호 안에 알맞은 것을 고르십시오.

> 제주도는 구경할 것과 먹을 것이 많아서 (　　　　　　　). 한번 가 보세요.

❶ 가 볼 지경이에요   ❷ 가 볼 만해요

❸ 가 볼 게 뻔해요   ❹ 가 볼 뿐이에요   **011**

4 밑줄 친 부분을 같은 의미로 바꾸어 쓴 것을 고르십시오.

> 가: 한국어 실력이 많이 늘었네요.
> 나: 네, 이제는 제 생각을 한국어로 거의 다 <u>표현할 수 있을 만큼</u> 한국어를 잘해요.

❶ 표현할 수 있을지   ❷ 표현할 수 있을 텐데

❸ 표현할 수 있을 테니까   ❹ 표현할 수 있을 정도로   **012**

5   다음 밑줄 친 부분 중 맞는 것을 고르십시오.

① 미리 <u>알 수 있어서야</u> 막을 수 없는 문제였다.

② 약속을 다음 주로 <u>미루든지 말든지</u> 연락했다.

③ 그 일을 처음 <u>시작하는 셈치고</u> 다시 해 보기로 했다.

④ <u>싸우기 위해</u> 두 사람이 서로의 문제에 대해 이야기하게 했다.

⑨⑨

6   다음 밑줄 친 부분과 의미가 비슷한 것을 고르십시오.

> 저는 밖에 나가는 것을 <u>별로 좋아하지 않는 편이에요.</u>

① 아주 안 좋아한다   ② 조금은 좋아한다

③ 좋아한다고 할 수 있다   ④ 좋아한다고 하기 어렵다

⑩⑩

7   다음 괄호 안의 말을 알맞게 고쳐 쓰십시오.

> 그 박물관은 유명한 곳은 아니지만 한국 전통 미술이나 음악에 관심이 있는
> 사람이라면 한번 (구경해 보다) 만한 장소이다.

(   )

⑪⑪

8   밑줄 친 부분과 의미가 비슷한 것을 고르십시오.

> 가: 지난주에 입학시험을 봤지요? 어땠어요?
> 나: <u>울고 싶을 정도로</u> 어려웠어요.

① 어려워서 울어 버렸어요

② 울고 싶었지만 울기 어려웠어요

③ 너무 어려워서 울고 싶다는 생각을 했어요

④ 어려웠지만 울고 싶지 않았어요

⑫⑫

9   다음 (   )에 알맞은 말을 고르십시오.

> 가: 다음 달에 결혼한다던데 결혼 준비는 다 하셨어요?
> 나: 이제 결혼식 음식만 고르면 되니까 다 (   ).

❶ 하곤 했어요   ❷ 한 셈이에요

❸ 하려나 봐요   ❹ 하기만 해요   009

10   (   ) 안에 맞는 것을 고르십시오.

> 가: 많이 시장하셨나 봐요? 정말 빨리 드시네요.
> 나: 아니에요, 저는 원래 밥을 빨리 (   ).

❶ 먹으려나 봐요   ❷ 먹는 편이에요

❸ 먹은 적이 있어요   ❹ 먹었으면 좋겠어요   010

11   밑줄 친 부분과 의미가 비슷한 것을 고르십시오.

> 가: 새로 들어간 회사는 어때요?
> 나: 새로 일을 배우는 것이 조금 어렵긴 하지만 할 만해요.

❶ 하기 쉬워요   ❷ 할 거예요

❸ 할 수 있어요   ❹ 할까 해요   011

12   다음 (   )에 알맞은 말을 고르십시오.

> 가: 저 사람은 벌써 몇 시간째 컴퓨터 게임만 하네요.
> 나: 네, (   ).

❶ 밤새도록 자면서 컴퓨터 게임을 해요

❷ 밤에 잘 뿐만 아니라 컴퓨터 게임도 해요

❸ 컴퓨터 게임이라면 밤을 샐 정도로 좋아해요

❹ 컴퓨터 게임만큼 잠을 안 자요   012

UNIT **3**

추측 推測

초급 문법 확인하기! 初級文法回顧

–겠–

例 혜경 씨, 옷을 그렇게 얇게 입어서 춥겠어요.

慧京小姐，妳穿得那麼少應該很冷吧。

–아/어 보이다

例 상희 씨는 오늘 기분이 좋아 보여요. 尚熙小姐今天看起來心情很好。

–을 거예요

例 승준이는 아마 생일 파티에 안 올 거예요. 勝俊大概不會來參加生日派對。

016 –나 보다 ★★★

1. 알아두기 常見用法

		–았/었나 보다	–나 보다	–(으)려나 보다
동사 動詞	먹다	먹었나 보다	먹나 보다	먹으려나 보다
	가다	갔나 보다	가나 보다	가려나 보다

		–았/었나 보다	–(으)ㄴ 가 보다
형용사 形容詞	좋다	좋았나 보다	좋은가 보다
	예쁘다	예뻤나 보다	예쁜가 보다

		이었/였나 보다	먹
명사+이다 名詞＋이다	학생	학생이었나 보다	학생인가 보다
	친구	친구였나 보다	친구인가 보다

❶ 어떤 사실이나 상황을 근거로 추측할 때 사용한다.
以某項事實或狀況為依據而推測時使用。

例▶ • 시험 점수가 안 좋은 걸 보니까 공부를 안 **했나** 봐요.
看考試分數不太好的樣子，準是沒有念書吧。
• 하늘에 구름이 많아지는 것을 보니 비가 **오려나** 봐요.
看天空烏雲密布的樣子，大概是快下雨了。
• 저 사람이 오늘 계속 웃는 것을 보니 기분이 **좋은가** 봐요.
看那個人今天一直笑嘻嘻的樣子，想來是心情好吧。

2. 더 알아두기 更多用法

▶ '–나 보다'는 '–는 것 같다'⑰, '–는 모양이다'⑳, '–는 듯하다'㉒와 바꾸어 사용할 수 있다.
「–나 보다」可以和「–는 것 같다」、「–는 모양이다」、「–는 듯하다」替換使用。

例▶ • 하루 종일 웃는 걸 보니까 좋은 일이 있**나** 봐요.
看他整天笑嘻嘻的樣子，應該是有什麼好事吧。
= 하루 종일 웃는 걸 보니까 좋은 일이 있**는 것 같아요.**
= 하루 종일 웃는 걸 보니까 좋은 일이 있**는 모양이에요.**
= 하루 종일 웃는 걸 보니까 좋은 일이 있**는 듯해요.**

※ 빈칸에 가장 알맞은 것을 고르십시오.

　가: 준영 씨는 먼저 들어갔나요?

　나: 가방이 있는 걸 보니까 _____ .

　① 잠깐 나갔나 봐요

　② 잠깐 나가겠어요

　③ 조금 후에 나가면 돼요

　④ 조금 후에 나가려고 해요

藉由看到的包包來推測狀況。選項②表示話者的意志，選項③表示對某件事情的許可，選項④表示對未來的計劃，所以都不能成為答案。看見俊英的包包，推測他可能是暫時離開的狀況。因此選項①為正確答案。

正確答案①

017   -는 것 같다 ★★★

1. 알아두기   常見用法

		-(으)ㄴ 것 같다	-는 것 같다	-(으)ㄹ 것 같다
동사 動詞	먹다	먹은 것 같다	먹는 것 같다	먹을 것 같다
	가다	간 것 같다	가는 것 같다	갈 것 같다

		-(으)ㄴ 것 같다	-(으)ㄹ 것 같다
형용사 形容詞	좋다	좋은 것 같다	좋을 것 같다
	예쁘다	예쁜 것 같다	예쁠 것 같다

		인 것 같다	일 것 같다
명사+이다 名詞+이다	학생	학생인 것 같다	학생일 것 같다
	친구	친구인 것 같다	친구일 것 같다

❶ 어떤 사실이나 상황을 근거로 추측할 때 사용한다.
以某項事實或狀況為依據推測時使用。

例 ▸ ・가: 오늘 날씨가 어떨까? 今天天氣如何？
　　나: 하늘이 흐린 것을 보니 비가 올 것 같아.
　　看天空烏雲密布的樣子，好像會下雨。

❷ 생각이나 의견을 말할 때 사용한다. 表達想法或意見時使用。

例 ▸ ・가: 내 남자 친구 만나 보니까 어때? 見了我的男朋友，你覺得怎樣？
　　나: 정말 멋있는 것 같아. 感覺真的很帥。

2. 더 알아두기   更多用法

▶ '-는 것 같다'가 ❶ 의 의미로 사용될 때 '-나 보다'⁰¹⁶, '-는 모양이다'⁰²⁰, '-는 듯하다'⁰²²와 바꾸어 사용할 수 있다.
當「-는 것 같다」作為①的意思使用時，可以和「-나 보다」、「-는 모양이다」、「-는 듯하다」替換使用。

例▶ ・하루 종일 웃는 걸 보니까 좋은 일이 있는 **것 같**아요.

看他整天笑嘻嘻的樣子，應該是有什麼好事吧。

= 하루 종일 웃는 걸 보니까 좋은 일이 있**나 봐요**.

= 하루 종일 웃는 걸 보니까 좋은 일이 있는 **모양이에요**.

= 하루 종일 웃는 걸 보니까 좋은 일이 있는 **듯해요**.

3. 확인하기　　小試身手

※ 다음 밑줄 친 부분과 의미가 비슷한 것을 고르십시오.

가: 그 식당 음식이 맛있어요?

나: 사람들이 많이 가는 걸 보니까 <u>맛있나 봐요</u>.

① 맛있고 말고요

② 맛있는지 몰라요

③ 맛있는 것 같아요

④ 맛있다고 들었어요

答案解析

畫底線部分表示「推測美味」，選項①表示「當然肯定美味」，選項②表示「不知是否美味」，選項④表示「聽說美味」，以上都不是答案。只有選項③表示「預測」，故正確答案為③。

正確答案③

018 -을 테니(까) ★★★

1. 알아두기   常見用法

		-았/었을 테니(까)	-(으)ㄹ 테니(까)
동사 動詞	먹다	먹었을 테니(까)	먹을 테니(까)
	가다	갔을 테니(까)	갈 테니(까)
형용사 形容詞	작다	작았을 테니(까)	작을 테니(까)
	크다	컸을 테니(까)	클 테니(까)

		이었/였을 테니(까)	일 테니(까)
명사+이다 名詞+이다	학생	학생이었을 테니(까)	학생일 테니(까)
	친구	친구였을 테니(까)	친구일 테니(까)

❶ 선행절은 말하는 사람의 강한 추측을 나타내며 후행절의 이유나 조건이 된다. 前子句表示話者強烈的推測，而這項推測為後子句的理由或條件。

> 例 ▸ 가: 내일이면 합격자 발표가 있는데 정말 떨린다.
> 明天就會公布合格名單，真緊張。
> 나: 좋은 결과가 있을 **테니까** 걱정하지 말고 기다려.
> 會有好結果的，別擔心耐心等待吧。

❷ 선행절은 말하는 사람의 의지를 나타내며 후행절의 조건이 된다.
前子句表示話者的意志，而這份意志為後子句的條件。

> 例 ▸ 가: 이번에 회사에서 또 승진했다면서요? 정말 축하해요!
> 聽說你這次在公司又升遷了？真是恭喜啊！
> 나: 고마워요. 오늘은 제가 살 **테니까** 맛있는 것을 먹으러 갑시다.
> 謝謝。今天我請客，我們去吃好吃的吧。

주의사항   注意事項

- ❷ 의 의미일 때는 선행절의 주어는 말하는 사람이어야 한다.
當本文法為 ❷ 的意思時，前句的主詞必須是話者本人。
例 내가 도와줄 테니까 걱정하지 마. (O) 我會幫你的，你別擔心。

▶ **'-을 테니(까)'와 '-을 텐데'◉◎◎의 문법 비교**
「-을 테니(까)」和「-을 텐데」的文法比較

'-을 테니까'가 추측의 의미일 때 '-을 텐데'와 바꾸어 사용할 수 있다.
當「-을 테니(까)」為推測的意義時，可以和「-을 텐데」替換使用。

例▶ • 오후에 비가 **올 테니까** 우산을 가지고 가세요.
　　　　下午可能會下雨，請帶把雨傘吧。
　　　= 오후에 비가 **올 텐데** 우산을 가지고 가세요.

'-을 테니(까)'는 후행절에 의문사가 있는 의문문과 함께 쓸 수 없지만 '-을 텐데'는 후행절에 의문사가 있는 의문문과 함께 사용할 수 있다.
雖然「-을 테니(까)」不能與後句帶有疑問詞的疑問句一起使用，但「-을 텐데」可以跟後句帶有疑問詞的疑問句一起使用。

例▶ • 길이 막힐 **텐데** 어떻게 하지요? (O) 路上可能會塞車，怎麼辦呢？
　　 • 길이 막힐 **테니까** 어떻게 하지요? (X)

※ 빈칸에 들어갈 말로 알맞은 것을 고르십시오.

　6시에 찾으러 (　　　　　　　) 그 때까지 고쳐 주세요.

①올 테면

②오는 중에

③오는 바람에

④올 테니까

答案解析

「我六點去取，屆時請修好」，兩個子句之間有理由、依據之意。選項①表條件，選項②表過程，選項③表負面心理，以上皆不是答案。只有選項④表示理由，故正確答案為④。

正確答案④

019 –을까 봐(서) ★★★

1. 알아두기　常見用法

		–았/었을까 봐(서)	–을까 봐(서)
동사 動詞	먹다	먹었을 까봐(서)	먹을까 봐(서)
	모르다	몰랐을 까봐(서)	모를까 봐(서)

		–(으)ㄹ까 봐(서)
형용사 形容詞	많다	많을까 봐(서)
	바쁘다	바쁠까 봐(서)

		일까 봐(서)
명사+이다 名詞＋이다	감기	감기일까 봐(서)
	매진	매진일까 봐(서)

❶ 선행절의 내용을 미리 걱정하여 후행절에서 어떤 행동을 할 때 사용한다.
提前擔心前子句的內容，而在後子句採取某種行動時使用。

> 例 ► ・여권을 잃어버릴**까 봐서** 집에 두고 왔어요. 我怕護照遺失，就放在家裡了。
> ・친구가 화가 **났을까 봐** 전화를 해 봤어요.
> 我怕朋友生氣，就試著給他打過電話。
> ・날씨가 추울**까 봐** 옷을 많이 입고 왔어. 我怕天氣會冷，就多穿了幾件衣服。

2. 더 알아두기　更多用法

► '–을까 봐(서)'는 '–을까 싶어(서)', '–을 지도 몰라(서)'와 바꾸어 사용할 수 있다.
「–을까 봐(서)」可以和「–을까 싶어(서)」、「–을 지도 몰라(서)」替換使用。

> 例 ► ・약속을 잊어 버렸**을까 봐** 확인 전화를 했어요.
> 我怕忘記約會的事，就打了確認電話。
> ＝ 약속을 잊어 버렸**을까 싶어** 확인 전화를 했어요.
> ＝ 약속을 잊어 버렸**을 지도 몰라서** 확인 전화를 했어요.

unit 3
推測

▶ '–을까 봐(서)'와 '–을까 보다'의 문법 비교
「–을까 봐(서)」和「–을까 보다」的文法比較

'–을까 봐(서)'는 걱정을 나타내지만 '–을까 보다'는 문장의 마지막에 오며 확실하지 않은 계획을 나타낸다.
「–을까 봐(서)」表示擔心，但「–을까 보다」接在句子的最後面，表示不確定的計畫。

例 • 내일은 오래간만에 집에서 푹 **쉴까 봐**요. 明天想久違地在家裡好好休息。

그리고 '–을까 보다'는 '–을까 싶다, –을까 하다, –을지도 모르다'와 바꾸어 사용할 수 있다.
且「–을까 보다」可以和「–을까 싶다」、「–을까 하다」、「–을지도 모르다」替換使用。

例 • 방학에는 배낭여행을 **갈까 봐**요. 放假時想來一趟背包旅行。
　　 = 방학에는 배낭여행을 **갈까 싶어**요.
　　 = 방학에는 배낭여행을 **갈까 해**요.
　　 = 방학에는 배낭여행을 **갈 지도 모르**겠어요.

3. 확인하기　小試身手

※ 다음 밑줄 친 부분과 바꾸어 사용할 수 있는 것을 고르십시오

가: 날씨도 좋은데 산책하러 안 갈래?

나: 미안해. 중요한 손님이 <u>올지도 몰라서</u> 못 나가겠어.

① 올까 봐

② 오는 통에

③ 오는 중이라서

④ 올 리가 없어서

答案解析

「–올지도 몰라서」表示猜想「或許會來」。選項②表示「在混雜的情況中」，選項③表示「進行中」，選項④表示「無此道理，對方不可能會來」，以上皆不能與畫底線部分替換使用。只有選項①有猜測的意義，故①為正確答案。

正確答案①

020 −는 모양이다 ★★

1. 알아두기　常見用法

		−(으)ㄴ 모양이다	−는 모양이다	−(으)ㄹ 모양이다
동사 動詞	먹다	먹은 **모양이다**	먹는 **모양이다**	먹을 **모양이다**
	가다	간 **모양이다**	가는 **모양이다**	갈 **모양이다**

		−(으)ㄴ 모양이다
형용사 形容詞	많다	많은 **모양이다**
	피곤하다	피곤한 **모양이다**

		인 모양이다
명사＋이다 名詞＋이다	학생	학생인 **모양이다**
	교사	교사인 **모양이다**

❶ 어떤 사실이나 상황을 근거로 추측할 때 사용한다.
以某項事實或狀況為依據推測時使用。

例 • 밥을 안 먹는 것을 보니까 배가 아직 안 고픈 **모양이에요.**
看他不吃飯的樣子，好像是肚子還不餓的樣子。
• 일찍부터 자는 걸 보니까 피곤한 **모양이에요.**
看他這麼早睡，大概是累了吧。
• 매일 다른 모자를 쓰는 걸 보니까 모자가 많은 **모양이에요.**
看他每天都戴不同的帽子，大概帽子很多吧。

2. 더 알아두기　更多用法

▶ '−는 모양이다'는 '−나 보다'⑯, '−는 것 같다'⑰, '−는 듯하다'㉒와 바꾸어 사용할 수 있다.
「−는 모양이다」可以和「−나 보다」、「−는 것 같다」、「−는 듯하다」替換使用。

• 하루 종일 웃는 걸 보니까 좋은 일이 있**는 모양이에요.**

看他整天笑嘻嘻的樣子，應該是有什麼好事吧。

= 하루 종일 웃는 걸 보니까 좋은 일이 있**나 봐요.**

= 하루 종일 웃는 걸 보니까 좋은 일이 있**는 것 같**아요.

= 하루 종일 웃는 걸 보니까 좋은 일이 있**는 듯해**요.

3. 확인하기　小試身手

※ 다음 밑줄 친 부분과 의미가 비슷한 것을 고르십시오.

이런 책도 읽는 걸 보면 한국말을 아주 잘<u>하는 모양이에요.</u>

① 하려고요

② 했거든요

③ 하나 봐요

④ 할 뻔했어요

答案解析

「-는 모양이다」表示猜想，選項①表示意圖，選項②表示理由，選項④表示某件事情到了將要發生的當口但沒有發生，以上都不是答案。只有選項③「-나 보다」表示推測，故正確答案為③。

正確答案③

021 –을 리(가) 없다/있다 ★★

1. 알아두기   常見用法

		–았/었을 리(가) 없다	–(으)ㄹ 리(가) 없다
동사 動詞	먹다	먹었을 리(가) 없다	먹을 리(가) 없다
	가다	갔을 리(가) 없다	갈 리(가) 없다
형용사 形容詞	좋다	좋았을 리(가) 없다	좋을 리(가) 없다
	부족하다	부족했을 리(가) 없다	부족할 리(가) 없다

		이었/였을 리(가) 없다	일 리(가) 없다
명사+이다 名詞＋이다	선생님	선생님이었을 리(가) 없다	선생님일 리(가) 없다
	친구	친구였을 리(가) 없다	친구일 리(가) 없다

❶ 어떤 사실이나 상황을 근거로 선행절의 내용이 사실이 아니라는 확신을 나타낼 때 사용한다.
以某項事實或狀況為依據，確認前子句的內容並非事實時使用。

> 例 • 가: 두 사람이 사귄다는 소문이 사실일까요? 兩人交往的傳言是真的嗎？
> 　　나: 아닐 거예요. 두 사람은 만날 때마다 싸우는데 사귈 **리가 없**어요.
> 　　假的吧。他們倆一見面就吵架，不可能在一起的。
> • 가: 집들이 음식이 부족하지 않을까요? 喬遷宴的食物會不會不夠？
> 　　나: 이렇게 많이 준비했는데 부족할 **리 없**어요.
> 　　準備了這麼多，不可能不夠的。

2. 더 알아두기   更多用法

▶ '–을 리(가) 없다'는 '절대로 –지 않을 것이다', '–을 리(가) 있어요?'와 바꾸어 사용할 수 있다.
「–을 리(가) 없다」可以和「절대로 –지 않을 것이다」、「–을 리(가) 있어요?」替換使用。

> 例 • 그 사람이 갈 **리가 없**어요. 那個人不可能會去。
> 　= 그 사람이 **절대로 가지 않을 거**예요.
> 　= 그 사람이 갈 **리가 있어요?**

'-을 리(가) 있어요?'는 의문문 형태로만 사용한다.
「-을 리(가) 있어요?」只能使用疑問句形態。

例 • 그렇게 열심히 공부한 사람이 시험에 떨어질 **리가 있어요**? (O)

　　那麼認真念書的人，考試怎麼可能會落榜？

　　• 그렇게 열심히 공부한 사람이 시험에 떨어질 **리가 있어요**. (X)

3. 확인하기　小試身手

※ 다음 밑줄 친 부분과 바꾸어 쓸 수 있는 것을 고르십시오.

> 어느 누구도 다른 사람이 자신에 대해 이러쿵저러쿵 말하는 것을 <u>좋아할 리가 없다</u>.

① 절대로 좋아하지 않는다

② 어쩌면 좋아할 수도 있다

③ 할 수 없이 좋아할 것이다

④ 도대체 좋은 줄 모르겠다

答案解析

畫底線部分意為「沒有喜歡的道理」，選項②表示「有一點點的可能性」，選項③表示「沒辦法，不得不喜歡」，選項④表示「我一直不知他的好」。以上都不是答案。只有表示強烈不喜歡的選項①才是正確答案。

正確答案①

022 −는 듯하다 ★

1. 알아두기 常見用法

推測

		−(으)ㄴ 듯하다	−는 듯하다	−(으)ㄹ 듯하다
동사 動詞	먹다	먹은 듯 하다	먹는 듯하다	먹을 듯하다
	가다	간 듯하다	가는 듯하다	갈 듯하다

		−(으)ㄴ 듯하다	−(으)ㄹ 듯하다
형용사 形容詞	좋다	좋은 듯하다	좋을 듯하다
	예쁘다	예쁜 듯하다	예쁠 듯하다

		인 듯하다	일 듯하다
명사+이다 名詞+이다	학생	학생인 듯하다	학생일 듯하다
	친구	친구인 듯하다	친구일 듯하다

❶ 어떤 사실이나 상황을 근거로 추측할 때 사용한다.
以某項事實或狀況為依據推測時使用。

例 ・가: 내일 모임에 친구들이 몇 명쯤 올까? 明天的聚會大約會來幾個朋友？
　　나: 우리 반 친구들이 모두 올 **듯해**. 好像我們班的同學全都會來。
　・가: 여자 친구 생일 선물로 뭘 사면 좋을까?
　　女朋友的生日禮物要送什麼比較好？
　　나: 요즘 날씨가 추우니까 장갑이나 목도리가 좋을 **듯해**.
　　最近天氣冷，送手套或圍巾應該不錯。

주의사항　注意事項

● '−는 듯이'의 형태로 사용할 수 있다. 그리고 '−는 듯이'는 '−는 것처럼'과
바꾸어 사용할 수 있다.
可使用「−는 듯이」的形態。而且「−는 듯이」可以和「−는 것 처럼」替換使用。

예 저는 자지 않았지만, 엄마가 불렀을 때 자는 듯이 누워 있었어요.

雖然我沒在睡覺，但是媽媽叫我的時候我就像在睡覺一樣躺著。

= 저는 자지 않았지만, 엄마가 불렀을 때 자는 것처럼 누워 있었어요.

022 −는 듯하다 _69

▶ '-는 듯하다'는 '-나 보다'⑯, '-는 것 같다'⑰, '-는 모양이다'⑳와 바꾸어 사용할 수 있다.
「-는 듯하다」可以和「-나 보다」、「-는 것 같다」、「-는 모양이다」替換使用。

> 例 ▶ • 하루 종일 웃는 걸 보니까 좋은 일이 있는 **듯해**요.
>   看他整天笑嘻嘻的樣子，應該是有什麼好事吧。
>   = 하루 종일 웃는 걸 보니까 좋은 일이 있**나 봐**요.
>   = 하루 종일 웃는 걸 보니까 좋은 일이 있**는 것 같아**요.
>   = 하루 종일 웃는 걸 보니까 좋은 일이 있**는 모양이에**요.

3. 확인하기 小試身手

※ 다음 밑줄 친 부분과 의미가 비슷한 것을 고르십시오.

가: 오늘 날씨가 어떨까요?

나: 구름이 많아지는 것을 보니 <u>비가 올 듯해요</u>.

① 비가 올 뻔했어요

② 비가 온다고 해요

③ 비가 올 것 같아요

④ 비가 올 뿐이에요

答案解析

畫底線部分表示推測即將要下雨。選項①表示「差一點就要下雨了」。選項②為間接引用，表示「聽説下雨了」。選項④表示「就只有要下雨而已」。以上皆不符合題意，而選項③表示「似乎要下雨了」，有推測之意，故正確答案為③。

正確答案③

023　–을걸(요) ★

1. 알아두기　常見用法

		–았/었을걸(요)	–(으)ㄹ걸(요)
동사 動詞	먹다	먹**었을걸(요)**	먹**을걸(요)**
	가다	갔**을걸(요)**	갈**걸(요)**
형용사 形容詞	힘들다	힘들**었을걸(요)**	힘들**걸(요)**
	바쁘다	바빴**을걸(요)**	바쁠**걸(요)**

		이었/였을걸(요)	일걸(요)
명사+이다 名詞+이다	학생	학생**이었을걸(요)**	학생**일걸(요)**
	친구	친구**였을걸(요)**	친구**일걸(요)**

❶ 어떤 사실에 대한 추측을 나타낼 때 사용한다. 推測某項事實時使用。

例 • 가: 보고 싶은 영화가 있어서 극장에 가려고 하는데 사람들이 많을까요?
　　有我想看的電影所以想去電影院，人會不會很多呀？
　　나: 주말이니까 아마 사람들이 많**을걸요**. 因為是周末，人會很多吧。
　• 가: 주말인데 다른 친구들은 뭘 하고 있을까?
　　今天是周末，其他朋友都在做些什麼呢？
　　나: 글쎄. 아마 다들 쉬고 있**을걸**. 這個嘛，大家大概都在休息吧。

2. 더 알아두기　更多用法

▶ '–을걸(요)'는 추측을 나타내는 '–을 거야', '–을 거예요'와 바꾸어 사용할 수 있다.

「–을걸(요)」可以跟表推測的「–을 거야」、「–을 거예요」替換使用。

例 • 어떻게 하든지 비슷할**걸**. 不管怎麼做都一樣吧。
　　= 어떻게 하든지 비슷할 **거야**.

※ 밑줄 친 부분과 바꾸어 사용할 수 있는 표현으로 가장 적절한 것을 고르십시오.

> 가: 요즘 계속 늦게 퇴근했는데 오늘은 일찍 퇴근할 수 있을까?
>
> 나: 사장님이 오늘까지 끝내야 할 일이 있다고 하셨으니까 오늘도 늦을걸.

① 늦을 리가 없어

② 늦지 말아

③ 늦을 것 같아

④ 늦은 모양이야

024 –을 텐데 ★

1. 알아두기　常見用法

		–았/었을 텐데	–(으)ㄹ 텐데
동사 動詞	먹다	먹었을 텐데	먹을 텐데
	가다	갔을 텐데	갈 텐데
형용사 形容詞	좋다	좋았을 텐데	좋을 텐데
	예쁘다	예뻤을 텐데	예쁠 텐데

		이었/였을 텐데	일 텐데
명사+이다 名詞＋이다	학생	학생이었을 텐데	학생일 텐데
	친구	친구였을 텐데	친구일 텐데

❶ 선행절이 말하는 사람의 추측을 나타내며 그 내용이 후행절의 배경이 될 때 사용한다.

前子句表示話者的推測，且該內容為後子句的背景時使用。

> 例 ▸ • 가: 시험이 어려울 텐데 어떻게 하지요? 考試會很難，怎麼辦？
> 　　나: 걱정하지 마세요. 제가 도와 줄게요. 請別擔心，我會幫你的。
> • 기차가 곧 출발할 텐데 서두릅시다! 火車快要開了，快點吧。

주의사항　注意事項

● 문장의 끝에서는 ‘–을 텐데(요)’의 형태로 사용된다.
句尾可以使用「–을 텐데(요)」的形態。
예 내일은 비가 올 텐데요. 明天可能會下雨哦。

2. 더 알아두기　更多用法

▶ ‘–을 텐데’와 ‘–을 테니까’ ⑱의 문법 비교
(P.61)「–을 텐데」和「–을 테니까」的文法比較

※ 밑줄 친 부분에 들어갈 가장 알맞은 것을 고르십시오.

가: 우리 학교 앞에 새로 생긴 식당에서 식사를 할까요?

나: 그 식당은 _____ 지난번에 갔던 식당에서 먹는 게 어때요?

① 비쌀까 하니까

② 비쌀 텐데

③ 비쌀 뿐 아니라

④ 비쌀

答案解析

畫底線部分從對話情境來看，前子句應是①去過、②沒去過，由於後子句提議去吃上次吃過的那家餐廳，得知前子句的內容是沒有去過，故表示話者推測行為的選項②為正確答案。而選項①的「－을까 하다」用來陳述自己的意圖或計畫，選項③的「－을 뿐만 아니라」表示不只前句的內容，連後句的內容也包括在內，選項④的「－을 겸」表示某個狀況的目的為兩個以上。故①、③、④皆與本題不符。

正確答案②

연습 문제 練習題

1 빈칸에 가장 알맞은 것을 고르십시오.

> 가: 혜경 씨한테 무슨 일이 있어요?
> 나: 얼굴색이 안 좋은 걸 보니까 _____ .

❶ 몸이 아픈가 봐요   ❷ 몸이 아팠대요

❸ 이제 병원에 가면 돼요   ❹ 이제 병원에 가려고 해요

016

unit 3
文法 3

2 밑줄 친 부분과 바꾸어 사용할 수 있는 표현으로 가장 적절한 것을 고르십시오.

> 가: 숙제하기 어려우면 오빠한테 도와달라고 해 봐.
> 나: 지난번에도 도움을 받았는데 이번에도 도와달라고 하면 <u>싫어할걸</u>.

❶ 싫어할까 해   ❷ 싫어할 뿐이야

❸ 싫어할 리가 없어   ❹ 싫어할 것 같아

023

3 다음 밑줄 친 부분과 의미가 비슷한 것을 고르십시오.

> 가: 그 영화가 재미있어요?
> 나: 사람들이 많이 보는 걸 보니까 <u>재미있나 봐요</u>.

❶ 재미있는 것 같아요   ❷ 재미있는지 몰라요

❸ 재미있고 말고요   ❹ 재미있대요

017

4 밑줄 친 부분과 의미가 같은 말을 고르십시오.

> 명수는 자주 자전거를 <u>타나 봐요</u>.

❶ 타는 척 해요   ❷ 타는 편이에요

❸ 타는 모양이에요   ❹ 탈 뻔 했어요

016

5   빈칸에 들어갈 말로 알맞은 것을 고르십시오.

> 제가 이 일을 (   ) 민수 씨는 서류를 정리해 주세요.

❶ 하는 바람에   ❷ 할 모양이고

❸ 하느라고   ❹ 할 테니까   ⓪18

6   다음 밑줄 친 부분과 바꾸어 사용할 수 있는 것을 고르십시오.

> 가: 할머니, 오늘은 외출하지 않고 집에 계실 거지요?
> 나: 응. 눈 때문에 걷다가 <u>넘어질 지도 몰라서</u> 안 나가려고.

❶ 넘어질까 봐   ❷ 넘어지는 바람에

❸ 넘어져 봤자   ❹ 넘어질 리가 없어서   ⓪19

7   다음 밑줄 친 부분에 가장 알맞은 것을 고르십시오.

> 여성 최초로 세계에서 가장 높은 산을 정복한 사람에 대한 기사를 보면서 이야기한다.

> 가: 여자의 몸으로 남자들도 오르기 힘든 산을 정복했다면서?
> 나: _____ 정말 대단한 사람이다.

❶ 쉬울지도 몰랐는데   ❷ 쉽지 않을 것 같은데

❸ 쉽다고 하던데   ❹ 쉬우면 안 될 것 같은데   ⓪17

8   다음 (   )에 알맞은 것을 고르십시오.

> 내 동생은 (   ) 저녁을 잘 먹지 않는다.

❶ 살이 많이 찌더라도   ❷ 살이 많이 찌기보다는

❸ 살이 많이 찌게 될 정도로   ❹ 살이 많이 찌게 될까 봐   ⓪19

9   다음 두 표현을 가장 알맞게 연결한 것을 고르십시오.

> 시험에서 떨어지다/얼마나 걱정했는지 모르다

❶ 시험에서 떨어질까 하면 얼마나 걱정했는지 모릅니다.

❷ 시험에서 떨어질 텐데 얼마나 걱정했는지 모릅니다.

❸ 시험에서 떨어질까 봐 얼마나 걱정했는지 모릅니다.

❹ 시험에서 떨어지더라도 얼마나 걱정했는지 모릅니다.

019

10   다음 밑줄 친 부분에 들어갈 말로 가장 알맞은 것을 고르십시오.

> 가: 숙제가 너무 어려워서 할 수 없어요.
> 나: _____ 걱정하지 마.

❶ 내가 도와줘도   ❷ 내가 도와줬는데도

❸ 내가 도와줄 테니까   ❹ 내가 도와주느라고

018

11   밑줄 친 부분과 의미가 같은 말을 고르십시오.

> 사람들이 모두 명철 씨를 칭찬하는 것을 보니까 명철 씨가 일을 굉장히 잘하는 모양이에요.

❶ 잘하는 척해요   ❷ 잘하거든요

❸ 잘하나 봐요   ❹ 잘할 만해요

020

12   다음 밑줄 친 부분이 맞는 것을 고르십시오.

❶ 어제 산 옷의 가격이 더 싸면 좋을 걸 그래요.

❷ 친구가 힘든데 안 도와줄 수가 없어야지요.

❸ 하늘이 흐린 걸 보니까 비가 올 것 같아요.

❹ 이렇게 계속 더워 대면 어떻게 생활할 수 있을까요?

017

연습 문제 練習題

13 다음 밑줄 친 부분에 들어갈 알맞은 것을 고르십시오.

> 가: 민호 씨가 아까부터 표정이 어둡네요.
> 나: 그러게 말이에요. _____ .

❶ 과장님께 또 혼난 모양이에요   ❷ 과장님께 또 혼나기 마련이에요

❸ 과장님께 또 혼나는 수가 있어요   ❹ 과장님께 또 혼날 리 없어요   020

14 다음 밑줄 친 부분에 들어갈 말로 가장 알맞은 것을 고르십시오.

> 가: 여러분, 회식하러 갑시다.
> 나: 저는 일이 좀 남아서 늦게 _____ 먼저 가세요.

❶ 가느라고   ❷ 가는 바람에

❸ 갈 테니까   ❹ 갈까 봐   018

15 다음 밑줄 친 부분과 바꾸어 쓸 수 있는 것을 고르십시오.

> 누구나 다른 사람이 자신을 싫어하면 그것을 <u>모를 리 없다</u>.

❶ 절대로 알지 못한다   ❷ 모르지 않는다

❸ 보통은 잘 모를 것이다   ❹ 도대체 알 수 없을 거다   021

16 다음 중 틀린 부분을 찾아 바르게 고쳐 쓰십시오.

> 우리 아이의 이름은 ①<u>승준이라고 해요</u>. 우리 승준이는 과일을 ②<u>싫어한가 봐</u>
> 요. 내가 사과나 딸기를 줘도 ③<u>먹는 둥 마는 둥</u> 잘 먹지 않아요. 그런데 고기
> 는 ④<u>보자마자</u> 달라고 해요.

(→   )   016

17 다음 밑줄 친 부분과 바꾸어 쓸 수 있는 것을 고르십시오.

> 가: 회사에서 직원을 몇 명 해고한다는 소문이 있는데 사실이 아니겠지?
> 나: 아무 근거 없이 <u>그런 소문이 돌 리가 없잖아.</u>

❶ 소문이 사실이 아닐 거야.　　　❷ 소문에 불과한 말이야.

❸ 그런 소문이 돌 이유가 없잖아.　❹ 그런 소문이 돌 수 있어.

021

unit 3
文法 3

18 다음 밑줄 친 부분과 의미가 비슷한 것을 고르십시오.

> 가: 아버지 생신인데 무슨 선물을 하는 게 좋을까요?
> 나: 넥타이나 지갑이 <u>좋을 듯해요.</u>

❶ 좋을 뻔했어요　　　❷ 좋다고 해요

❸ 좋을 것 같아요　　　❹ 좋을 뿐이에요

022

19 밑줄 친 부분에 들어갈 가장 알맞은 것을 고르십시오.

> 가: 내일 우리 텔레비전을 사러 가야 하지요?
> 나: 당신 그동안 쉬지 않고 일해서 ＿＿＿＿＿＿＿＿＿ 다음에 사러
> 　　가는 게 어때요?

❶ 피곤할 뻔해서　　　❷ 피곤할 텐데

❸ 피곤할 뿐 아니라　　❹ 피곤할 겸

024

TOPIK 試題中常見的韓國文化

韓國的訂餐文化

　　大家是否有注意到，韓國大街上，到處都能看見騎著摩托車穿梭在大街小巷外送餐點的人。相信當你看到這樣的情景時，也能猜出那個人正要外送美食到別人家。在韓國，即使足不出戶也能在家中享受訂餐的便利。只需要一通電話或是APP 點一點，不論是中華料理、炸雞、麥當勞或披薩，都能迅速送到您的家中。更讓人吃驚的是，像是韓國料理、粥、麵食這種一般需用厚重餐具盛裝、適合在店面食用的餐點也能足不出戶透過外送在家裡享用，吃完了只要將餐具放在門外，外送人員自己會回來把餐具收走。而且叫外送時，消費者還可以選擇刷卡或付現，非常便利。像韓國這樣便捷的送餐服務在全世界是相當少有的，韓國人甚至戲稱韓國的外送不論你身在何處，只要一通電話就能送到。相信各位總會有懶得煮飯又懶得去餐廳用餐的時候吧？不如拿起電話，享受一下韓國的外送服務，你們覺得怎樣呢？

순서 順序

초급 문법 확인하기! 初級文法回顧

-고

例 나는 숙제를 끝내고 시장에 갔어요. 寫完作業去了市場。

-기 전에

例 식사하기 전에 손을 씻으세요. 用餐前請洗手。

-아/어서

例 나는 어제 커피숍에 가서 친구를 만났어요. 我昨天去咖啡廳跟朋友見面。

-은 후에

例 밥을 먹은 후에 텔레비전을 봤어요. 吃完飯後看了電視。

025 -기(가) 무섭게 ★★★

1. 알아두기　常見用法

		-기(가) 무섭게
동사 動詞	받다	**받기(가) 무섭게**
	끝나다	**끝나기(가) 무섭게**

❶ 어떤 일이 끝나고 바로 다음 일을 할 때 사용한다.
表示某件事情結束之後，馬上接著做下一件事情時使用。

> 例 ▸ • 가: 영미는 집에 갔니? 英美回家了嗎？
> 　　 나: 네, 무슨 일이 있는지 수업이 끝나**기가 무섭게** 집에 갔어요.
> 　　 是啊，不曉得有什麼事情，一下課就回家了。
> • 그 사람은 얼굴을 보**기 무섭게** 화를 냈어요. 那個人只要一見面就發脾氣。

2. 더 알아두기　更多用法

▸ '-기가 무섭게'는 '-자마자'◯◯와 바꾸어 사용할 수 있다.
「-기가 무섭게」可以和「-자마자」替換使用。

> 例 ▸ • 눕기**가 무섭게** 잠이 들었어요. 一躺下就睡著了。
> 　　 = 눕**자마자** 잠이 들었어요.

※ 밑줄 친 부분을 같은 의미로 바꿔 쓴 것을 고르십시오.

> 가: 형 어디 갔어요?
>
> 나: 바쁜 일이 있는지 <u>숟가락을 놓기가 무섭게 나갔어</u>.

① 밥을 먹자마자 바로 나갔어

② 밥을 먹기 위해서 빨리 나갔어

③ 밥을 먹기만 하면 바로 나가겠어

④ 밥을 먹느라고 빨리 나갈 수가 없어

答案解析

畫底線部分意為「一放下湯匙馬上就出去了」。選項②的「-기 위해서」表示目的，選項③的「-기만 하면」為「只要…就會…」，意即不管什麼時候，只要某件特定動作結束了，就會跟進另一件相呼應的動作，選項④的「-느라고」表示理由，以上都不是答案。只有選項①的「-자마자」表示某件事情結束之後，另一件事情相繼發生，因此①才是正確答案。

正確答案①

026 —다가 ★★★

1. 알아두기 常見用法

		—다가
동사 動詞	먹다	먹**다가**
	가다	가**다가**

❶ 어떤 일을 하는 도중에, 그 일을 멈추고 다른 일을 할 때 사용한다.

表示某件事情進行的途中，轉身去做另外一件事情時使用。

> 例 • 공부하**다가** 전화를 받았어요. 念書的時候接了電話。
> • 텔레비전을 보**다가** 잤어요. 看電視看一看睡著了。

❷ 어떤 일을 계속하면서 다른 일을 할 때 사용한다.

做著某件事情，同時又做了另外一件事情時使用。

> 例 • 버스를 타고 가**다가** 친구를 만났어요. 搭公車去的時候遇見了朋友。

주의사항 注意事項

● 선행절과 후행절의 주어가 같아야 한다. 前後句的主詞必須相同。

2. 더 알아두기 更多用法

 ▶ '—다가'와 '—았/었다가'❸❹의 문법 비교 「—다가」和「—았/었다가」的文法比較

'—았/었다가'는 '—다가'의 과거형이 아니고 서로 다른 문법이다.

「—았/었다가」不是「—다가」的過去時制，兩者是不同文法。

'—았/었다가'는 어떤 행동이 완전히 끝난 후 다른 일이 일어났을 때 사용한다. 「—았/었다가」表示某個行動完全結束之後，才發生了另一件事情。

> 例 • 학교에 가**다가** 친구를 만났어요. 上學途中遇到了朋友。
> (아직 학교에 도착하지 않았고 길에서 친구를 만났다.)
> （還沒有到達學校，是在路上遇見了朋友。）
> • 학교에 갔**다가** 친구를 만났어요. 去上學遇到了朋友。
> (학교에 도착한 후 학교에서 우연히 친구를 만났다.)
> （到了學校以後，偶然遇見了朋友。）

▶ **'-다가'와 '-다가는'의 문법 비교** 「-다가」和「-다가는」的文法比較

'-다가는'은 선행절의 행동을 하면 후행절과 같은 나쁜 결과가 생길 거라고 예상할 때 사용한다.
「-다가는」表示如果做了前句的行動，就會發生像後句那樣的壞結果。

> 例 • 그렇게 술을 매일 마시**다가는** 건강이 안 좋아질 거예요.
> 如果你每天都那樣喝酒，身體健康會變差的。

▶ **'-다가'와 '-는 길에' ⑱ 의 문법 비교** 「-다가」和「-는 길에」的文法比較

앞에 오는 동사가 '가다', '오다'일 때 '-는 길에'를 '-다가'와 바꾸어 사용할 수 있다.
當前面連接的動詞為「가다」、「오다」時，可以把「-는 길에」替換成「-다가」使用。

> 例 • 집에 가**다가** 선생님을 만났어요. 回家的路上遇到了老師。
> = 집에 가**는 길에** 선생님을 만났어요.

▶ **'-다가'와 '-다가 말다가 하다'의 문법 비교**
「-다가」和「-다가 말다가 하다」的文法比較

'-다가'와 달리 '-다가 말다가 하다'는 어떤 행동을 하다가 안 하다가를 반복할 때 사용한다.
和「-다가」不同，「-다가 말다가 하다」表示反覆做與不做某種行為。

> 例 • 그렇게 운동을 하**다가 말다가** 하면 아무 효과가 없을 거예요.
> 像那樣愛運動不運動的話，是不會有任何效果的。

▶ **'-다가'와 '-아/어다(가)'의 문법 비교** 「-다가」和「-아/어다(가)」的文法比較

'-다가'와 달리 '-아/어다(가)'는 선행절에서 얻은 결과물을 가지고 후행절의 행동을 할 때 사용 한다.
與「-다가」不同，「-아/어다(가)」表示帶著前句獲得的結果做後句的行動。

> 例 • 집에서 김밥을 만들**어다가** 공원에서 먹었어요.
> 在家裡做紫菜包飯帶去公園吃掉了。
> (결과물: 김밥, 행동: 공원에서 먹었다)
> （結果：紫菜包飯，行動：在公園吃掉了）

▶ **다른 문법과의 결합형** 與其他文法的結合形態

• -다(가) 보니(까): 선행절의 행동을 계속 한 후에 후행절의 결과가 생겼을 때 사용한다.
 -다(가) 보니(까)：表示持續進行前句的行動之後，產生了後句的結果。

例 ▶ • 그 사람을 자주 만나**다 보니까** 사랑하게 되었어요.

　　常常與那個人見面，就陷入愛河了。

• –다(가) 보면: 선행절의 행동을 하면 후행절과 같은 결과가 생길 거라고 예상할 때 사용한다.
　　–다(가) 보면：預想若做了前句的行動，就會發生後句這樣的結果。

例 ▶ • 매일 듣기 연습을 열심히 하**다 보면** 듣기 실력이 늘 거예요.

　　如果每天認真練習聽力，聽力實力就會進步。

3. 확인하기　小試身手

※ 다음 밑줄 친 부분이 잘못된 것을 고르십시오.

① 눈이 <u>오다가</u> 이제는 그쳤어요.

② 잠깐만 눈을 <u>감았다가</u> 뜨세요.

③ <u>청소했다가</u> 친구한테서 전화를 받았어요.

④ 집에 <u>가다가</u> 가게에 들러서 과자를 샀어요.

答案解析

畫底線部分在區別「–다가」和「–았/었다가」的意義。選項①使用「오다가」表示雪一直下，下到現在才停止下雪，因此①的文法是正確的。選項②的意思是請聽者閉上眼睛之後再睜開眼，如果使用「감다가」會變成閉著眼睛的時候睜開眼睛，兩個動作不可能同一時間發生，因此使用「감았다가」表示眼睛閉上的動作結束了，然後才睜開眼睛，所以②的文法也是正確的。選項④使用「가다가」表示回家的路上繞進商店買了餅乾，若使用「갔다가」句意會變成已經回到家了然後繞進店家買了餅乾，這樣說不通，因此④的文法也是正確的。選項③表示掃到一半接了朋友的電話，所以不應使用「–청소했다가」，而是使用「청소하다가」以表示前句的動作執行到一半時發生了後句的行動。若使用「–청소했다가」會變成打掃的動作已經結束了才接了朋友的電話，因此選項③的文法錯誤，答案為③。

正確答案③

–았/었더니 ★★★

常見用法

		–았/었더니
동사 動詞	먹다	먹었더니
	가다	갔더니

❶ 어떤 행동을 한 후에 새롭게 알게 된 사실을 나타낼 때 사용한다.
表示做了某個行為之後，出現了某項新了解的事實時使用。

例▶ • 오랜만에 고향에 갔더니 많은 것이 변해 있었다.
久違地回了一趟故鄉，發現好多事情都變了。

• 문을 열었더니 친구가 서 있어서 깜짝 놀랐어요.
打開門一看發現朋友站在外面，嚇了我一跳。

❷ 어떤 일을 한 후에 나타난 결과를 말할 때 사용한다.
陳述做了某件事情之後發生的結果。

例▶ • 가: 점심 먹으러 갑시다. 我們去吃午餐吧。
나: 저는 아침을 많이 먹었더니 아직 배가 안 고프네요. 먼저 드세요.
我早餐吃太多了，現在肚子還不餓。你們先吃吧。

• 술을 많이 마셨더니 오늘 머리가 아파요. 喝了很多酒，今天頭很痛。

주의사항 注意事項

● 선행절의 주어는 보통 말하는 사람 자신이다. 前句的主詞通常是話者本人。

更多用法

 ▶ '–았/었더니'와 '–더니'094의 문법 비교 「–았/었더니」和「–더니」的文法比較

'–았/었더니'는 '–더니'의 과거형이 아니고 서로 다른 문법이다.
「–았/었더니」不是「–더니」的過去時制，兩者是不同文法。

–았/었더니	–더니
동사와 연결된다. 與動詞連接	동사, 형용사와 연결된다. 與動詞、形容詞連接
선행절의 주어로 보통 말하는 사람이 온다. 前句的主詞通常為話者本人。	선행절의 주어로 보통 말하는 사람이 오지 않는다. 前句的主詞通常不是話者本人。

例 ▶ • 아침에 날씨가 흐리**더니** 오후에 비가 왔다. (O)

　　　　　　 형용사 形容詞

　　　 早上天氣陰霾霾的，結果下午就下起雨來。

　　　 아침에 날씨가 흐**렸더니** 오후에 비가 왔다. (X)

　　　　　　 형용사 形容詞

　　• 내가 공부를 열심히 하**더니** 성적이 올랐다. (X)

　　 주어 主詞

　　• 내가 공부를 열심히 했**더니** 성적이 올랐다. (O)

　　 주어 主詞

　　　 我努力念書，結果成績進步了。

3. 확인하기　小試身手

※ (　　　　) 안에 알맞은 것을 고르십시오.

십 원짜리 동전을 별로 쓸 일이 없어서 동전이 생길 때마다 저금통에 넣었다. 어느 날 저금통이 꽉 차서 동전을 꺼내 (　　　　　) 오만 원이나 되었다. 십 원짜리라서 얼마 안 될 거라고 생각했는데 생각보다 많아서 깜짝 놀랐다.

① 셌다가

② 세어도

③ 세어 보았더니

④ 셌다고 해도

答案解析

本題要找出把硬幣拿出來以後發現的結果。選項①的「–았/었다가」表示某個行動完全結束之後才發生了另一件事情，且前後主詞必須相同，因此①不符合題意。選項②的「아/어도」和選項④的「–는다고 해도」皆表示讓步的意思。只有選項③的「–았/었더니」表示做了某個行為之後，出現了某項新了解的事實，所以③為正確答案。

正確答案③

028 -자마자 ★★★

		-자마자
동사 動詞	씻다	씻**자마자**
	가다	가**자마자**

❶ 선행절의 행동을 한 다음에 바로 후행절의 행동을 할 때 사용한다.
表示做了前子句的行動之後，馬上接著做後子句的行動時使用。

> 例 ・가: 어젯밤에 왜 전화 안 받았니? 你昨晚怎麼沒接電話？
>   나: 너무 피곤해서 씻**자마자** 잤어. 我太累了，洗完澡就睡了。
> ・가: 미국에 도착하**자마자** 전화하세요. 一到美國請馬上打電話給我。
>   나: 알았어. 너무 걱정하지마. 知道了，你別太擔心。

주의사항 注意事項

● 선행절에는 부정이 올 수 없다. 前句不能接否定。
　예 학교에 안 가자마자 숙제를 했어요.(X)
　　　　　 부정 否定

▶ '-자마자'는 '-기(가) 무섭게'❷⑤와 바꾸어 사용할 수 있다.
「-자마자」可以和「-기(가) 무섭게」替換使用。

> 例 ・눕**자마자** 잠이 들었어요. 一躺下來就睡著了。
> = 눕**기가 무섭게** 잠이 들었어요.

▶ '-자마자'와 '-는 대로'❶❸❹의 문법 비교   「-자마자」和「-는 대로」的文法比較

'-자마자'는 '어떤 일을 하고 바로'라는 의미의 '-는 대로'❶❸❹와 바꾸어 사용할 수 있다.
「-자마자」可以跟意義為「做了某件事情就馬上…」的「-는 대로」替換使用。

> 例 ・도착하**자마자** 연락하세요. 到了請與我聯繫。
> = 도착하**는 대로** 연락하세요.

단, '-자마자'의 후행절에 과거가 올 때는 '-는 대로'와 바꾸어 사용할 수 없다.

但是，當「-자마자」的後句接過去時制時，不可與「-는 대로」替換使用。

例 • 학교에 오**자마자** 숙제를 했어요.(O) 一到學校就做了作業。
　　학교에 오**는 대로** 숙제를 했어요.(X)

 ▶ '-자마자'와 '-자'⒄의 문법 비교　「-자마자」和「-자」的文法比較

'-자마자'는 '-자'와 바꾸어 사용할 수 있다.

「-자마자」可以跟「-자」替換使用。

例 • 6시가 되**자마자** 퇴근을 했어요. 一到 6 點就下班了。
　　= 6시가 되**자** 퇴근을 했어요.

'-자마자'의 후행절에 청유문과 명령문이 올 때는 '-자'와 바꾸어 사용할 수 없다.

當「-자마자」的後句接勸誘句或命令句時，不可與「-자」替換使用。

例 • 집에 가**자마자** 옷을 갈아입으세요.(O) 到家之後請馬上換衣服。
　　집에 가**자** 옷을 갈아입으세요.(X)

3. 확인하기　小試身手

※ 다음 (　　　)에 들어갈 가장 알맞은 것을 고르십시오.

민수 씨는 대학교를 (　　　　　) 회사에 취직했다.

① 졸업해도　　　　　　　② 졸업한다면

③ 졸업하더라도　　　　　④ 졸업하자마자

答案解析

本題題意為「民秀大學畢業後就到公司上班了」，要選出適合填入空格位置的連接詞。選項①的「-아/어도」、選項③的「-더라도」皆表示雖然承認前句的事實，但是該事實不會對後句的內容造成影響。選項②的「-ㄴ/는다면」表示假設的條件，以上都不是答案。只有選項④的「-자마자」表示「一…就…」符合文句脈絡，因此答案為④。

正確答案④

029 | –고 나서 ★

1. 알아두기　常見用法

		–고 나서
동사 動詞	먹다	먹고 나서
	가다	가고 나서

❶ 선행절의 일을 모두 끝낸 후에 후행절의 일을 할 때 사용한다.
表示前子句的事情全部結束之後才做後子句的事情時使用。

> 例 • 취직하고 나서 결혼할 생각이에요. 我打算找到工作之後再結婚。
> • 여행지에 도착하고 나서 부모님께 전화 드렸어요.
> 抵達旅遊地點之後給父母打了電話。
> • 그 일에 대해 친구와 이야기하고 나서 마음이 가벼워졌어요.
> 關於那件事情，我跟朋友聊了以後心情就變輕鬆了。

2. 더 알아두기　更多用法

▶ '–고 나서'는 '–고서'**031**와 바꾸어 사용할 수 있다.
「–고 나서」可以和「–고서」替換使用。

> 例 • 샤워를 하고 나서 맥주를 마셨다. 洗完澡之後喝了啤酒。
> = 샤워를 하고서 맥주를 마셨다.

 ▶ '–고 나서'와 '–고 나면'의 문법 비교　「–고 나서」和「–고 나면」的文法比較

'–고 나서'와 달리 '–고 나면'은 선행절의 일이 끝난 것이 후행절의 조건이
될 때 사용하는 문법이다.
與「–고 나서」不同，「–고 나면」這個文法表示前句的事情結束之後，成為後句的
條件。

> 例 • 목욕을 하고 나면 기분이 좋아질 거예요. 洗澡的話，心情會變好。

※ 다음 밑줄 친 부분 중 틀린 것을 찾아 바르게 고쳐 쓰십시오.

> 얼마 전 집에서 텔레비전을 치웠다. 텔레비전을 ①치우고 나면 변화가 생겼다. 텔레비전을 ②보는 대신 가족들과 대화를 하게 되었고, 또 가족 사이에 웃음이 생겼다. 텔레비전이 없어서 ③허전하기도 했지만 이제는 텔레비전이 없는 것이 얼마나 ④좋은지 모른다.

(　　　　　 → 　　　　　)

答案解析

本題要找出文句邏輯錯誤的選項。選項②的「-는 대신(에)」表示用「與家人談話」來取代「看電視」這件事情，所以②的文法是正確的。選項③的「-기도 했지만」是由「-기도 하다」與「-지만」所組成，表示認同少了電視感到很空虛的這項事實，但後面怎樣怎樣，因此③也是正確的。選項④的「-ㄴ/는지 모르다」為一種轉折語氣，前面搭配얼마나一起使用，表示某件事情有多麼了不起，句中強調如今少了電視不知道是多棒的事情，因此④也是正確文法。選項①的「-치우고 나면」表示假設某種狀況，後面一般接未來時制。這裡接的是一項已經發生的結果，代表前句不可能是假設句，而且第一句就提到電視機已經挪走了，所以「-치우고 나면」應該改成「치우고 나서」，「把電視機挪走之後產生了變化」這樣才符合題意。

正確答案 ①치우고 나면 → 치우고 나서

–고 보니(까) ★

1. 알아두기　常見用法

		–고 보니(까)
동사 動詞	먹다	먹고 **보니(까)**
	가다	가고 **보니(까)**

❶ 어떤 일을 한 후에 새로운 사실을 알게 될 때 사용한다.
表示做了某件事情之後，了解了一項新的事實時使用。

> 例 ▸ ・가: 표정이 왜 그래요? 你怎麼那副表情？
> 　　나: 물인 줄 알고 마셨는데 마시**고 보니까** 술이었어요.
> 　　我以為是水所以喝了，結果是酒。
> 　・전철에서 내리**고 보니** 다른 역이었어요. 下了地鐵之後才發現下錯站了。

2. 더 알아두기　更多用法

 ▶ '–고 보니(까)'와 '–고 보면'의 문법 비교
「–고 보니(까)」和「–고 보면」的文法比較

'–고 보니(까)'와 달리 '–고 보면'은 어떤 일을 한다면 새로운 사실을 알 수 있을 때 사용한다.
與「–고 보니(까)」不同，「–고 보면」表示若做了某件事情，就可以了解新的事實。

> 例 ▸ ・그 사람은 알**고 보면** 좋은 사람이에요. 你如果認識那個人，就會知道他是好人。

3. 확인하기　小試身手

※ 다음 두 문장을 알맞게 연결한 것을 고르십시오.

　전화를 걸다/잘못 걸다

①전화를 걸면 잘못 걸었어요.　　②전화를 걸고 보면 잘못 걸었어요.

③전화를 걸고 보니 잘못 걸었어요.　④전화를 걸더니 잘못 걸었어요.

　答案解析

本題要將兩個句子串聯起來。選項①的「–으면」跟選項②的「–고 보면」皆表示假定，後面不能接過去時制。選項④的「–더니」用在前後內容相反的句子裡，或用來表示某人做的某件事情導致了某個結果。因此，只有表示做了某件事情之後了解了一項新事實的選項③「–고 보니」才是正確答案。　　正確答案③

031 −고서 ★

1. 알아두기　常見用法

		−고서
동사 動詞	읽다	읽**고서**
	끝내다	끝내**고서**

❶ 선행절의 행동이 끝나고 후행절의 행동이나 상태가 나타날 때 사용한다.
表示前子句的行動結束之後，有後子句的行動或狀態出現時使用。

> 例 ・청소를 끝내**고서** 외출을 했어요. 打掃完畢之後外出了。
> ・책을 읽**고서** 친구한테 전화를 했다. 讀完書之後打電話給朋友。
> ・친구는 그 말을 듣**고서** 너무 기뻐했습니다. 朋友聽了那些話之後非常高興。

2. 더 알아두기　更多用法

▶ '−고서'는 '−고 나서'❽❾와 바꾸어 사용할 수 있다.
「−고서」可以和「−고 나서」替換使用。

> 例 ・샤워를 하**고서** 맥주를 마셨다. 洗完澡之後喝了啤酒。
> ＝ 샤워를 하**고 나서** 맥주를 마셨다.

3. 확인하기　小試身手

※ 다음 밑줄 친 부분과 바꾸어 쓸 수 있는 말을 고르십시오.

가: 결혼은 언제 할 계획이에요?

나: <u>취직하고 나서</u> 결혼할까 해요.

① 취직하면서도　② 취직하고서　③ 취직하느라고　④ 취직하다가는

答案解析

本題大意為，話者打算找到工作之後再結婚。選項①的「−으면서도」用在前後句內容相反的句子裡。選項③的「−느라고」表示理由。選項④的「−다가는」表示做了某種行動之後產生了不好的結果。以上都是錯的，只有表示「找到工作之後」的選項②為正確答案。

正確答案②

032 –고서야 ★

		–고서야
동사 動詞	먹다	먹**고서야**
	가다	가**고서야**

❶ 선행절의 일이 끝나고 나서 후행절의 일이 일어날 수 있을 때 사용한다.
表示前子句的事情結束之後，才有可能會發生後子句的這件事情時使用。

> 例 • 가: 어제 놀러 온 친구들이 일찍 집에 갔어요?
> 昨天來玩的那些朋友很早就回家了嗎？
> 나: 아니요, 우리 집에 있는 음식을 모두 먹**고서야** 집에 갔어요.
> 沒有，他們把我家所有的食物都吃光了才回家的。

❷ 반어적 의문문으로 선행절이 후행절의 조건이 될 때 사용한다.
表示作為反諷問句的前句成為後句的條件。

> 例 • 가: 이번에도 공부를 열심히 안 해서 시험을 잘 못 봤어.
> 我這次沒有認真念書，所以考試沒考好。
> 나: 그렇게 공부를 안 하**고서야** 어떻게 좋은 대학에 갈 수 있겠니?
> 你那麼不愛念書能考得上好大學嗎？

 ▶ '–고서야'와 '–아/어야'의 문법 비교   「–고서야」和「–아/어야」的文法比較

'–고서야'와 달리 '–아/어야'는 선행절이 후행절이 일어나기 위해 꼭 필요한 조건일 때 사용한다.
與「–고서야」不同，「–아/어야」表示前句是後句內容發生的必要條件。

> 例 • 아이를 낳**아야** 부모님 마음을 알 수 있다. 得生過孩子才能理解父母的心。

또한 선행절의 행동을 해도 아무 소용이 없을 때도 사용한다.
此外，也可用來表示即便做了前句的行動也無濟於事。

> 例 • 열심히 해 봐**야** 그 사람을 이길 수는 없을 것이다.
> 就算努力嘗試也贏不了那個人。

※ 밑줄 친 부분 중 틀린 것을 고르십시오.

① 요즘은 대학교를 <u>졸업해 보고서야</u> 취직하기도 힘들다.

② 병이 악화되어 이제는 <u>수술을 해 봤자</u> 소용이 없다고 한다.

③ 그 사람과 <u>이야기해 봐도</u> 그 사람에 대한 오해를 풀 수 없었다.

④ 여기저기 <u>다녀 봐야</u> 우리 고향이 살기 좋은 곳이라는 것을 알았다.

答案解析

選項①中的畢業並不是就業困難的條件，因此不能使用「–고서야」。應改成表示「前句行動後的結果和預想不同」的「졸업하고도」才是正確的句子。

正確答案①

		─아/어서야
동사 動詞	먹다	먹**어서야**
	가다	가**서야**
형용사 形容詞	넓다	넓**어서야**
	비싸다	비싸**서야**

❶ 어떤 때가 되었을 때만 후행절의 일을 할 때 사용한다.
表示只有到達某種特定的時刻才做後子句的動作時使用。

例 • 요즘 너무 바빠**서** 새벽 2시가 넘**어서야** 잠을 잘 수 있어요.
　　最近實在太忙了，超過凌晨 2 點才能睡覺。

　• 시험 때가 돼**서야** 공부를 시작하면 시험을 잘 보기 힘들 거예요.
　　非得到考前才開始唸書的話，很難考得好。

❷ 선행절이 조건이 되어 후행절의 일이 일어나기 힘들다는 것을 강조할 때 사용한다.
強調前句為後句之事很難發生的條件。

例 • 이렇게 운동은 안 하고 컴퓨터 게임만 해**서야** 어떻게 건강할 수 있겠어요?
　　像這樣都不運動光坐在電腦前打電動，身體怎麼可能會好？

　• 그렇게 화를 잘 내**서야** 어디 사람들이 좋아하겠어요?
　　那麼容易生氣，人緣怎麼會好？

주의사항 注意事項

● ─아/어서야가 ❷ 의 의미로 쓰일 때는 뒤에 '─을 수 없다', '─겠어요?'가
자주 온다.
當「─아/어서야」為 ❷ 的意思時，後面常接「─을 수 없다」、「─겠어요?」。
例 이렇게 돈을 많이 써서야 부자가 될 수 있겠어요? 這麼會花錢怎麼可能成為有錢人呢?

※ ( ) 안에 알맞은 것을 고르십시오.

가: 요즘은 하루 동안 늘어나는 정보의 양도 엄청나대요.

나: 네, 정말 요즘 같이 쏟아지는 정보가 ( ) 어디 그걸 다 소화할 수 있겠어요?

① 많은지

② 많아서야

③ 많기 때문에

④ 많다고 해서

答案解析

本題大意為，資訊太多了，怎麼可能全部都消化掉。選項①的「-은지」通常搭配「알다」、「모르다」一起使用。選項③的「-기 때문에」表示理由，但後面不能接反諷疑問句。選項④的「-는다고 해서」一般是出現的結果與預期的結果相反時才會使用此文法。因此，只有表示後句事情很難發生的選項②「-아/어서야」才是正確答案。

正確答案②

034 –았/었다가 ★

1. 알아두기　常見用法

		–았/었다가
동사 動詞	먹다	먹**었다가**
	가다	**갔다가**

❶ 어떤 일이 완전히 끝난 후 상반되는 일이 발생했을 때 사용한다.
　表示某件事情完全結束以後，發生了相反的事情時使用。

　例 ・버스를 **탔다가** 잘못 탄 것 같아서 내렸어요.
　　　我上了公車，但似乎搭錯車便下車了。

　　　・편지를 **썼다가** 마음에 안 들어서 버렸어요.
　　　我寫了信，但覺得不滿意所以就丟掉了。

　　　・학교에 **갔다가** 몸이 안 좋아서 집으로 돌아왔어요.
　　　我去學校上課，但是身體不舒服所以就回家了。

2. 더 알아두기　更多用法

▶ '–았/었다가'와 '–다가' ㉖의 문법 비교
　(P.85) 「–았/었다가」和「–다가」的文法比較

3. 확인하기　小試身手

> ※ 다음 밑줄 친 부분에 들어갈 말로 알맞은 것을 고르십시오.
>
> 　가: 부모님께 드릴 선물은 사 놓았어요?
>
> 　나: 지난주에 _____ 마음에 안 들어서 환불했어요. 그래서 오늘
> 　　　다시 사려고요.
>
> 　①샀다가　　②사다가　　③샀으면　　④사길래

答案解析

本題大意為，上禮拜已經買好了禮物，但是不滿意所以便拿去退貨。因此話者今天要再去買禮物。選項②的「–다가」表示某件事情進行的過程中，轉做另外一件事情。選項③的「–으면」表示前句是後句的條件，與本題不符。選項④的「–길래」表示理由，也與題意不符。只有表示「某件事情完全結束以後，發生了相反的事情」的選項①「–았/었다가」才是正確答案。

　　　　　　　　　　　　　　　　　　　　　　　　　　　　　　　　　正確答案①

035 −자 ★

unit 4
順序

1. 알아두기 　常見用法

		−자
동사 動詞	열다	열**자**
	오다	오**자**

❶ 선행절의 행동이 끝난 후 곧 후행절의 행동이 시작될 때 사용한다.
表示前子句的行動結束之後，馬上開始做後子句的行動時使用。

例 ▸ • 창문을 **열자** 시원한 바람이 들어왔다. 一打開窗戶，涼爽的風便吹了進來。
- 갑자기 비가 오**자** 사람들이 모두 뛰어갔어요
  突然下雨，所有人都跑了起來。
- 아이는 돈을 받**자** 좋아서 웃었어요. 孩子一拿到錢，就開心地笑了。

주의사항　注意事項

- '−자'는 이미 일어난 행동에 대해서만 사용하는 문법이기 때문에 후행절에 미래나 가능을 나타내는 표현이 올 수 없다.
  由於「−자」這個文法只能用於已經發生的行動，因此後句不可接未來時制或是表可能性的陳述。

- 후행절에는 명령형, 청유형을 쓸 수 없다. 後句不可使用命令句或勸誘句。

2. 더 알아두기 　更多用法

▶ '−자'와 '−자마자' ⓞ㉘의 문법 비교 (P.91) 「−자」和「−자마자」的文法比較

※ 밑줄 친 부분 중 틀린 것을 고르십시오.

① 사람이 어찌나 <u>많던지</u> 들어가지도 못 했어요.

② 설명을 <u>들으면</u> 저절로 이해하게 될 거예요.

③ 그렇게 큰 소리로 <u>부르자</u> 들을 수 있을 거예요.

④ 한국에 <u>가거든</u> 제주도에 꼭 가 보세요.

本題要找出錯誤的句子。選項③的「－자」只能用於已經發生的行動，後面不能接未來時制或是表可能性的陳述。所以③的文法錯誤，答案為③。

正確答案③

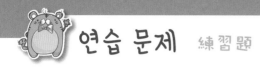

연습 문제 練習題

1 밑줄 친 부분을 바르게 연결한 것을 고르십시오.

> 가: 선생님 댁에 무슨 일이 있는 것 같아요.
> 나: 맞아요. 사무실에서 <u>연락을 받았어요. 바로 나갔어요.</u>

❶ 연락을 받기가 무섭게 나갔어요　　❷ 연락을 받고도 나가지 않았어요

❸ 연락을 받았더라도 나갔어요　　❹ 연락을 받는 덕분에 나갔어요　　025

unit **4**
順序

2 다음 두 문장을 알맞게 연결한 것을 고르십시오.

> 혜경이는 집에 가고 있다/친구의 전화를 받고 다시 학교로 가다

❶ 혜경이는 집에 갔다가 친구의 전화를 받고 다시 학교로 갔어요.

❷ 혜경이는 집에 가려고 하는데 친구의 전화를 받고 다시 학교로 갔어요.

❸ 혜경이는 집에 가다가 친구의 전화를 받고 다시 학교로 갔어요.

❹ 혜경이는 집에 가기 싫어서 친구의 전화를 받고 다시 학교로 갔어요.　　026

3 다음 두 문장을 바르게 연결한 것을 고르십시오.

> 친구한테 노트북을 빌려 주다/친구가 고장을 내다

❶ 친구한테 노트북을 빌려 주더라도 친구가 고장을 냈어요.

❷ 친구한테 노트북을 빌려 줬더니 친구가 고장을 냈어요.

❸ 친구한테 노트북을 빌려 준다기에 친구가 고장을 냈어요.

❹ 친구한테 노트북을 빌려 주다니 친구가 고장을 냈어요.　　027

4 밑줄 친 부분과 의미가 같은 말을 고르십시오.

> 가: 집에 언제쯤 도착해요?
> 나: 잘 모르겠어요. 집에 <u>도착하자마자</u> 전화를 드릴 거니까 걱정하지 마세요.

❶ 도착하는 김에　　❷ 도착하는 통에

❸ 도착하는 대로　　❹ 도착하기는 했지만　　028

5 다음 밑줄 친 부분이 잘못된 것을 고르십시오.

❶ 친구와 <u>만나고 나서</u> 기분이 좋아졌어요.

❷ 엄마에게 <u>거짓말을 하고 나서</u> 미안한 마음이 들었어요.

❸ 주말이라 <u>복잡하고 나서</u> 평일에는 복잡하지 않아요.

❹ 운동을 <u>하고 나서</u> 꼭 샤워를 해야 해요.   029

6 밑줄 친 부분에 들어갈 수 없는 것을 고르십시오.

> 가: 오늘도 산책을 할 거예요?
> 나: 네, 밥을 ＿＿＿＿＿＿＿＿＿ 강아지와 함께 산책을 하려고 해요.

❶ 먹고서   ❷ 먹은 후에

❸ 먹고 나서   ❹ 먹었다가   029

7 밑줄 친 부분에 들어갈 말로 가장 알맞은 것을 고르십시오.

> 가: 오늘은 회사에 안 가고 집에서 쉰 거예요?
> 나: 아니요, 회사에 ＿＿＿＿＿＿＿＿＿ 몸이 안 좋아서 다시 집으로
>   왔어요.

❶ 가도록   ❷ 갔다면

❸ 갔다가   ❹ 가느니   034

8 다음 밑줄 친 부분에 들어갈 말을 고르십시오.

> 가: 일을 시작한 지 3달이나 되었는데 아직도 익숙해지지 않아요.
> 나: 3달밖에 안 됐잖아요. 계속 ＿＿＿＿＿＿＿＿＿ 익숙해질 거예
>   요.

❶ 하다가 보면   ❷ 하다가 보니까

❸ 하다가   ❹ 하려다가   026

9 　다음 밑줄 친 부분이 <u>잘못된 것</u>을 고르십시오.

① 어제는 날씨가 <u>추웠더니</u> 오늘은 따뜻하다.

② 식당에 <u>갔더니</u> 사람들이 너무 많았다.

③ 오랜만에 <u>만났더니</u> 친구가 변해 있었어요.

④ 운동을 <u>했더니</u> 스트레스가 확 풀려요. 　027

10 　밑줄 친 부분을 같은 의미로 바꾸어 쓴 것을 고르십시오.

　가: 어제 시험 준비는 많이 했어요?
　나: 아니요, <u>책상에 앉자마자 잠이 들어서</u> 하나도 못했어요.

① 책상에 앉으려고 하는데 잠이 들어서　② 책상에 앉았는데도 잠이 들어서

③ 책상에 앉을까봐 잠이 들어서　④ 책상에 앉기가 무섭게 잠이 들어서 　025 028

11 　다음 밑줄 친 부분이 <u>잘못된 것</u>을 고르십시오.

① 사람들은 항상 몸이 안 <u>좋아지고서야</u> 건강의 소중함을 알아요.

② 그 학생은 틀린 문제의 답을 <u>모두 확인하고서야</u> 집에 돌아갔다.

③ 이렇게 더운 날에는 <u>창문을 닫고서야</u> 잠을 잘 수 있어요.

④ 내 동생은 엄마에게 <u>혼이 나고서야</u> 정신을 차릴 거예요. 　032

12 　다음 밑줄 친 부분이 <u>잘못된 것</u>을 고르십시오.

① <u>먹다가 말다가</u> 하지 말고 빨리 먹어요.

② 내가 <u>졸다가 말다가</u> 선생님이 화가 났어요.

③ 술에 취한 사람이 취해서 <u>노래를 하다가 말다가</u> 해요.

④ 한국어 공부를 <u>하다가 말다가</u> 하면 실력이 안 늘 거야. 　026

13 　밑줄 친 부분에 들어갈 가장 알맞은 말을 고르십시오.

　가: 학생들이 이번 시험을 지난 번 시험보다 잘 본 것 같아요?
　나: 맞아요. ＿＿＿＿＿＿＿＿＿＿ 점수가 오른 것 같아요.

① 시험 문제를 쉽게 냈어도　② 시험 문제를 쉽게 낸다면

③ 시험 문제를 쉽게 내기 위해서　④ 시험 문제를 쉽게 냈더니 　027

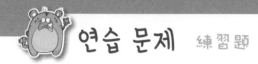

14 다음 밑줄 친 표현이 나머지 세 개와 <u>다른 의미로 사용된 것</u>을 고르십시오.

❶ 주말에 놀다가 월요일이 <u>돼서야</u> 숙제를 하는 학생들이 있어요.

❷ 일이 너무 많아서 9시가 <u>넘어서야</u> 퇴근할 수 있다.

❸ 텔레비전이 모두 <u>끝나서야</u> 아이들이 잠을 자러 간다.

❹ 이렇게 자료가 <u>부족해서야</u> 좋은 보고서를 쓸 수 없을 겁니다.   ⓞ33

15 다음 밑줄 친 부분에 들어갈 알맞은 것을 고르십시오.

> 혜경이는 급한 일이 있는지 수업이 _____ 교실에서 뛰
> 어나갔다.

❶ 끝난다기보다는   ❷ 끝내도록 하고

❸ 끝나기가 무섭게   ❹ 끝나는 김에   ⓞ25

16 제시된 상황과 의미가 같은 말을 고르십시오.

> 상황 – 회사에서 퇴근하자마자 달려갔는데도 약속 시간에 늦고 말았다.

❶ 퇴근을 한 후에 바로 달려가야 했는데 그렇지 않아서 늦고 말았다.

❷ 퇴근을 한 후에 바로 달려갔지만 약속 시간에 늦고 말았다.

❸ 퇴근을 하기 전에 바로 달려가려고 했지만 그럴 수 없어서 늦고 말았다.

❹ 퇴근을 하기 전에 바로 달려갔지만 약속 시간에 늦고 말았다.   ⓞ28

UNIT **5**

목적 目的

초급 문법 확인하기! 初級文法回顧

–으러 가다/오다/다니다

例 한국어를 배우러 한국에 왔어요. 我為了學韓文來到韓國。

–으려고

例 나는 학교에 가려고 버스를 탔어요. 我要去學校所以搭了公車。

O36 -게 ★★★

unit 5
目的

1. 알아두기 常見用法

		-게
동사 動詞	만들다	만들**게**
	보이다	보이**게**

❶ 후행절의 행동에 대한 목적을 나타낸다. 表示後子句行動的目的時使用。

> 例 • 맛있는 음식을 만들**게** 신선한 재료를 사다 주세요.
> 　請幫我買新鮮的食材回來以便做美味的食物。
> • 학생들이 교실에서 떠들지 않**게** 주의시켜 주세요.
> 　請提醒學生們不要在教室裡大聲喧嘩。
> • 멀리서도 보이**게** 크게 써 주세요. 請寫得大一點，以便從遠處也能看見。

2. 더 알아두기 更多用法

▶ '-게'는 '-도록'❸❼과 바꾸어 사용할 수 있다.
「-게」可以跟「-도록」替換使用。

> 例 • 다 들을 수 있**게** 큰 소리로 말해 주세요. 請大聲說，讓大家都能聽得見。
> 　= 다 들을 수 있**도록** 큰 소리로 말해 주세요.

3. 확인하기 小試身手

> ※ 밑줄 친 부분과 의미가 같은 말을 고르십시오.
>
> 아기가 자게 조용히 좀 해 주세요.
>
> ① 자려면　　② 자면서　　③ 자도록　　④ 자니까

> 答案解析
>
> 選項①的「-으려면」表示意圖。當前句和後句的主詞不同時，此文法不能使用命令句，所以①是錯的。選項②的「-으면서」表示前後句同時發生，所以也不是答案。選項④的「-으니까」表示前句是後句的理由，若套上④變成「아기가 자니까 조용히 좀 해주세요」雖然句子本身沒錯，但是跟題目說的「選出與畫線部分意義相同」的這個要求不符，因此④也不是答案。只有表示目的的③才是正確答案。 正確答案③

037 　-도록 ★★★

1. 알아두기　常見用法

		-도록
동사 動詞	먹다	먹**도록**
	가다	가**도록**
형용사 形容詞	쉽다	쉽**도록**
	따뜻하다	따뜻하**도록**

❶ 선행절이 후행절에 대한 목적을 나타낸다. 　表前子句對後子句的目的。

> 例 ・가: 시험을 잘 보**도록** 열심히 공부하세요. 　為了考試考好，請好好念書。
> 　　나: 네, 알겠습니다. 　是，我知道了。
> ・아이들이 먹기 쉽**도록** 작게 만들었어요.
> 　為了讓孩子們方便食用，所以做成小一點的。

❷ 어떤 시간이 될 때까지의 의미를 나타낸다.
表示持續到某個時間之意。

> 例 ・동생은 한 달이 넘**도록** 연락이 없다.
> 　有一個多月沒有弟弟的消息。
> ・밤새**도록** 친구와 이야기했어요. 　我跟朋友聊了整個晚上。

2. 더 알아두기　更多用法

▶ '-도록'이 ❶ 의 의미일 때 목적의 '-게'⁰³⁶와 바꾸어 사용할 수 있다.
當「-도록」是 ❶ 的意思時，可以與表目的的「-게」替換使用。

> 例 ・다 들을 수 있**도록** 큰 소리로 말해 주세요.
> 　請說得大聲一點，讓大家都能聽見。
> 　= 다 들을 수 있**게** 큰 소리로 말해 주세요.

▶ '-도록'과 '-기 위해서'⁰³⁹의 문법 비교 　「-도록」和「-기 위해서」的文法比較

목적을 나타내는 '-도록'은 '-기 위해서'와 바꾸어 사용할 수 있다.
表目的的「-도록」可以和「-기 위해서」互換使用。

例 • 성공하**도록** 최선을 다하고 있습니다. (O) 為了成功，我竭盡全力。
　　= 성공하**기 위해서** 최선을 다하고 있습니다. (O)

그러나 '-기 위해서'는 선행절과 후행절의 주어가 다른 경우에는 사용할
수 없다.
但是，當前後子句主詞不一致時，不可以使用「-기 위해서」。

例 • 민호가 시험을 잘 보**도록** 제가 도와줄 거예요. (O) 我會幫敏浩考好試。
　　= 민호가 시험을 잘 보**기 위해서** 제가 도와줄 거예요. (X)

3. 확인하기　　小試身手

unit 5
目的

※ 본문에서 (　　　)안에 들어갈 말로 알맞은 것을 고르십시오.

> 꿈이 있고 그 꿈을 이루기 위해 어떤 노력을 해야 하는지 아는 청소년이
> 라면 시간을 낭비하거나 할 일이 없어서 방황하는 일이 적을 것이다. 따
> 라서 청소년에게 자신이 잘하는 일이 무엇인지 알게 하고 그것에 맞는
> 꿈을 꾸게 하는 일은 매우 중요하다. 청소년이 자신의 (　　　　　)
> 제일 좋은 방법은 다양한 동아리 활동에 참여해 보게 하는 것이다. 동아
> 리 활동을 통해 청소년들은 자연스럽게 자신의 재능과 꿈에 대해 생각할
> 기회를 갖게 된다.

① 재능을 발견해도 꿈을 가지기만 하는

② 재능을 발견하거나 꿈을 가질 리가 없는

③ 재능을 발견하거나 꿈을 가지도록 하는

④ 재능을 발견해도 꿈을 가질 수조차 없는

答案解析

挖空那一句的意思是，讓青少年了解自己的才能或是讓他們擁有夢想的最好方法就是讓他們參加各式各
樣的社團活動。參加各式各樣社團活動的目的是讓青少年了解自己的才能或是讓他們擁有夢想，前子句
表示後子句的目的，正確答案為③。

正確答案③

1. 알아두기　常見用法

		－(으)ㄹ 겸
동사 動詞	읽다	읽을 겸
	보다	볼 겸

❶ 선행절에 후행절의 행동을 하는 두 가지 이상의 목적을 나타낼 때 사용한다. 在前子句表示後子句行動的兩個以上目的時使用。

· 쇼핑도 할 겸 영화도 볼 **겸** 신촌에 다녀왔어요. 我去了一趟新村，逛逛街並看看電影。

· 스트레스도 풀 겸 노래방에 가자. 我們去 KTV 吧，順便紓解壓力。

2. 더 알아두기　更多用法

 ▶ '－을 겸(－을 겸)'과 '－는 김에' **079** 의 문법 비교
「－을 겸(－을 겸)」和「－는 김에」的文法比較

'－을 겸(－을 겸)'이 두 가지 목적을 나타내기 위해서인 것과 달리 '－는 김에'는 선행절의 행동을 하는 기회에 후행절의 행동을 같이 한다는 의미가 있다.
與「－을 겸(－을 겸)」為了表雙重目的意思不同，「－는 김에」有趁著做前句行動的機會一起做後句行動之意。

例▶ · 숙제를 하는 **김에** 내 숙제도 해 주면 안 될까?
　　　你寫作業的時候，不能順便幫我也寫一寫嗎？
　　· 유럽에 출장을 간 **김에** 거기서 유학 중인 친구를 만났다.
　　　去歐洲出差的時候，順便跟在那裡留學的朋友見了面。

 ▶ '－을 겸(－을 겸)'과 '－는 길에' **080** 의 문법 비교
「－을 겸(－을 겸)」和「－는 길에」的文法比較

'-을 겸(-을 겸)'이 두 가지 목적을 나타내기 위해서인 것과 달리 '-는 길에'는 가거나 오는 도중이나 기회라는 의미이다. '-는 길에' 앞에는 '가는 길에', '오는 길에'의 형태로만 쓰인다.

與「-을 겸(-을 겸)」表雙重目的意思不同,「-는 길에」有去或是來的途中趁機的意思。「-는 길에」的前面只能使用「가는 길에」、「오는 길에」等形態。

例 • 기분 전환을 할 **겸** 같이 외출할까요? (O)
　　　要一起出去走走,轉換一下心情嗎?
　　= 기분 전환을 하**는 길에** 같이 외출할까요? (X)

例 • 집에 오**는 길에** 우유를 사 오세요. (O) 回家的時候請順便買牛奶回來。
　　= 집에 올 **겸** 우유를 사 오세요. (X)

TIP

'-을 겸(-을 겸)'과 '-는 김에' 그리고 '-는 길에'를 왜 비교해야 할까요? 그건 이 세 문법의 기능이 비슷해서가 아니라 문법의 형태가 비슷해서 토픽 문제의 보기로 함께 나오는 경우가 많기 때문이지요. 문법의 의미는 많이 다른데 형태가 비슷해서 친구처럼 붙어 다닌대요.

為什麼得比較「-을 겸(-을 겸)」、「-는 김에」以及「-는 길에」呢?並非是因為這三個文法的用法相似,而是因為這些文法的形態相似,經常一起出現在 TOPIK 考題的選項中。雖然文法的意義有很大的不同,但因形態相似,所以就像朋友一樣黏在一起出現。

3. 확인하기　　小試身手

※ 밑줄 친 것 중 틀린 것을 고르십시오.

① 볼일도 보고 친구도 <u>만난 겸</u> 시내에 갔다 왔다.

② 여행 이야기가 <u>나온 김에</u> 이번 주말에 여행을 갑시다.

③ 지갑이 집에 있었는데 <u>그런 줄도 모르고</u> 괜히 찾았다.

④ 약만 <u>먹을 게 아니라</u> 병원에 가서 검사를 받아 보세요.

答案解析

本題要挑出錯誤的句子。②、③、④都是正確的句子,①的「친구도 만난 겸」文法形態有誤,應使用「-을 겸(-을 겸)」,也就是「친구도 만날 겸」才是正確的。

正確答案①

039 –기 위해(서) ★★

1. 알아두기　常見用法

		–기 위해(서)
동사 動詞	먹다	먹기 위해(서)
	사다	사기 위해(서)

❶ 선행절은 후행절의 목적이 된다.　前子句為後子句的目的。

> 例 ▶ • 한국 대학교에 들어가**기 위해서** 한국어능력시험 공부를 했어요.
> 　　為了進入韓國的大學，我準備了韓國語文能力測驗。
> 　　• 문제를 해결하**기 위해서** 매일 회의를 했어요.
> 　　為了解決問題，我們每天都開會。／我們每天開會以解決問題。
> 　　• 면접에 입고 갈 옷을 사**기 위해** 백화점에 갔어요.
> 　　為了買面試時穿的衣服，我去了百貨公司。／我去百貨公司買面試時要穿的衣服。

2. 더 알아두기　更多用法

▶ '–기 위해(서)'는 '–기 위하여'와 바꾸어 사용할 수 있다.
　「–기 위해(서)」可以和「–기 위하여」替換使用。

> 例 ▶ • 학교를 발전시키**기 위해** 노력하겠습니다. (O)
> 　　為了促進學校發展我們會全力以赴。／我們會努力以求學校發展。
> 　　= 학교를 발전시키**기 위하여** 노력하겠습니다.

▶ '–기 위해(서)'는 '–으려고', '–고자'❹⁰와 바꾸어 사용할 수 있다.
　「–기 위해(서)」可以和「–으려고」、「–고자」替換使用。

> 例 ▶ • 영어를 배우**기 위해서** 미국에 갔어요. (O)　為了學英語，我去了美國。
> 　　= 영어를 배우**려고** 미국에 갔어요.
> 　　= 영어를 배우**고자** 미국에 갔어요.

 ▶ '–기 위해(서)'와 '–도록'❸⁷의 문법 비교
　(P.110)「–기 위해(서)」和「–도록」的文法比較

※ 두 문장을 바르게 연결한 것을 고르십시오.

칭찬을 받다/그 일을 한 것은 아니다

① 칭찬을 받은 듯이 그 일을 한 것은 아닙니다.

② 칭찬을 받기 위해서 그 일을 한 것은 아닙니다.

③ 칭찬을 받기만 해도 그 일을 한 것은 아닙니다.

④ 칭찬을 받으려고 하니까 그 일을 한 것은 아닙니다.

答案解析

本題要正確連接兩個句子。選項①的「듯이」是一種表推測的文法。選項③的「-기만 하다」表示只有一項行為或狀態持續展現。選項④的「-으려고 하다」用來表示計畫，或是話者覺得某件事情似乎將要發生。這三個句子都不通順。只有表示前句成為後句目的的選項②才是正確答案。

正確答案 ②

O40 -고자 ★

		-고자				(이)고자
동사 動詞	읽다	읽**고자**	명사+이다 名詞＋이다	학생	학생**이고자**
	만나다	만나**고자**		친구	친구**고자**

❶ 선행절의 의도나 목적을 위해 후행절의 어떤 행동을 할 때 사용한다.
表示為了前子句的意圖或目的，而在後子句採取某項行動時使用。

例▶ • 한국에 유학을 가**고자** 공부를 하고 있습니다.
　　　為了去韓國留學，我正在讀書。
　　• 훌륭한 농구 선수가 되**고자** 밤낮으로 열심히 연습을 했어요.
　　　為了成為優秀的籃球選手，我晝夜不分地努力練習。
　　• 성실한 학생**이고자** 최선을 다하고 있습니다.
　　　我正竭盡所能當一位實在的學生。

주의사항　注意事項

● 선행절과 후행절의 주어가 같아야 한다.　前句與後句的主詞必須一致。
例 나는 취업을 하고자 (내가) 학원에 다니고 있다. (O)　為了就業，我去補習班上課。
　(주어) 主詞　　　　　(주어) 主詞
　나는 취업을 하고자 동생이 학원에 다니고 있다. (X)
　(주어) 主詞　　　　　(주어) 主詞

● 후행절에 명령문과 청유문이 올 수 없다.　後句不可接命令句或勸誘句。

● 공식적인 말이나 글에 주로 사용한다.　主要用於正式場合或文字。
例 실업자를 줄이고자 노력하고 있습니다.　為了減少失業人口，我們正在努力。

▶ '-고자'는 '-으려고', '-기 위해(서)'❸❾와 바꾸어 사용할 수 있다.
「-고자」可以和「-으려고」、「-기 위해(서)」替換使用。

例▶ • 영어를 배우**고자** 미국에 갔어요.(O)　為了學英語，我去了美國。
　　　= 영어를 배우**려고** 미국에 갔어요.
　　　= 영어를 배우**기 위해서** 미국에 갔어요.

※ 밑줄 친 부분과 의미가 같은 말을 고르십시오.

많은 고등학생들이 좋은 대학에 <u>입학하고자</u> 최선을 다해 노력하고 있습니다.

① 입학하기로　　　　　　② 입학하라고

③ 입학하려고　　　　　　④ 입학하면

TIP

'–고자 하다'는 화자가 어떤 행동을 하려고 하는 의도가 있을 때 사용해요.
「–고자 하다」用於當話者有意圖做某項行動時。

例　오늘은 '환경 문제'에 대해서 말씀 드리고자 합니다.
今天我要針對「環境問題」進行報告。

答案解析

本題要選出與畫底線部分「打算入學」意義相同的選項。選項①的「–기로」表示計畫，後面需接「하다」，意為「決定要入學」。選項②為表示命令的間接引用，意即「叫高中生入學」。選項④的「–으면」表示假設，意為「入學的話」，以上都不是答案。只有表示目的的選項③「려고」符合本題要求，意為「打算入學」，因此③為正確答案。

正確答案③

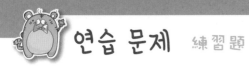

연습 문제 練習題

1　다음 밑줄 친 곳에 맞는 것을 고르십시오.

> 외국인 친구들도 ＿＿＿＿＿＿＿＿＿＿＿＿＿＿ 매운 음식은 시키지 맙시다.

❶ 먹게　　　　　　　　　　　❷ 먹고는

❸ 먹으면서　　　　　　　　　 ❹ 먹으려고　　　　　　036

2　밑줄 친 부분과 의미가 같은 말을 고르십시오.

> 사 조절만으로 체중을 <u>줄이고자</u> 하면 위험할 수도 있다.

❶ 줄이거나　　　　　　　　　 ❷ 줄이려고

❸ 줄이느라고　　　　　　　　 ❹ 줄이는데도　　　　　040

3　밑줄 친 부분과 의미가 같은 말을 고르십시오.

> 학교 앞에서는 아이들이 안전하게 길을 <u>건널 수 있게</u> 천천히 운전해야 한다.

❶ 건널 수 있도록　　　　　　 ❷ 건널 수 있으면서

❸ 건널 수 있거나　　　　　　 ❹ 건널 수 있으니까　　036 037

4　(　　　) 안에 들어갈 알맞은 말을 고르십시오.

> 가: 휴가 때 뭐 할 계획이에요?
> 나: 가족과 시간도 가질 겸 (　　　　　　　　　　) 제주도에 갔다 오
> 　　려고요.

❶ 스트레스 풀어 봤자　　　　 ❷ 스트레스 풀 겸해서

❸ 스트레스 풀 정도로　　　　 ❹ 스트레스 풀었을 까봐　　038

5 다음 밑줄 친 부분이 틀린 것을 찾아 바르게 고쳐 쓰십시오.

> 저는 한국어를 배우기 ①위한 한국에 왔어요. 처음에는 한국 문화에 익숙하지
> 않아서 ②힘 들었는데 지금은 많이 익숙해졌습니다. 아직 한국에 ③온 지 1년
> 밖에 안 됐는데 한국 친구들 도 많아서 ④재미있게 지내고 있습니다.

(→   )   039

6 밑줄 친 문장을 대화에 맞게 연결하십시오.

> 가: 고향에 갔다 왔다면서요?
> 나: 네, <u>부모님을 뵈러 갔어요. 친구도 만나고요.</u>

❶ 부모님을 뵙거나 친구를 만났어요.
❷ 부모님을 뵈러 갔지만 친구를 만났어요.
❸ 부모님도 뵐 겸 친구도 만날 겸 갔어요.
❹ 부모님을 뵌 덕분에 친구도 만날 수 있었어요.   038

7 다음 두 표현을 가장 알맞게 연결한 것을 고르십시오.

> 등록금을 벌다/아르바이트를 하다

❶ 등록금을 벌듯이 아르바이트를 해요.
❷ 등록금을 벌기 위해 아르바이트를 해요.
❸ 등록금을 벌기만 해도 아르바이트를 해요.
❹ 등록금을 벌려고 하니까 아르바이트를 해요.   039

8 (   ) 안에 들어갈 적당한 말을 고르십시오.

> 가: 집이 회사 근처라고 들었는데 왜 이렇게 자주 늦어요?
> 나: 죄송합니다, 내일부터는 (   ) 하겠습니다.

❶ 늦지 않고   ❷ 늦지 않도록
❸ 늦지 않으면   ❹ 늦지 않으려고   037

연습 문제 練習題

9 (　　　) 안에 알맞은 것을 고르십시오.

> 가: 오늘 시험 잘 봤어요?
> 나: 아니요. (　　　　　　　　　　) 공부했더니 졸려서 잘 못 봤어요.

❶ 밤새도록　　　　　　　　　　❷ 밤새우려고
❸ 밤새울수록　　　　　　　　　❹ 밤새우니까　　　　　　　037

10 다음 중 밑줄 친 부분과 바꾸어 쓸 수 있는 말을 고르십시오.

> 가: 언제까지 이 소포가 도착해야 해요?
> 나: 가능한 한 빨리 <u>도착할 수 있게</u> 해 주세요.

❶ 도착할 텐데　　　　　　　　❷ 도착할 뻔하게
❸ 도착한다고 해도　　　　　　❹ 도착할 수 있도록　　036 037

11 (　　　) 안에 알맞은 것을 고르십시오.

> 아침마다 다이어트도 하고 건강도 (　　　　　　　　　) 운동을 해
> 볼까 해요.

❶ 챙길 뿐　　　　　　　　　　❷ 챙길 겸
❸ 챙기는 한　　　　　　　　　❹ 챙기는 대신　　　　　038

12 다음 두 문장을 가장 알맞게 연결한 것을 고르십시오.

> 환경을 보호하다/쓰레기 분리 수거를 하다

❶ 환경을 보호하기 위해 쓰레기 분리 수거를 합니다.
❷ 환경을 보호하기는커녕 쓰레기 분리 수거를 합니다.
❸ 환경을 보호하기는 하지만 쓰레기 분리 수거를 합니다.
❹ 환경을 보호하기만 해도 쓰레기 분리 수거를 합니다.　　039

인용 (간접화법)

引用（間接引用）

041 간접화법

041 간접화법 ★★★

1. 알아두기   常見用法

① 자신이 보거나 들은 것을 다른 사람에게 말할 때 사용한다.
向別人陳述自己看到或聽到的事情時使用。

例 • 가: 언제까지 장학금을 신청해야 하는지 알아요?
你知道獎學金申請到什麼時候嗎？
나: 어제 학교 홈페이지에서 봤는데 이번 주 금요일까지**라고 해**요.
我昨天在學校網頁上看到，說是到這個星期五。

例 • 가: 언니, 내일 엄마 생신인데 어떤 선물을 준비해야 할까?
姊，明天是媽媽生日，得準備什麼禮物才好呢？
나: 엄마가 이번 생일 선물로 소설책을 갖고 싶**다고 하**셨어.
媽媽說她這次生日想要收到小說。

② 자신이 한 말을 다시 한번 말할 때 사용한다. 重複自己說過的話時使用。

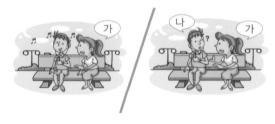

例 • 가: 지금이 몇 시예요? 現在幾點了？
나: 네? 뭐**라고 하**셨어요? 什麼？你說什麼？
가: 지금이 몇 시**냐고 했**어요. 我問你現在幾點了。

가. 평서문 陳述句

		–았/었다고 하다	–(느)ㄴ다고 하다	–(으)ㄹ 거라고 하다
동사 動詞	만나다	만났다고 하다	만난다고 하다	만날 거라고 하다
	읽다	읽었다고 하다	읽는다고 하다	읽을 거라고 하다

		–았/었다고 하다	–다고 하다	–(으)ㄹ 거라고 하다
형용사 形容詞	바쁘다	바빴다고 하다	바쁘다고 하다	바쁠 거라고 하다
	작다	작았다고 하다	작다고 하다	작을 거라고 하다

		이었/였다고 하다	(이)라고 하다	일 거라고 하다
명사+이다 名詞＋이다	친구	친구였다고 하다	친구라고 하다	친구일거라고 하다
	학생	학생이었다고 하다	학생이라고 하다	학생일거라고 하다

例 ▶ ・도나: "저는 지난주에 정말 바빴어요."→ 도나가 지난주에 정말 바빴다고 했어요. 多娜：「我上週真的很忙。」→多娜說她上週真的很忙。
・도나: "저는 오늘 친구를 만날 거예요."→ 도나가 오늘 친구를 만날 거라고 했어요. 多娜：「我今天要跟朋友見面。」→多娜說她今天要跟朋友見面。
・도나: "저는 학생이에요."→ 도나가 학생이라고 했어요.
多娜：「我是學生。」→多娜說她是學生。

나. 의문문 疑問句

		–았/었느냐고 하다	–느냐고 하다	–(으)ㄹ 거냐고 하다
동사 動詞	만나다	만났느냐고 하다	만나느냐고 하다	만날 거냐고 하다
	읽다	읽었느냐고 하다	읽느냐고 하다	읽을 거냐고 하다

		–았/었느냐고 하다	–(으)냐고 하다
형용사 形容詞	바쁘다	바빴느냐고 하다	바쁘냐고 하다
	작다	작았느냐고 하다	작으냐고 하다

		이었/였느냐고 하다	(이)냐고 하다
명사+이다 名詞＋이다	친구	친구였느냐고 하다	친구냐고 하다
	학생	학생이었느냐고 하다	학생이냐고 하다

例 · 도나: "월슨 씨, 지난주에 바빴어요?"→ 도나가 월슨 씨에게 지난주에 바**빴느냐고 했어요.**

多娜:「威爾森先生,你上週很忙嗎?」→多娜問威爾森先生上週是不是很忙。

· 도나: "월슨 씨, 누구를 만날 거예요?"→ 도나가 월슨 씨에게 누구를 만날 **거냐고 했어요.**

多娜:「威爾森先生,你要見誰呀?」→多娜問威爾森先生要跟誰見面。

· 도나: "월슨 씨, 학생이에요?"→ 도나가 월슨 씨에게 학생**이냐고 했어요.**

多娜:「威爾森先生,你是學生嗎?」→多娜問威爾森先生是不是學生。

다. 명령문 命令句

동사 動詞		−(으)라고 하다	−지 말라고 하다
	만나다	만나라고 **하다**	만나**지 말라고 하다**
	읽다	읽**으라고 하다**	읽**지 말라고 하다**

例 · 도나: "월슨 씨, 선생님을 만나세요."→ 도나가 월슨 씨에게 선생님을 만나**라고 했어요.** 多娜:「威爾森先生,去見老師。」→多娜叫威爾森先生去見老師。

· 도나: "월슨 씨, 그 책을 읽지 마세요."→ 도나가 월슨 씨에게 그 책을 읽**지 말라고 했어요.**

多娜:「威爾森先生,請不要看那本書。」→多娜叫威爾森先生不要看那本書。

라. 청유문 勸誘句

동사 動詞		−자고 하다	−지 말자고 하다
	만나다	만나**자고 하다**	만나**지 말자고 하다**
	읽다	읽**자고 하다**	읽**지 말자고 하다**

例 · 도나: "월슨 씨, 우리 명동에서 만날까요?"→ 도나가 월슨 씨에게 명동에서 만나**자고 했어요.** 多娜:「威爾森先生,我們在明洞碰面吧。」→多娜跟威爾森先生說在明洞碰面。

· 도나: "월슨 씨, 시간이 없으니까 만나지 맙시다."→ 도나가 월슨 씨에게 시간이 없으니까 만나**지 말자고 했어요.** 多娜:「威爾森先生,我沒有時間,我們別見面吧。」→多娜跟威爾森先生說她沒有時間,提議別見面。

2. 더 알아두기　更多用法

▶ '−는대요, −느냬요, −래요, −재요'는 짧은 형태의 간접화법이다.
「−는대요」、「−느냬요」、「−래요」、「−재요」是縮寫形態的間接引用。

例 · 도나가 지난주에 정말 바빴**다고 했어요.** 多娜說她上週真的很忙。
= 도나가 지난주에 정말 바빴**대요.**

- 도나가 윌슨 씨에게 누구를 만날 **거냐고 했어요.** 多娜問威爾森先生要跟誰見面。
  = 도나가 윌슨 씨에게 누구를 만날 **거냬요.**
- 도나가 윌슨 씨에게 선생님을 만나**라고 했어요.** 多娜叫威爾森先生去見老師。
  = 도나가 윌슨 씨에게 선생님을 만나**래요.**
- 도나가 윌슨 씨에게 명동에서 만나**자고 했어요.** 多娜跟威爾森先生說在明洞碰面。
  = 도나가 윌슨 씨에게 명동에서 만나**재요.**

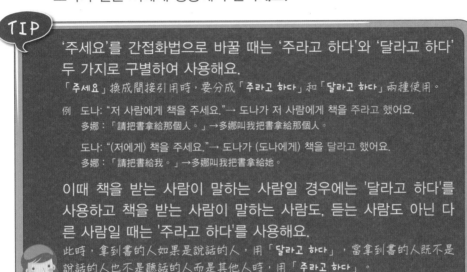

TIP

'주세요'를 간접화법으로 바꿀 때는 '주라고 하다'와 '달라고 하다' 두 가지로 구별하여 사용해요.
「주세요」換成間接引用時，要分成「주라고 하다」和「달라고 하다」兩種使用。

例 도나: "저 사람에게 책을 주세요."→ 도나가 저 사람에게 책을 주라고 했어요.
   多娜：「請把書拿給那個人。」→多娜叫我把書拿給那個人。

   도나: "(저에게) 책을 주세요."→ 도나가 (도나에게) 책을 달라고 했어요.
   多娜：「請把書給我。」→多娜叫我把書拿給她。

이때 책을 받는 사람이 말하는 사람일 경우에는 '달라고 하다'를 사용하고 책을 받는 사람이 말하는 사람도, 듣는 사람도 아닌 다른 사람일 때는 '주라고 하다'를 사용해요.
此時，拿到書的人如果是說話的人，用「달라고 하다」，當拿到書的人既不是說話的人也不是聽話的人而是其他人時，用「주라고 하다」。

3. 확인하기   小試身手

※ 다음 밑줄 친 부분 중 잘못 된 것을 고르십시오.

① 이 가수는 인기가 <u>많다고 한다.</u>

② 철수는 오늘이 <u>무슨 요일이냐고</u> 물었다.

③ 민정은 다음 주에 영화관에 같이 <u>가자고 했다.</u>

④ 올 겨울은 작년에 비해 눈이 많이 <u>올 거다고 한다.</u>

答案解析

本題要選出畫線部分錯誤的選項。選項①、②、③皆為正確句子，選項④的意思為「聽説今年的雪會下得比去年還多」，것이다(거다)的間接引用應改為-것이라(거라)，因此選項④應改為「올 거라고 한다」才是對的。

正確答案④

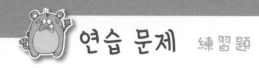

1   다음 밑줄 친 부분 중에서 <u>틀린 것</u>을 찾아 바르게 고쳐 쓰십시오.

> 어제 학교에서 수업 시간에 몸이 아파서 힘들어하고 ㉠<u>있었더니</u> 선생님께서 어디가 ㉡<u>아 프냐고</u> 물어 보셨다. 그리고 아프면 쉬는 것이 ㉢<u>좋겠다고</u> 하면서 일찍 집으로 ㉣<u>돌아가자</u>고 했다.

(→   )   ⓞ41

2   다음 밑줄 친 부분 중 <u>맞는 것</u>을 고르십시오.

❶ 내 동생은 벌써 1시간 전에 숙제를 다 <u>한다고</u> 합니다.

❷ 내년에 미영 씨는 미국으로 유학을 <u>갈 거라고</u> 합니다.

❸ 친구가 나에게 내일 자기랑 같이 영화를 <u>봤느냐고</u> 합니다.

❹ 어머니가 나에게 청소하는 형을 <u>도와 달라고</u> 합니다.   ⓞ41

3   빈칸에 가장 알맞은 것을 고르십시오.

> 가: 이 MP3를 샀어요?
> 나: 아니요, 이건 우리 형 MP3인데 우리 형한테 잠깐 (
>   ) 하고 가져왔어요.

❶ 빌려 준다고   ❷ 빌려 달라고

❸ 빌려 주라고   ❹ 빌려 온다고   ⓞ41

4   다음 밑줄 친 부분 중 <u>잘못 된 것</u>을 고르십시오.

❶ 민호는 친구들 사이에서 인기가 <u>많다고 한다.</u>

❷ 철수는 갑자기 내 생일이 <u>언제냐고 물었다.</u>

❸ 여자 친구가 다음 주에 미술관에 같이 <u>가자고 했다.</u>

❹ 이번 여름에는 작년에 비해 비가 많이 <u>올 거다고 한다.</u>   ⓞ41

5 다음 밑줄 친 부분 중 틀린 것을 고르십시오.

❶ 친구가 내일 같이 영화를 보러 <u>가재요</u>.

❷ 엄마가 고기만 먹지 말고 채소도 <u>먹으래요</u>.

❸ 내 친구가 요즘 일본어를 <u>배운대요</u>.

❹ 형이 나한테 같이 게임을 <u>한대요</u>.

041

6 다음 밑줄 친 부분 중 잘못 된 것을 고르십시오.

❶ 한 달 후면 친구는 결혼을 <u>할 거라고</u> 해요.

❷ 김 과장님이 지난주에 다른 회사에 <u>갔다고</u> 해요.

❸ 어머니께서 계속 저에게 <u>공부하라고</u> 해요.

❹ 친구가 날씨가 좋으니까 같이 놀러 <u>간다고</u> 해요.

041

TOPIK 試題中常見的韓國文化

韓國的「生活韓服」

　　眾所皆知，韓服是韓國的傳統服裝，因設計優美、色彩鮮豔受到許多韓國人的

青睞。所以在傳統節日或是結婚典禮時，總是能看到身著韓服的韓國人。但韓服

雖美，在日常生活中穿著卻不太方便。韓服的材質容易皺，且穿著韓服的人行動

較為不便。所以近來為了改善韓服的缺點，充分體現韓服的魅力，出現了一種穿

著便利的「生活韓服」。女子生活韓服的裙子，有長到腳踝的長裙，也有膝上的

短裙，穿脫上比傳統韓服便利許多。近年來，除了韓國人為了向世界各國展現韓

服的美而大力推廣韓服之外，也鼓勵自己國人多穿韓服，莫忘了他們的傳統文

化，並標榜「生活韓服」的便利性，希望吸引更多的年輕人多穿韓服。下次去韓

國時，大家可以仔細看一下路人，也許就會看到有人穿著結合傳統與現代美感的

生活韓服在街上逛街喔。

당연 當然

042 −기 마련이다 ★★★

1. 알아두기 常見用法

		−기 마련이다
동사 動詞	먹다	먹기 마련이다
	가다	가기 마련이다
형용사 形容詞	좋다	좋기 마련이다
	예쁘다	예쁘기 마련이다

❶ 어떤 사실이나 상황이 자연스럽고 당연하다는 것을 나타낸다.
   表示某項事實或情況是很自然且理所當然的。

> 例 ▸ · 사랑하는 사람이 제일 멋있어 보이기 마련이에요.
>   自己的愛人自然會覺得是最帥的。（情人眼裡出西施）
>   · 아플 때 고향 생각이 많이 나기 마련이에요. 生病時，自然會想念故鄉。
>   · 처음에는 누구나 실수하기 마련이에요. 任誰一開始都有可能出錯。

주의사항 注意事項

● ‘−게 마련이다’는 ‘−기 마련이다’와 같은 표현이다.
「−게 마련이다」跟「−기 마련이다」是相同的文法表現。
例 많이 먹으면 살이 찌기 마련이에요. 吃多了當然會變胖。
 = 많이 먹으면 살이 찌게 마련이에요.

2. 더 알아두기 更多用法

▶ ‘−기 마련이다’는 ‘−는 게 당연하다’, ‘−는 법이다’❹³와 바꾸어 사용할 수 있다.
   「−기 마련이다」可以跟「−는 게 當然하다」、「−는 法이다」替換使用。

> 例 ▸ · 많이 먹으면 살이 찌기 마련이에요. 吃多了當然會變胖。
>   = 많이 먹으면 살이 찌는 게 당연해요.
>   = 많이 먹으면 살이 찌는 법이에요.

※ 밑줄 친 부분을 같은 의미로 바꾸어 쓴 것을 고르십시오.

가: 선배들은 모두 잘하는데 저만 자꾸 실수를 해서 고민이에요.

나: 처음에는 <u>실수하는 게 당연하죠</u>. 너무 고민하지 마세요.

① 실수할 정도예요

② 실수하기를 바라요

③ 실수한다는 말이에요

④ 실수하기 마련이에요

unit 7
當然

答案解析

畫底線部分意為出錯是很正常的事情。選項①的「-을 정도이다」表示前面的狀況和後面的狀況相似。選項②的「-기를 바라다」表示希望。選項③的「-(ㄴ/는)다는 말이다」強調前面所說的話。只有選項④表示某種現象很自然或是理所當然，因此正確答案為④。

正確答案④

–는 법이다 ★★★

1. 알아두기　常見用法

		–는 법이다			–(으)ㄴ 법이다
동사 動詞	만나다	만나**는 법이다**	형용사 形容詞	좋다	좋**은 법이다**
	받다	받**는 법이다**		크다	큰 **법이다**

❶ 일반적으로 그렇게 되는 것이 당연하다는 것을 나타낸다.
　　表示在一般情況下變成那種結果是理所當然的。

> 例▶ ・사람은 누구나 살면서 힘든 일도 생기는 **법이다.** 人活著難免會遇到一些困境。
> 　　・다른 사람에게 한 만큼 받는 **법이에요.** 對別人付出多少，自然會收到多少回報。
> 　　・기대가 클수록 실망도 큰 **법이지요.** 希望越大，自然失望也越大。

2. 더 알아두기　更多用法

▶ '–는 법이다'는 '–기 마련이다'❷와 바꾸어 사용할 수 있다.
　　「–는 법이다」可以跟「–기 마련이다」替換使用。

> 例▶ ・많이 먹으면 살이 찌는 **법이에요.** 吃多了當然會變胖。
> 　　＝ 많이 먹으면 살이 찌기 **마련이에요.**

3. 확인하기　小試身手

> ※ 밑줄 친 부분과 바꿔 쓸 수 있는 것을 고르십시오.
>
> 가: 그 청소기를 사지 않은 사람이 없어요.
> 나: 싸고 성능이 좋은 물건은 잘 <u>팔리기 마련이지요.</u>
>
> ① 팔리는 법이지요　　　　　② 팔리는 게 뭐예요
> ③ 팔리긴 다 틀렸어요　　　　④ 팔리면 문제 없어요

答案解析

本題要找出「好東西自然賣得好」的句子。選項②表示「怎麼可能賣得好」，選項③表示「不可能賣得好」，選項④假設「如果賣得好就沒有問題」，以上都不是答案。只有表示「賣得好是理所當然」的選項①才是正確答案。

正確答案①

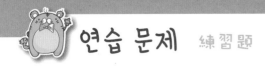

1   밑줄 친 부분에 들어갈 가장 알맞은 것을 고르십시오.

> 가: 회사에서 처음 맡게 된 일인데 실수가 많아서 큰일이에요.
> 나: _____ . 너무 걱정하지 마세요.

❶ 익숙하지 않으면 누구도 실수하지 마세요

❷ 익숙하지 않아도 누구도 실수하면 안돼요

❸ 익숙하지 않아도 누구나 실수하는 셈이다

❹ 익숙하지 않으면 누구나 실수하기 마련이죠   042

2   밑줄 친 부분과 바꿔 쓸 수 있는 것을 고르십시오.

> 가: 한국 음식을 할 줄 몰랐는데 매일 하다 보니까 이제 잘하게 됐어요.
> 나: 그럼요. 무엇이든 매일 조금씩이라도 노력하면 잘하게 되는 법이에요.

❶ 잘하는 척해요   ❷ 잘하는 모양이에요

❸ 잘하기 마련이에요   ❹ 잘하기 때문이에요   042 043

unit 7
當然

3   밑줄 친 부분과 바꿔 쓸 수 있는 것을 고르십시오.

> 가: 우리 반 친구들은 모두 상희 씨를 좋아하는 것 같아요.
> 나: 상희 씨처럼 똑똑한데다가 예쁘기까지 하면 인기가 많기 마련이죠.

❶ 인기가 많은 셈이죠   ❷ 인기가 많은 법이죠

❸ 인기가 많긴 많아요   ❹ 인기가 많긴 다 틀렸죠   042 043

4   밑줄 친 부분을 같은 의미로 바꾸어 쓴 것을 고르십시오.

> 가: 처음으로 수영을 배워 봤는데 너무 힘들었어요.
> 나: 처음에는 힘든 게 당연하죠. 조금씩 나아질 거예요.

❶ 힘들기만 해요   ❷ 힘들기를 바라요

❸ 힘들기 마련이에요   ❹ 힘들기 때문이에요   042

TOPIK 試題中常見的韓國文化

漢江市民公園游泳場

　　炎熱的夏季，每個人都渴望可以在海中暢泳。酷暑難耐時，能在碧藍的大海游

上一圈是何等的愜意！但是，去海邊玩既耗費時間又會產生經濟上的負擔，使許

多韓國人的願望泡湯。不過，有個好消息可以告訴大家，那就是在漢江邊上也可

以盡情暢泳。位於地鐵站附近的漢江遊樂場，交通便利、入場費也相當便宜，讓

你沒有任何負擔地享受暢泳的樂趣。各位要是也為炎熱的天氣感到煩躁的話，來

漢江市民公園的游泳場會是你明智的選擇。

UNIT **8**

한정 限定

044 −기만 하다 ★★★

1. 알아두기　常見用法

		−기만 하다
동사 動詞	웃다	웃기만 하다
	자다	자기만 하다
형용사 形容詞	무섭다	무섭기만 하다
	크다	크기만 하다

❶ 어떤 행동이나 상태 한 가지만 지속되는 것을 나타낸다.
表示只有一項行為或狀態持續展現。

> 例 ▸ • 가: 시험이 끝난 어제는 계속 자기만 했어요. 考完的昨天就一直在睡覺。
> 　　나: 그동안 공부하느라 피곤했을 텐데 잠이 보약이지요.
> 　　這段時間為了讀書一定很累，睡眠就是補藥呀。
> • 가: 유학 생활이 어때요? 留學生活如何？
> 　　나: 아직은 친구가 없어서 심심하기만 해요.
> 　　因為還沒交到朋友，所以都閒著沒事做。

2. 확인하기　小試身手

> ※ 빈칸에 가장 알맞은 것을 고르십시오.
>
> 가: 어제 공연이 어땠어요?
>
> 나: 재미가 없어서 저는 _____ .
>
> ① 졸기는요　　　　　　　　② 졸기로 했어요
>
> ③ 졸기만 했어요　　　　　　④ 졸기는 했겠어요

答案解析

가詢問昨天的公演如何？나回答「因為太無聊，只顧著睡覺」。選項①說「沒有睡覺」，選項②說「打算睡覺」，選項④推測「過去可能睡著了」，以上都不是答案。只有表示「除了睡覺之外沒有做別的事情」的選項③才是正確答案。

正確答案③

045 　-을 뿐이다 ★★★

1. 알아두기　　常見用法

		-았/었을 뿐이다	-(으)ㄹ 뿐이다
동사 動詞	가다	갔을 뿐이다	갈 뿐이다
	먹다	먹었을 뿐이다	먹을 뿐이다
형용사 形容詞	바쁘다	바빴을 뿐이다	바쁠 뿐이다
	많다	많았을 뿐이다	많을 뿐이다

		이었을/였을 뿐이다	일 뿐이다
명사+이다 名詞＋이다	친구	친구였을 뿐이다	친구일 뿐이다
	학생	학생이었을 뿐이다	학생일 뿐이다

❶ 선행절의 사실 이외에 다른 것은 없다는 것을 나타낸다

表示除了前子句的事實以外沒有其他的了。

例 • 가: 이렇게 훌륭한 축구 선수가 된 방법을 좀 말씀해 주세요.
　　　請您跟我們說一下是如何成為一位這麼優秀的足球選手。
　　나: 매일 꾸준히 연습**했을 뿐이에요**. 就只是每天堅持不懈地練習而已。
　• 가: 남자 친구예요? 是男朋友嗎？
　　나: 아니요, 그냥 친한 친구**일 뿐이에요**. 不是，就只是好朋友而已。

주의사항 注意事項

● '-을 뿐이다'는 선행절과 후행절을 연결할 때 '-을 뿐'의 형태로 사용할 수 있다.
　「-을 뿐이다」連結前子句與後子句時，可以使用「-을 뿐」的文法形態。
例 가: 기분이 안 좋아 보여요. 你看起來心情不好。
　　나: 쉬고 싶을 뿐 기분이 안 좋은 것은 아니에요. 我只是想休息，不是心情不好。

unit 8
限定

※ 다음 밑줄 친 부분과 의미가 비슷한 것을 고르십시오.

두 사람은 오랫동안 알고 지냈지만 직장 동료 사이일 <u>뿐이다</u>.

① 사이에 불과하다

② 사이라면 좋겠다

③ 사이일지도 모른다

④ 사이라고 볼 수 없다

「–을 뿐이다」跟「名詞에 불과하다」均表示除了前句的事實以外沒有其他的了。選項②表示希望，選項③表示推測，選項④表達了話者認為兩人並非同事，以上皆不符合題意。而選項①表示兩人個關係僅止於前句的事實而已，與畫底線部分意思相近，因此正確答案為①。

正確答案①

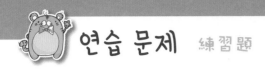

연습 문제 練習題

1 다음 밑줄 친 부분에 들어갈 알맞은 말을 고르십시오.

> 가: 파티가 지루할까 봐 걱정했습니다.
> 나: 지루하기는커녕 _____ .

❶ 재미있는 체합니다　　　　　　　❷ 재미있기만 합니다

❸ 재미있는 법입니다　　　　　　　❹ 재미있기 마련입니다　　044

2 다음 밑줄 친 부분에 가장 알맞은 것을 고르십시오.

unit 8
限定

> 가: 왜 거기에 놓으세요? 이쪽에 갖다 놓으라고 했잖아요.
> 나: 전 그냥 사모님이 _____ .

❶ 시키는 대로 할 뻔했어요　　　　❷ 시키는 대로 했을 뿐이에요

❸ 시키는 대로 하는 법이에요　　　❹ 시키는 대로 하려던 참이에요　　045

3 밑줄 친 부분을 같은 의미로 바꿔 쓴 것을 고르십시오.

> 가: 요즘 통 얼굴이 안 보이던데 무슨 일 있었어요?
> 나: 그냥 좀 바빴을 뿐이에요.

❶ 바쁜 것치고는 괜찮은 편이었어요

❷ 바빴더라면 좋았을 걸 그랬어요

❸ 바쁘건 안 바쁘건 중요하지 않아요

❹ 바쁜 것 이외에 특별한 일은 없었어요　　045

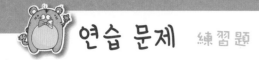
4 다음 밑줄 친 부분에 들어갈 알맞은 것을 고르십시오.

> 가: 특별한 사이 같은데 누구예요?
> 나: 그냥 _____ .

❶ 같은 반 친구밖에 몰라요   ❷ 같은 반 친구일 뿐이에요

❸ 같은 반 친구만큼 알아요   ❹ 같은 반 친구가 아니에요   045

5 다음 중 알맞은 문장을 고르십시오

❶ 동생이 먹지는 않고 <u>잤기만 해요</u>.

❷ 친구가 말은 안하고 <u>울만 해요</u>.

❸ 학생들이 질문은 하지 않고 <u>듣기만 해요</u>.

❹ 사람들이 사고가 났는데도 <u>보다시피 해요</u>.   044

UNIT **9**

나열 羅列

초급 문법 확인하기! 初級文法回顧

−으며

> 例 우리 언니는 키가 크며 날씬합니다.　我姐姐個子很高而且很苗條。

−으면서

> 例 내 동생은 예쁘면서 똑똑해요.　我妹妹既漂亮又聰明。

–을 뿐만 아니라 ★★★

		–았/었을 뿐만 아니라	–(으)ㄹ 뿐만 아니라
동사 動詞	먹다	먹었을 뿐만 아니라	먹을 뿐만 아니라
	가다	갔을 뿐만 아니라	갈 뿐만 아니라
형용사 形容詞	좋다	좋았을 뿐만 아니라	좋을 뿐만 아니라
	예쁘다	예뻤을 뿐만 아니라	예쁠 뿐만 아니라

		이었/였을 뿐만 아니라	일 뿐만 아니라
명사+이다 名詞＋이다	학생이다	학생이었을 뿐만 아니라	학생일 뿐만 아니라
	친구이다	친구였을 뿐만 아니라	친구일 뿐만 아니라

❶ 선행절의 정보에 후행절의 정보를 추가할 때 사용한다.

在前子句的訊息中追加後子句的訊息時使用。

例 ・가: 그 사람이 어때요? 那個人怎麼樣？

나: 재미있는 말을 잘 할 **뿐만 아니라** 노래도 잘 해요.

他不僅說話風趣，也很會唱歌。

・가: 지금 사는 기숙사가 어때요? 現在住的宿舍怎麼樣？

나: 학교에서 가까울 **뿐만 아니라** 방도 깨끗해요.

不僅離學校很近，房間也很乾淨。

주의사항 注意事項

● 선행절에 긍정적인 정보가 오면 후행절도 긍정적인 정보가 와야 하고, 선행절에 부정적인 정보가 오면 후행절도 부정적인 정보가 와야 한다.

如果前子句接的是正面訊息，後子句就也得接正面訊息；如果前子句接的是負面訊息，則後子句也必須接負面訊息。

예 그 사람은 멋있을 뿐만 아니라 성격이 안 좋아요. (X)

　　(긍정) 肯定　　　　　(부정) 否定

▶ '-을 뿐만 아니라'는 '-는 데다가'**047**와 바꾸어 사용할 수 있다.
「-을 뿐만 아니라」可以跟「-는 데다가」替換使用。

例 ▸ • 그 식당은 맛있**을 뿐만 아니라** 값도 싸요. 那家餐廳不僅好吃，價錢也很便宜。
　　= 그 식당은 맛있**는 데다가** 값도 싸요.

▶ 'N일 뿐만 아니라'와 'N뿐만 아니라'의 문법 비교
「N일 뿐만 아니라」和「N뿐만 아니라」的文法比較

'N일 뿐만 아니라'는 'N이다'가 서술어로 올 경우 사용한다.
當「N이다」作為敍述語接在後面時，使用「N일 뿐만 아니라」。

例 ▸ • 그 사람은 좋은 <u>친구**예요**</u>. + 그 사람은 좋은 선생님**이에요**.
　　　　　　　　　(N이다)
　　　那個人是一位好朋友＋那個人是一位好老師。
　　　→ 그 사람은 좋은 친구**일 뿐만 아니라** 좋은 선생님**이에요**.
　　　那個人不僅是一位好朋友，也是一位好老師。

'N뿐만 아니라'는 'N이다'를 제외한 서술어(동사, 형용사)가 올 경우 사용한다. 當後面接「N이다」以外的敍述語（動詞、形容詞）時，使用「N뿐만 아니라」。

例 ▸ • 제 친구는 공부도 **잘해요**. + 제 친구는 운동도 **잘해요**.
　　　　　　　　(동사)
　　　我朋友書也念得好＋我朋友運動也很擅長。
　　　→ 제 친구는 공부뿐만 아니라 운동도 **잘해요**.
　　　我朋友不僅書念得好，還很擅長運動。

TIP

'N일 뿐만 아니라'와 'N뿐만 아니라'는 형태는 비슷하지만 다른 문법이에요. 두 문법을 혼동하는 경우가 많은데 주의해야 하지요.
雖然「N일 뿐만 아니라」跟「N뿐만 아니라」的形態相似，但卻是不同文法。這兩個文法常被混淆，必須要注意。

그 연예인은 얼굴뿐만 아니라 마음도 예뻐요.
那位藝人不僅臉蛋漂亮，心地也很好。

그 연예인은 가수일 뿐만 아니라 배우예요.
那位藝人不僅是歌手，還是一位演員。

※ 다음 두 표현을 가장 알맞게 연결한 것을 고르십시오.

민수는 사교성이 있다/민수는 공부를 잘한다

① 민수는 사교성이 있다고 해도 공부는 잘합니다.

② 민수는 사교성도 있어야 하고 공부도 잘합니다.

③ 민수는 사교성이 있는 척하면 공부는 잘합니다.

④ 민수는 사교성이 있을 뿐만 아니라 공부도 잘합니다.

答案解析

本題要選出將兩句正確併連起來的選項。由兩句關係來看，①主語相同，②各自不相干，③皆為正面事實敘述。如果要將兩句併連起來，使用的文法應為羅列或添加性質。選項①的「-해도」表對立。選項②的「-어야 하다」表必須條件。選項③的「-는 척하면」表若是假裝，以上皆不是答案。只有選項④的「-ㄹ 뿐만 아니라」表添加，故正確答案為④。　　　　　　　　　正確答案④

047 -는 데다가 ★★

1. 알아두기 常見用法

		-(으)ㄴ 데다가	-는 데다가
동사 動詞	읽다	읽은 데다가	읽는 데다가
	가다	간 데다가	가는 데다가

		-(으)ㄴ 데다가			인 데다가
형용사 形容詞	많다	많은 데다가	명사+이다 名詞+이다	학생	학생인 데다가
	싸다	싼 데다가		친구	친구인 데다가

❶ 선행절의 정보에 후행절의 정보를 추가할 때 사용한다.
  在前子句提示的資訊上追加後子句的資訊時使用。

> 例 ▸ 가: 요즘 얼굴 보기가 힘든 것 같아요. 最近好像很難遇到你。
>   나: 네, 일도 많**은 데다가** 새로 공부를 시작한 게 있어서 좀 바빴어요.
>   是啊,事情很多,而且又開始學新的東西,所以有點忙。
> ▸ 언어교환을 하면 한국어도 배울 수 있**는 데다가** 한국 친구도 사귈 수 있어요.
>   如果進行語言交換,不僅可以學習韓語,還可以交到韓國朋友。
> ▸ 영미 씨는 같은 과 친구**인 데다가** 고등학교 동창이기도 해요.
>   英美不僅是我的同系同學,還是我的高中同學。

주의사항 注意事項

● 선행절과 후행절의 주어가 같아야 한다. 前句與後句的主詞必須一致。

例 <u>동생</u>은 매일 게임을 하는 데다가 (<u>동생</u>은) 밤까지 새니까 아침에 못 일어난다. (O)
  (주어) 主詞   (주어) 主詞

弟弟每天都打電動,甚至還熬夜,所以早上爬不起來。

<u>언니</u>는 예쁜 데다가 <u>오빠</u>는 날씬하기까지 하다. (X)
(주어) 主詞   (주어) 主詞

▶ '-는 데다가'는 '-을 뿐만 아니라'[046]와 바꾸어 사용할 수 있다.

「-는 데다가」可以和「-을 뿐만 아니라」替換使用。

例 ▶ ·그 식당은 맛있**는 데다가** 값도 싸요. 那家餐廳不僅美味，價錢也很便宜。
　　= 그 식당은 맛있**을 뿐만 아니라** 값도 싸요.

※ 다음 밑줄 친 부분과 의미가 비슷한 것을 고르십시오.

그 하숙집은 교통이 <u>편리한 데다가</u> 시설도 좋아서 하숙생들에게 아주 인기가 많다.

① 편리할 겸

② 편리한 만큼

③ 편리하기는 하지만

④ 편리할 뿐만 아니라

unit 9
羅列

답案解析

文章內容是説那間寄宿家庭不僅交通方便，而且設備也很好，所以在寄宿家庭學生之間人氣很高，畫底線的部分表添加。選項①的「-을 겸」表示「方便」和「設施的好壞」構成後句的目的。選項②的「-는 만큼」表示程度相似。選項③的「-기는 하지만」指相反的意思。選項④為在前句的訊息中追加後句的訊息表添加，因此正確答案為④。

正確答案④

1. 알아두기   常見用法

		-기도 하다
동사 動詞	읽다	**읽기도 하다**
	사다	**사기도 하다**

❶ 가끔 그러한 경우도 있다고 말할 때 사용한다.
　表示偶爾也會有那樣的情形時使用。

> 例 · 가: 부모님께는 자주 연락을 드려요? 你常跟父母聯絡嗎?
>
> 　　나: 네, 보통 전화를 하지만 가끔 편지를 하**기도 해**요.
>
> 　　是的，通常都是打電話，但有時候也會寫信。
>
> · 가: 보통 어디에서 공부해요? 你通常都在哪裡念書?
>
> 　　나: 보통은 기숙사에서 공부하지만 주말에는 도서관에 가**기도 해**요.
>
> 　　我通常都在宿舍念書，但周末有時也會去圖書館。

> **TIP**
>
> 'V-기도 하고 V-기도 하다'는 선행절의 일을 할 때도 있고 후행절의 일을 할 때도 있을 때 사용해요.
>
> 「V-기도 하고 V-기도 하다」表示有時候做前子句的事情，有時候做後子句的事情。
>
> 例 요리를 하기도 하고 사 먹기도 해요. 也會自己煮來吃，也會買來吃。
>
> 'A-기도 하고 A-기도 하다'는 선행절의 정보에 후행절의 내용을 추가할 때 사용해요.
>
> 「A-기도 하고 A-기도 하다」是在前子句的資訊上追加後子句的內容時使用。
>
> 例 그 사람은 친절하기도 하고 재미있기도 해요. (대등) 那個人不僅親切，也很風趣。（對等關係）
>
> 영화가 재미있기도 하고 무섭기도 해요. (대조) 電影很有趣，也很恐怖。（對照關係）

※ 다음 밑줄 친 부분과 바꾸어 쓸 수 있는 것을 고르십시오.

　가: 한국 대학생들은 보통 방학에 무엇을 해요?

　나: <u>보통 공부를 하지만 아르바이트를 하기도 해요.</u>

　① 보통 공부만 하고 아르바이트는 안 해요

　② 가끔 아르바이트를 하는 경우도 있어요

　③ 보통 공부는 안 하고 아르바이트밖에 안 해요

　④ 공부는커녕 아르바이트를 하는 경우도 없어요

unit 9
羅列

答案解析

本句畫底線部份意為「平常都在念書，但有時候也會打工」。選項①為「平常只念書，但是不打工」，選項③為「平常都不念書，除了打工之外其他什麼都不做」，選項④為「別說唸書了，連打工的情形都沒有」，以上都不符合題目要求。只有表示「有時候也會打工」的選項②才可與畫線的句子互換，因此正確答案為②。

正確答案②

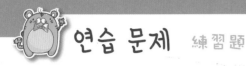

연습 문제 練習題

1 밑줄 친 부분과 바꿔 쓸 수 있는 것을 고르십시오.

> 이 집은 지하철 역에서 <u>가까운 데다가</u> 깨끗한 편이네요.

❶ 가까운 탓에   ❷ 가까운 만큼

❸ 가까울 정도로   ❹ 가까울 뿐만 아니라   046 047

2 다음 두 표현을 가장 알맞게 연결한 것을 고르십시오.

> 이 식당 음식이 맛있다/값도 싸다

❶ 이 식당 음식이 맛있으면 값도 싸요.

❷ 이 식당 음식이 맛있을 뿐만 아니라 값도 싸요.

❸ 이 식당 음식이 맛있기만 하면 값도 싸요.

❹ 이 식당 음식이 맛있기에 값도 싸요.   046

3 다음 밑줄 친 부분과 의미가 비슷한 것을 고르십시오.

> 가: 저 가게에는 항상 손님이 많은 것 같아요.
> 나: 직원이 <u>친절한 것은 물론이고</u> 물건의 품질도 좋아서 그래요.

❶ 친절한 만큼   ❷ 친절함에 따라

❸ 친절한 데다가   ❹ 친절함에 비해   047

4 밑줄 친 부분과 바꿔 쓸 수 있는 것을 고르십시오.

> 가: 새로 산 핸드폰이에요? 좋아 보이는데요.
> 나: 아니에요. <u>비쌀 뿐만 아니라</u> 자주 고장이 나서 불편해요.

❶ 비싸거든   ❷ 비싼 데다가

❸ 비싸다가는   ❹ 비쌀 정도로   047

5   다음 밑줄 친 부분과 의미가 비슷한 것을 고르십시오.

> 가: 제주도는 어땠어요?
> 나: 경치도 <u>아름다운 데다가</u> 음식도 맛있었어요.

❶ 아름답고는   ❷ 아름답거든

❸ 아름다운 체하고   ❹ 아름다울 뿐만 아니라

TOPIK 試題中常見的韓國文化

社區景觀

　　韓國有著無數的社區，最近社區文化有變化的趨勢。原先人們重視社區周邊是

否有學校、交通是否便利，認為社區僅僅是居住的空間。但近來社區的景觀和社

區內部的環境成了人們選擇社區的重要條件。所以新建的社區中綠樹成蔭，鳥語

花香。現在的社區成為人們放鬆心情，愉悅生活的空間。大家有機會一定要到這

樣的社區裡體驗一下這種感受。

UNIT 10

상태 · 지속
狀態 · 持續

초급 문법 확인하기!　初級文法回顧

–고 있다

例 학생들이 교실에서 공부하고 있어요.　學生們正在教室裡念書。

–는 중이다

例 지금 오빠는 식사하는 중이에요.　哥哥現在正在吃飯。

049   –아/어 놓다 ★★★

		–아/어 놓다
동사 動詞	만들다	만들**어 놓다**
	보내다	보내 **놓다**

❶ 어떤 행동을 미리 한 상태가 지속되는 것을 나타낸다.
表示事先已經做了的某種行動，其狀態持續的樣子。

> 例 • 가: 주말에 우리 영화를 보러 갈까요? 我們周末要不要去看電影？
> 나: 좋은 생각이에요. 주말이니까 미리 표를 예매**해 놓**는 것이 좋겠어요.
> 這是個好主意。因為是周末，先訂票會比較好。
> • 가: 왜 현관문을 열**어 놓**았어요? 玄關的門為什麼開著？
> 나: 집에 음식 냄새가 많이 나서 열**어 놓**았어요.
> 家裡充滿食物的味道，所以就把門打開了。

주의사항   注意事項

- '–아/어 놓아(서)'는 '–아/어 놔(서)'로 간단하게 표현할 수 있다.
「–아/어 놓아(서)」可以用「–아/어 놔(서)」簡單表示。

> 예 요리를 미리 해 놓아서 걱정이 없어요. 因為事先備好了飯菜，所以不擔心。
> = 요리를 미리 해 놔서 걱정이 없어요.

unit 10
狀態・持續

▶ '– 아/어 놓다'는 '–아/어 두다'052와 바꾸어 사용할 수 있다.
「–아/어 놓다」可以和「–아/어 두다」替換使用。

> 例 • 방 문을 잠가 **놓았어요**. 我把房門鎖上了。
> = 방 문을 잠가 **두었어요**.

※ 빈칸에 들어갈 알맞은 말을 고르십시오.

가: 이번 휴가 때 특별한 계획이 있어요?

나: 여행을 가려고요. 벌써 비행기 표도 _____ .

① 샀으면 해요

② 주었나 봐요

③ 예약해 놓았어요

④ 도착하기로 해요

答案解析

本題大意為「為了去旅行已經先買好機票」。選項①表示「如果之前先買好機票就好了」，選項②推測「把機票給了別人」，選項④表示「機票即將要送過來」。以上都不符合本題，只有表示「已經訂好機票」的選項③才是正確答案。

正確答案③

050 −은 채(로) ★★★

		−(으)ㄴ 채(로)
동사 動詞	입다	입은 **채(로)**
	뜨다	뜬 **채(로)**

❶ 어떤 행동을 한 상태가 지속되는 동안 다른 행동이 이루어질 때 사용한다.
在做了某項行動的某種狀態持續的這段期間，另一項行動進行時使用。

> 例 ▸ ・가: 얼굴이 왜 그래요? 다쳤어요? 你的臉怎麼了？受傷了嗎？
>   나: 아니요. 어제 문을 열어 놓은 채 잠을 자서 모기에게 물렸어요.
>   不是，我昨天開著門睡覺，結果被蚊子咬了。
>   ・한국에서는 신발을 신은 **채로** 방에 들어가면 안 돼요.
>   在韓國，不可以穿著鞋子進房間。

주의사항   注意事項

● −은 채(로)는 '−아/어 놓다' ⑭⑨, '−아/어 두다' ⑮②와 결합하여 '−아/어 놓은 채', '−아/어 둔 채'로 자주 사용한다.
「−은 채(로)」與「−아/어 놓다」和「−아/어 두다」結合，經常使用「−아/어 놓은 채」與「−아/어 둔 채」。
예 문을 열어 놓은 채 잠이 들었다. 開著門睡著了。
텔레비전을 켜 둔 채 잠이 들었다. 開著電視睡著了。

※ 다음 밑줄 친 부분과 바꾸어 쓸 수 있는 것을 고르십시오.

> 가: 팔이 왜 그래요? 모기한테 물렸어요?
>
> 나: 네, 어제 문을 <u>열어 놓고</u> 잠을 잤거든요.

① 열어 놓은 채

② 열어 놓은 척

③ 열어 놓으면서

④ 열어 놓은 사이

–아/어 가다/오다 ★★

		–아/어 가다/오다
동사 動詞	만들다	만들어 가다/오다
	발전하다	발전해 가다/오다

❶ –아/어 가다: 현재의 상태가 미래에서도 계속 유지될 때 사용한다.

「–아/어 가다」：表示現在的狀態在未來仍然會持續時使用。

例 • 우리나라는 앞으로 더욱 발전해 갈 것입니다. 我國未來將會持續發展。
　　• 앞으로 두 사람이 예쁜 사랑을 만들어 가시길 바랍니다.
　　　希望你們倆在未來的日子裡繼續相愛。

❷ –아/어 오다: 과거 상태가 현재까지 오랜 시간동안 계속 유지되고 있을 때
사용한다.

「–아/어 오다」：表示過去的狀態長久以來一直持續到現在時使用。

例 • 이 제품을 10년 동안 사용해 왔어요. 這個產品已經用了 10 年了。
　　• 5년 전부터 사귀어 온 남자 친구와 헤어졌어요.
　　　我跟交往 5 年的男朋友分手了。

–아/어 가다:　　　　　　　　　　　　　(현재) ──────→ (미래)
–아/어 오다: (과거) ──────→ (현재)

unit 10
狀態・持續

주의사항　注意事項

● 상태를 유지하는 시간이 비교적 길 때만 사용할 수 있다.
用於當狀態維持的時間相對較長時。

例 저는 10분 전부터 밥을 먹어 왔어요. (X)

　　(짧은시간) 較短的時間

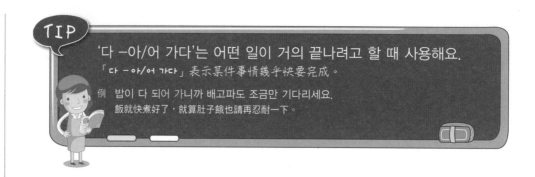

TIP

'다 –아/어 가다'는 어떤 일이 거의 끝나려고 할 때 사용해요.

「다 –아/어 가다」表示某件事情幾乎快要完成。

例 밥이 다 되어 가니까 배고파도 조금만 기다리세요.
飯就快煮好了，就算肚子餓也請再忍耐一下。

2. 확인하기　　小試身手

※ 빈칸에 들어갈 알맞은 말을 고르십시오.

우리 경제는 앞으로 더 발전해 ＿＿＿＿＿＿＿＿＿＿＿＿＿＿ .

① 갔습니다

② 갈 겁니다

③ 왔습니다

④ 올 겁니다

答案解析

本題表示在未來的日子裡經濟會持續發展。選項①表示過去的狀態，選項③表示過去的狀態維持至今，選項④與앞으로（未來）不能相呼應，以上選項都不適合放到句子裡。只有選項②表示現在的狀態在未來仍然會持續，正確答案為②。

正確答案②

052

–아/어 두다 ★

1. 알아두기　常見用法

		–아/어 두다
동사 動詞	만들다	만들**어 두다**
	사다	사 **두다**

❶ 어떤 행동을 미리 한 상태가 지속되는 것을 나타낸다.
表示先前做的某種行動，其狀態持續的樣子。

例 ・가: 집들이 준비는 끝났어요? 喬遷宴準備好了嗎?
　　나: 네, 음식을 미리 만들**어 두**었으니까 차리기만 하면 돼요.
　　　是，食物都已經先做好了，只要擺盤一下就行了。
　・가: 설날에 고향에 가는 표를 미리 사야겠지요?
　　　春節回老家的車票得提前買吧?
　　나: 안 그래도 미리 사 **뒀**어요. 我正好已經買好了。

2. 더 알아두기　更多用法

▶ '–아/어 두다'는 '–아/어 놓다'❹❹와 바꾸어 사용할 수 있다.
「–아/어 두다」可以跟「–아/어 놓다」替換使用。

例 ・방 문을 잠가 **두**었어요. 我把房門鎖上了。
　　= 방 문을 잠가 **놓**았어요.

3. 확인하기　小試身手

※ 다음 밑줄 친 부분과 바꾸어 쓸 수 있는 것을 고르십시오.

　가: 내일 수업에 필요한 책은 다 샀니?
　나: 네, 아까 집에 돌아오는 길에 미리 <u>사 두었어요</u>.

　①사 봤어요　　②사 댔어요　　③사 주었어요　　④사 놓았어요

答案解析

畫線部分意為「買了放著」，要選出可與畫線部分互換的選項。選項①表示「以前曾經買過」，選項②表示動作的重複，選項③表示「買了某樣東西給別人」，以上皆與本題不符。只有表示「買好的狀態持續著」的選項④才是正確答案。

正確答案④

1. 알아두기　常見用法

		–아/어 있다
동사 動詞	앉다	앉**아 있다**
	서다	서 **있다**

❶ 어떤 일이나 변화가 끝난 후에도 그 상태가 계속 유지되거나 결과가 지속되는 것을 나타낸다.
表示某件事情或變化結束之後，其狀態仍舊維持著，或其結果仍舊持續著。

例 • 학 생들이 교실에 앉**아 있어요**. 學生們坐在教室裡。
　　• 창 문이 열려 **있는데** 좀 닫아 주시겠어요? 窗戶開著，可以關一下嗎?
　　• 하루 종일 서 **있었더니** 다리가 아파 죽겠어요. 站了一整天，腿快痛死了。

주의사항　注意事項

● '앉다, 서다, 눕다'처럼 목적어가 필요없는 동사나 '걸리다, 열리다, 닫히다' 등의 피동사와 같이 쓰인다. 搭配像是「앉다, 서다, 눕다」等不需要賓語的動詞或是「걸리다, 열리다, 닫히다」等被動詞一起使用。

2. 더 알아두기　更多用法

 ▶ '-아/어 있다'와 '-고 있다'의 문법 비교
「-아/어 있다」和「-고 있다」的文法比較

'-아/어 있다'는 어떤 일이 끝난 후에 그 상태가 계속 유지될 때 사용하지만 '-고 있다'는 어떤 일이 끝나지 않고 계속 진행될 때 사용한다.
「-아/어 있다」是當某件事情結束之後，其狀態繼續維持時使用；而「-고 있다」則是某件事情還沒結束持續進行時使用。

• 창문을 열고 **있어요**. 打開窗戶。

• 창 문이 열려 **있어요**. 窗戶開著。

※ 다음 밑줄 친 부분이 <u>틀린</u> 것을 고르십시오.

① 자동차 창문이 <u>열려 있어요</u>.

② 책상 위에 <u>놓여 있는</u> 책을 읽었어요.

③ 지금 열심히 숙제를 <u>해 있어요</u>.

④ 벽에 가족사진이 <u>걸려 있네요</u>.

答案解析

本題要選出畫線部分錯誤的選項。各選項畫底線的部分都是-아/어 있다，而-아/어 있다應為完成後其狀態可持續的動詞才可使用-아/어 있다。四個選項中，選項①為「汽車的窗戶開著」，這裡使用-아/어 있다意味著窗戶打開之後，窗戶開著的狀態持續著。選項②為「讀了放在桌子上的書」，使用-아/어 있다意味著書被人放在桌上之後就一直擺在那裡。選項④為「牆上掛著家族相片」，使用-아/어 있다意味著家族相片被掛在牆上後，就一直掛在那裡。以上選項都可以看出，在事情或變化結束之後，其狀態仍舊持續著。但選項③意為「現在正在努力寫作業」，這裡的寫作業是一個正在進行的動作而不是一種狀態，因此應該改為「-고 있다」表示動作正在持續進行，而不是使用表變化結束後其狀態繼續維持的「-아/어 있다」，所以答案為③。

正確答案③

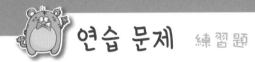

연습 문제 練習題

1 밑줄 친 부분에 들어갈 말로 알맞은 것을 고르십시오.

> 가: 날이 왜 이렇게 덥지? 창문을 좀 열어 봐.
> 나: 창문은 이미 _____ 바람이 안 불어서 더운 것 같
> 아. 창문을 닫고 에어컨을 틀자.

❶ 열어 가는데   ❷ 열려 두는데

❸ 열려 있는데   ❹ 열어 놓은데   ⑤⑤③

2 다음 밑줄 친 부분과 바꾸어 쓸 수 있는 것을 고르십시오.

> 가: 하숙집 아주머니가 왜 이렇게 화가 나셨어?
> 나: 내가 부엌의 <u>가스를 켜 놓은 상태로</u> 나가 버렸거든.

❶ 가스를 끄고   ❷ 가스가 꺼지는데

❸ 가스가 켜 있고   ❹ 가스를 켜 놓고   ⑤④⑨

3 다음 밑줄 친 부분과 의미가 비슷한 것을 고르십시오.

> 상황 – 마이클 씨는 처음에 한국에 왔을 때 한국 친구의 집에 신발을 신고 들
> 어가는 실수를 한 적이 있다.

> 가: 마이클 씨는 한국에 와서 당황했던 적이 없어요?
> 나: 있어요. 친구 집에 놀러갔을 때 _____ 집 안으로
> 들어간 적이 있어요.

❶ 신발을 벗고   ❷ 신발을 신은 채로

❸ 신발을 신으려는 채로   ❹ 신발을 벗으려고 하는데   ⑤⑤⑩

4 빈칸에 들어갈 알맞은 말을 고르십시오.

> 가: 요즘 거리에 버려진 담배가 없는 것 같아요.
> 나: 거리에 담배를 버리는 쓰레기통을 따로 _____ .
> 그랬더니 사람들이 거기에 담배를 버리는 것 같아요.

❶ 만들어 놓았거든요   ❷ 만들까 하거든요

❸ 만들 줄 알았거든요   ❹ 만들어 줄 거거든요   ⑤④⑨

5 빈칸에 들어갈 알맞은 말을 고르십시오.

> 가: 얼굴에 뭐가 났네요. 피곤한가 봐요.
> 나: 그게 아니라 오랫동안 _____ 화장품을 다른 것으로
> 바꿨더니 그래요.

❶ 사용해 가던　　　　　　　❷ 사용해 오던

❸ 사용한다던　　　　　　　❹ 사용하면　　　　　　　051

6 밑줄 친 부분에 들어갈 가장 알맞은 말을 고르십시오.

> 가: 왜 집에 안 들어가고 집 앞에 서 있어요?
> 나: _____ .

❶ 열쇠를 집안에 둔 채 문을 잠가버렸거든요

❷ 집을 잃어버려서 친구를 기다리는 중이에요

❸ 열쇠가 있어서 집에 들어가기는 다 틀렸어요

❹ 창문을 열기만 해도 들어가는 수가 있어요　　　　　　　050

7 다음 밑줄 친 부분이 <u>틀린 것</u>을 고르십시오.

unit 10
狀態·持續

❶ 그 나라는 앞으로 더욱 <u>발전해 올</u> 거야.

❷ 그 사람에 대해 앞으로 천천히 <u>알아 가려고</u> 해요.

❸ 오랫동안 <u>만나 오던</u> 사람들과 헤어지는 것은 힘들어요.

❹ 유학 생활하는 동안 멋진 추억을 <u>만들어 가길</u> 바란다.　　　　　　　051

8 다음 밑줄 친 부분과 바꾸어 쓸 수 있는 것을 고르십시오.

> 가: 민정 씨는 어디 갔어요?
> 나: 화가 나서 _____ 나가버렸어요.

❶ 인사도 하거나　　　　　　　❷ 인사도 안 한 채

❸ 인사를 할락 말락　　　　　　❹ 인사를 안 할 게 아니라　　　　　　　050

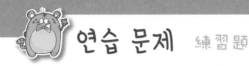
9 　다음 밑줄 친 부분을 알맞게 고친 것을 고르십시오.

> 오늘 청소를 할 때 창문을 열다 그냥 나온 것 같은데, 갑자기 비가 오자 집에 물이 들어갈까 봐 걱정이 되었다.

❶ 열면 　　　　　　　　　　　 ❷ 열려서

❸ 열어 있고 　　　　　　　　　 ❹ 열어 놓고 　　　　⟨049⟩

10 　다음 밑줄 친 부분이 알맞은 것을 고르십시오.

❶ 도서관에 <u>갈 길에</u> 책을 빌려 올게요.

❷ 유학 <u>갈 셈 치고</u> 살면 되지요.

❸ 옷을 <u>입은 채로</u> 자면 안 돼요.

❹ 잠깐 쉬고 커피도 <u>마시는 겸</u> 들어오세요. 　　　⟨050⟩

11 　다음 두 문장을 알맞게 연결한 것을 고르십시오.

> 명절에는 기차표를 미리 예매해야 하다/그렇지 않으면 표를 구할 수 없다

❶ 명절에는 기차표를 미리 예매하려고 해도 표를 구할 수 없다.

❷ 명절에는 기차표를 미리 예매하는 덕분에 표를 구할 수 없다.

❸ 명절에는 기차표를 미리 예매해 놓지 않으면 표를 구할 수 없다.

❹ 명절에는 기차표를 미리 예매하더라도 표를 구할 수 없다. 　　⟨049⟩

12 　밑줄 친 말과 바꾸어 쓸 수 있는 말을 고르십시오.

> 가: 내일 부모님을 모시고 명동에 가려고 해요. 좋은 식당을 알아요?
> 나: 글쎄요. 저도 잘 모르겠어요. 부모님을 모시고 갈 거니까 미리 갈 만한 식당을 <u>알아 놓는 것</u>이 좋을 것 같아요..

❶ 알아 가는 것 　　　　　　　 ❷ 알아 두는 것

❸ 알려 두는 것 　　　　　　　 ❹ 알려 있는 것 　　　⟨052⟩

여기서 잠깐~

초급 문법 확인하기! 初級文法回顧

–으려면

例 시험에 합격하려면 공부를 열심히 해야 돼요.

若想考試及格，就必須認真念書。

–으면

例 저는 시간이 있으면 영화를 봐요. 我有時間的話就會去看電影。

054 -기만 하면 ★★★

1. 알아두기
常見用法

		-기만 하면
동사 動詞	먹다	먹기만 하면
	가다	가기만 하면
형용사 形容詞	귀엽다	귀엽기만 하면
	예쁘다	예쁘기만 하면

		(이)기만 하면
명사+이다 名詞+이다	학생	학생이기만 하면
	교사	교사기만 하면

❶ 선행절의 행동이나 상황이 생기면 반드시 후행절의 내용이 나타날 때 사용한다.
表示若發生前子句的行動或狀況，必定會出現後子句的內容時使用。

> 例 ▸ • 가: 왜 우유를 안 드세요? 您為什麼不喝牛奶？
> 　　나: 저는 우유를 마시기만 하면 배탈이 나서 안 마셔요.
> 　　我只要喝牛奶就會拉肚子，所以我不喝。
> • 저 두 사람은 만나기만 하면 싸워요. 那兩個人只要見面就會吵架。

2. 더 알아두기
更多用法

 ▸ '-기만 하면'과 '-기만 하면 되다'의 문법 비교
「-기만 하면」與「-기만 하면 되다」的文法比較

'-기만 하면'과 달리 '-기만 하면 되다'는 원하는 결과를 얻기 위해서 선행절의 행동만 하면 된다는 것을 나타낸다.
與「-기만 하면」不同，「-기만 하면 되다」表示為了得到想要的結果，只要做前句的行動就可以了。

> 例 ▸ • 그대로 데우기만 하면 됩니다. 只要像那樣熱一下就可以了。

※ 다음 두 문장을 연결한 것으로 알맞은 것을 고르십시오.

시험을 치다/일등을 하다

① 시험을 치려고 일등을 합니다.

② 시험을 치기만 하면 일등을 합니다.

③ 시험을 치느라고 일등을 합니다.

④ 시험을 치기는 치지만 일등을 합니다.

本題要選出將「考試」、「得了第一名」這兩個句子適當連結的選項。選項①的「-으려고」表示目的，選項③的「-느라고」表示理由，選項④的「-기는 하지만」表示讓步，以上都不能成為答案，而選項②的「-기만 하면」表示若發生前句的行動或狀況，必定會出現後句的內容，是最為合理的連結，因此正確答案為②。

正確答案②

–다 보면 ★★★

1. 알아두기 常見用法

		–다 보면
동사 動詞	놀다	**놀다 보면**
	공부하다	공부하**다 보면**

❶ 선행절의 행동이 지속되거나 반복되면 후행절의 상황이 나타날 수 있을 때 사용한다.

表示前子句的行動持續或重複的話，就會出現後子句的情況時使用。

例 ▸ • 가: 미국에 유학 온 지 6개월이나 지났는데 아직도 영어를 잘 못해요.

　　　 來美國留學已經過了 6 個月了，還是說不好英語。

　　 나: 계속 공부하**다 보면** 잘하게 될 거예요. 如果繼續學習就會學好的。

　　• 가: 얘들이 오늘 또 싸웠다면서? 聽說孩子們今天又吵架了？

　　 나: **놀다 보면** 싸울 수도 있지요. 玩著玩著總是有可能會吵架嘛。

주의사항 注意事項

● '–다 보면'은 후행절에 '–을 수 있다', '–게 될 거예요', '–겠–' 등이 주로 온다.

「–다 보면」的後子句主要接「–을 수 있다」、「–게 될 거예요」、「–겠–」等。

例 싫어하는 음식도 자주 먹다 보면 좋아하게 될 거예요.

若是常常吃討厭的食物，也會喜歡上它的。

2. 더 알아두기 更多用法

 ▸ **'–다 보면'과 '–다 보니까'의 문법 비교**

「–다 보면」與「–다 보니까」的文法比較

'–다 보면'과 달리 '–다 보니(까)'는 선행절의 행동이 지속되거나 반복된 결과 후행절의 상황이 나타났을 때 사용한다.

與「–다 보면」不同，「–다 보니(까)」表示前句的行動持續或反覆的結果出現在後句的情況裡。

例 ▸ • 강아지를 오래 키우**다 보니까** 이제는 가족 같아요.

　　 小狗養久了，如今就像是家人一樣。

※ 밑줄 친 부분 중에 틀린 것을 찾아 고치십시오.

우리는 보통 사람의 첫인상을 보고 그 사람을 ①판단하기 쉽다. 하지만 아무리 좋은 인상을 가진 사람이라도 ②자꾸 만나다 보고 실망할 때가 있다. ③그런가 하면 인상은 좋지 않지만 ④사귀면 사귈수록 좋아지는 사람도 있다.

(　　　　　　 → 　　　　　　)

本題要選出畫線部分錯誤的選項並加以修正。選項②的「-자꾸 만나다 보고」是不存在的語法，這裡要表示的意思是「常常見面的話」，意即若前句的行動持續或重複的話，就會出現後句的情況，因此應改為「-다 보면」才會變成正確的句子。

正確答案②자꾸 만나다 보고 → 자꾸 만나다 보면

056 -았/었더라면 ★★★

		-았/었더라면
동사 動詞	먹다	먹었더라면
	가다	갔더라면
형용사 形容詞	작다	작았더라면
	크다	컸더라면

		이었/였더라면
명사+이다 名詞+이다	학생	학생이었더라면
	교사	교사였더라면

❶ 어떤 일을 반대로 가정하여 생각할 때 사용한다.

相反假設某件事情而思考時使用。

例 • 가: 3시에 출발하는 비행기를 탈 수 있을까요? 能搭上 3 點出發的班機嗎？

　　나: 못 탈 것 같아요. 1시간만 일찍 출발**했더라면** 탈 수 있었을 거예요.

　　好像搭不到。如果提早 1 個小時出發的話，就可以搭上了。

• 학교 다닐 때 공부를 열심히 **했더라면** 원하는 회사에 취직을 할 수 있었을 거예요.

如果上學的時候認真念書的話，就可以進入理想的公司工作了。

주의사항 注意事項

● 과거의 일을 하지 않아서 다행인 경우에는 후행절에 '-을 뻔하다'❶❸❾가 자주 쓰인다.

若為慶幸過去沒有做某件事情的情況時，後子句常使用「-을 뻔하다」。

例 그 차를 탔더라면 죽을 뻔했어. 若搭了那輛車，可能就沒命了。

unit 11
條件／假設

2. 더 알아두기 更多用法

▶ '-았/었더라면'은 '-으면', '-아/어야 했는데'❶❶와 바꾸어 사용할 수 있다.

「-았/었더라면」可以跟「-으면」、「-아/어야 했는데」替換使用。

例 • 일찍 나왔**더라면** 좋았을걸. 若是早點出門就好了。

　　= 일찍 나왔**으면** 좋았을걸.

　　= 일찍 나왔**어야** 했는데요……

▶ '−았/었더라면'과 '−았/었다면'의 문법 비교

「−았/었더라면」和「−았/었다면」的文法比較

'−았/었다면'은 과거에 실제로 있던 일과 과거에 있지 않은 상황 모두 가정할 수 있다.

「−았/었다면」可以用在過去實際發生過的事情上和過去不曾發生的狀況。

例 ▶ • 영이가 아빠 약을 먹**었다면** 큰일인데. (O)

英怡若吃了爸爸的藥，就大事不好了。

영이가 아빠 약을 먹**었더라면** 큰일인데. (X)

과거에 있지 않은 상황 過去不曾發生的狀況

3. 확인하기 小試身手

※ 빈칸에 들어갈 말로 알맞은 것을 고르십시오.

가: 요즘 취직하기 힘들다고 야단들이더라.

나: 그래. 나도 지난번에 회사에 사표를 (   ) 지금쯤 일자리 구하느라 바쁘게 돌아다니고 있을거야.

① 냈다고 해도

② 냈더니

③ 냈더라면

④ 내는 바람에

答案解析

本題大意為「（如果）上次我也向公司提辭呈，現在大概會為了找工作而忙得團團轉吧」，意思是未曾提過辭呈。選項①的「−었다고 해도」表示提出的內容不會影響後句的結果，選項②的「−았/었더니」表示提出後的結果，選項④的「−는 바람에」表示提出的原因理由，以上都不能成為答案。而表示假定的選項③「−았/었더라면」符合未曾提出之意，因此正確答案為③。

正確答案③

1. 알아두기 常見用法

		−았/었거든	−거든	−(으)ㄹ 거거든
동사 動詞	먹다	먹었거든	먹거든	먹을 거거든
	가다	갔거든	가거든	갈 거거든

		−거든			(이)거든
형용사 形容詞	작다	작거든	명사+이다 名詞+이다	학생	학생이거든
	아프다	아프거든		친구	친구거든

❶ 조건을 나타내거나 일어나지 않은 일을 가정할 때 사용한다.

表示條件或是假設還沒發生的事情時使用。

例 • 가: 선생님, 추운데 창문을 왜 열어 놓으셨어요?

先生，這麼冷，為什麼還開著窗戶呢？

나: 조금 답답해서 열었어요. **춥거든** 창문을 닫으세요.

有點悶所以就打開了。冷的話，就關窗戶吧。

• 많이 아프**거든** 병원에 가세요. 如果很不舒服，就去醫院吧。

• 유럽에 가**거든** 내 선물을 꼭 사 와야 돼. 알았지?

如果去歐洲，一定要給我買禮物才行。知道嗎？

주의사항 注意事項

● 후행절에는 청유문과 명령문이 주로 사용된다. 後子句主要使用勸誘句和命令句。

TIP

이 책에 있는 '조건 · 가정' 표현은 대부분 후행절에 명령형과 청유형이 올 수 없어요. 하지만 '−거든'의 경우에는 후행절에 명령형과 청유형이 올 수 있어요. '−거든'이 다른 '조건 · 가정' 표현과 다른 점이니까 기억해 두세요.

本書收錄的表「條件‧假設」的文法，後子句大部分都不能接命令句或勸誘句。但是「−거든」的情況可以在後子句接命令句或勸誘句。因為「−거든」與其他表「條件‧假設」文法的不同，請一定要記住。

'-거든'과 달리 '-거든(요)'는 이유를 나타내며 문장의 제일 끝에 와요.

與「-거든」不同,「-거든(요)」表示理由,接在句尾。

例　가: 왜 이렇게 늦게 왔어? 약속 시간보다 20분이나 늦었어.
　　怎麼來得這麼晚?比約定的時間晚了 20 分鐘。

　　나: 미안해. 길이 많이 막혔거든. 對不起,因為塞車塞得很嚴重。

2. 확인하기　　小試身手

※ 다음 두 문장을 알맞게 연결하십시오.

그 사람의 전화 번호를 알고 있다/나에게 알려 주다

① 그 사람의 전화 번호를 알고 있거든 나에게 알려 주세요.

② 그 사람의 전화 번호를 알고 있도록 나에게 알려 주세요.

③ 그 사람의 전화 번호를 알고 있어서 나에게 알려 주세요.

④ 그 사람의 전화 번호를 알고 있을수록 나에게 알려 주세요.

答案解析

本題要選正確連接的兩個句子,前後兩句之間為假設條件關係。選項②的「-도록」表示目的,選項③的「-아/어서」表示理由,選項④的「알고 있을수록」是寫錯了文法「알면 알수록」,因此以上皆不能成為答案。只有表示假設之意的「-거든」才是正確用法。故正確答案為①。

正確答案①

058 −는다면 ★★

		−았/었다면	−(느)ㄴ다면	−(으)ㄹ 거라면
동사 動詞	먹다	먹**었다면**	먹**는다면**	먹을 **거라면**
	가다	**갔다면**	**간다면**	갈 **거라면**

		−았/었다면	−다면
형용사 形容詞	작다	작**았다면**	작**다면**
	크다	**컸다면**	크**다면**

		이었/였다면	(이)라면
명사+이다 名詞＋이다	사진	사진**이었다면**	사진**이라면**
	친구	친구**였다면**	친구**라면**

❶ 조건을 나타내거나 일어나지 않은 일을 가정할 때 사용한다.
表示條件或是假設還沒發生的事情時使用。

> 例 ▸ • 지금부터라도 공부를 열심히 한**다면** 대학입학은 문제없을 거예요.
> 　　如果從現在開始認真念書的話，要考上大學沒問題的。
> • 내가 너처럼 키가 크**다면** 높은 굽의 신발을 신지 않을 거야.
> 　　我如果跟你一樣高的話，就不穿高跟鞋了。
> • 좋은 친구**라면** 그렇게 행동하지 않았을 거예요.
> 　　如果是好朋友，就不會那麼做了。

※ 다음 (　　　　)에 알맞은 것을 고르십시오.

만약 지금처럼 기온이 계속 (　　　　　　) 앞으로 지구는 사람이 살기 어려운 곳이 될지도 모른다.

① 올라가려면

② 올라간다면

③ 올라가는데도

④ 올라갔더라면

答案解析

本題由前後子句文意酙酌，空格位置應是「如果繼續上升的話」，故是一種尚未實現的假設。選項①的「−으려면」表示目的，選項③的「−는데도」表示讓步，選項④的「−았/었더라면」是已實現的假設，以上皆不是答案。而選項②「−는다면」符合題意表「未實現的假設」，因此正確答案為②。

正確答案②

059 −다가는 ★★

		−았/었다가는	−다가는
동사 動詞	먹다	먹**었다가는**	먹**다가는**
	가다	**갔다가는**	가**다가는**

❶ 선행절의 행동을 하면 후행절에 안 좋은 결과가 올 때 사용한다.

표示如果做了前子句的行動，就會給後子句帶來不好的結果時使用。

例▶ • 컴 퓨터로 일을 많이 하**다가는** 눈이 나빠질 거야.

  如果常常用電腦工作，眼睛會變差的。

 • 시험 공부를 미루**다가는** 시험을 망치게 될 거야.

  如果考前一直不念書，考試會考砸的。

 • 그 비밀을 다른 사람에게 말**했다가는** 큰일이 날걸요.

  如果把那個秘密告訴其他人，事情就不妙了。

※ 다음 (　　　)에 알맞은 말을 고르십시오.

약을 함부로 먹는 사람들이 있는데 그렇게 생각 없이 약을 (　　　　　)
문제가 생길 수도 있으니까 주의해야 한다.

① 먹다가는   ② 먹기에는

③ 먹는다기에   ④ 먹었는데도

答案解析

本題大意為，「有些人會亂吃藥，若是這樣不經大腦亂吃藥的話，有可能會產生問題，因此必須要注意才行。」選項②的「−기에는」表達對於做某件事情時的狀態或想法，選項③的「−는다기에」是別人的建議成為做某件事情的理由，選項④的「−는데도」表示雖然做了某件事情，但沒有出現預期的結果。以上都不是答案。只有表示如果做了前子句的行動，就會給後子句帶來不好結果的「−다가는」才是正確答案。

正確答案①

unit 11
條件/假設

060 −아/어야(지) ★★

1. 알아두기　常見用法

		−았/었어야(지)	−아/어야(지)
동사 動詞	읽다	읽**었어야(지)**	읽**어야(지)**
	보다	**봤어야(지)**	**봐야(지)**

		−아/어야(지)			이어/여야(지)
형용사 形容詞	많다	많**아야(지)**	명사+이다 名詞＋이다	학생	학생**이어야(지)**
	예쁘다	예뻐**야(지)**		친구	친구**여야(지)**

❶ 선행절은 후행절이 이루어지는 데에 꼭 필요한 조건임을 나타낸다.
表示前子句是後子句實現的必要條件。

> 例 ▸ • 한국어를 잘**해야지** 대학교에 입학할 수 있어요.
>   韓文必須要好，才能進入大學就讀。
> • 요즘엔 얼굴이 예뻐**야** 가수가 될 수 있다. 近年來必須長得漂亮才能當歌手。
> • 학생**이어야지** 교통비 할인을 받을 수 있지요. 必須是學生，交通費才會打折。

주의사항　注意事項

> ● −아/어야지'는 후행절에 '−을 수 있다', '−을 것 같다', '−지요' 등이 주로 온다. 「−아/어야지」後面主要接「−을 수 있다」、「−을 것 같다」等。
> 예 민호 씨가 해야지 그 일이 성공할 것 같아요. 似乎只有民浩來做，那件事才會成功。

2. 더 알아두기　更多用法

▶ '−아/어야(지)'와 '−아/어야지(요)'의 문법 비교
「−아/어야(지)」和「−아/어야지(요)」的文法比較

'−아/어야(지)'와 달리 '−아/어야지(요)'는 문장 끝에 오며 말하는 사람이 어떤 일을 할 거라는 의지를 나타내거나 다른 사람이 어떻게 해야 한다는 것을 나타낼 때 사용한다.
與「−아/어야(지)」不同，「−아/어야지(요)」是接在句尾，表示話者將要做某件事情的意志，或是表示其他人應該要怎麼做時使用。

例 ▶ • 올해는 술을 끊**어야지요**. 今年得戒酒才行。

　　(말하는 사람 자신이 술을 끊겠다는 뜻이다.) （表示話者自己將要戒酒的意思。）

例 ▶ • 민호야, 이제부터는 좀 열심히 공부**해야지**. 民浩啊，從現在開始得認真念書了。

　　(듣는 사람에게 열심히 공부하라는 뜻이다.) （叫聽者要認真念書的意思。）

3. 확인하기　小試身手

※ 두 문장을 바르게 연결한 것을 고르십시오.

　가: 어떻게 해야 회사에 취직할 수 있을까요?

　나: 영어를 잘해야 돼요. 취직할 수 있어요.

① 영어를 잘할 겸 취직할 수 있어요

② 영어를 잘해야지 취직할 수 있어요

③ 영어를 잘한다고 해도 취직할 수 있어요

④ 영어를 잘했는데 취직할 수 있어요

答案解析

本題要選出兩個句子正確連接的選項，由前後兩句「英語要好」、「找到工作」的關係來看，以「必須」連接是最為適當的。選項①的「-을 겸」表示某個狀況的目的為兩個以上，選項③的「-는다고 해도」表示前句的內容不會影響後句的結果，後面應該要接找不到工作才對。選項④的「-았/었는데」後面要接與原來計畫相反的結果，以上都不是正確的選項，而選項②表示前子句是實現後子句的必要條件，因此正確答案為②。

正確答案②

1. 알아두기　常見用法

		–는 한
동사 動詞	찾다	찾**는 한**
	가다	가**는 한**

❶ 선행절이 조건이 되면 후행절의 상황이 될 것이라는 것을 나타낼 때 사용한다. 表示前子句如果是條件，就會是後子句的狀況時使用。

例 ▶ ・저렇게 훌륭한 학생들이 있**는 한** 미래는 밝을 거예요.
　　如果有那麼多優秀的學生，未來想必一片光明。

・보고서를 이번 주까지 내지 않**는 한** 점수를 줄 수 없어요.
　如果這週之內不繳交報告，就不能給分數。

・운동을 하지 않**는 한** 다이어트에 성공할 수 없어.
　如果不運動，減肥就不會成功。

주의사항　注意事項

● 선행절에 '있다', '없다'도 사용할 수 있다. 也可以在前子句使用「있다」、「없다」。
例 내가 힘이 있는 한 너를 지켜줄게. 在我有能力的情況下，我會守護你的。

2. 확인하기　小試身手

※ 다음 ( )에 알맞은 말을 고르십시오.

가: 65세의 나이로 봉사활동을 하시고 계신데 힘들지는 않으세요?
나: 별로 안 힘들어요. 내 건강이 (　　　　　　) 계속 하고 싶어요.

①허락하더라도　②허락할 정도로　③허락하길래　④허락하는 한

答案解析

本題表示「如果健康允許的話，想繼續做義工」，前後子句為條件關係。選項①的「–더라도」表示雖然承認前句的事實，但是這不會對後句的內容造成影響。選項②的「–을 정도로」後面接的狀況要與前子句的狀況相似。選項③的「–길래」表示理由，後面通常接負面句子。以上都不是答案。而選項④「–는 한」表示條件，因此正確答案為④。

正確答案④

062 −아/어서는 ★

1. 알아두기　常見用法

		−아/어서는
동사 動詞	먹다	먹**어서는**
	가다	가**서는**
형용사 形容詞	좁다	좁**아서는**
	크다	커**서는**

❶ 선행절이 조건이 되어 어떤 일을 할 수 없을 때 사용한다.
因前子句為條件而無法做某件事情時使用。

例 • 이렇게 눈이 많이 **와서는** 산에 갈 수 없을 것 같아요.
　　雪下得這麼大，會沒辦法上山的。

• 저렇게 말을 못 **해서는** 선생님이 될 수 없을 것이다.
　　這麼不善言辭，是不能當老師的。

• 그렇게 게을러**서는** 잘 살기 힘들다. 那麼懶的話很難過上好日子的。

주의사항　注意事項

● 후 행절에는 할 수 없거나 하기 힘들다는 부정적인 의미의 문장이 주로 온다.
後子句主要接做不到或是難以完成之否定意義的句子。

例 이렇게 공부해서는 <u>대학에 갈 수 있어요</u>. (X)
　　　　　　　　(긍정) 肯定的意思

unit 11
條件／假設

※ 다음 중 밑줄 친 부분이 맞는 것을 고르십시오.

① 날이 <u>어두워질수록</u> 아무 연락도 없다.

② 길이 <u>막히느라고</u> 약속 시간에 늦었다.

③ 이렇게 <u>해서는</u> 일이 오늘도 안 끝날 것 같다.

④ 요즘 매일 <u>바쁘더라도</u> 운동할 시간이 없었다.

答案解析

本題要選出畫線部分正確的選項。選項①的意思為「隨著天色越昏暗，一點消息都沒有」，這樣句意不順，應該要改成「날이 어두워졌는데 아무 연락도 없다」句子才對。「느라고」只有在前後子句的主詞一致時才能使用，因此選項②要表原因理由，必須改成「길이 막혀서 약속 시간에 늦었다」。選項④的意思為「即使最近每天很忙，沒有時間運動」，這樣句意不順，應該改為「요즘 매일 바빠서 운동할 시간이 없었다」才會通順，因此以上都不是答案。而選項③的「–아/어서는」表示條件，意即「這麼做的話，事情今天應該也做不完」，故正確答案為③。

正確答案③

연습 문제 練習題

1 상황에 맞는 대화가 되도록 밑줄 친 부분에 가장 알맞은 것을 고르십시오.

> 상황 – 내일 수업 시간에 같은 조끼리 발표를 해야 하는데 주제도 못 정하고 있다.

> 가: 아직 주제도 못 정해서 큰일이다. 우리 내일 발표 할 수 있을까?
> 나: 너무 조급하게 생각하지 말자. _____ .

❶ 여간 좋은 아이디어가 떠오른 것이 아니야
❷ 어차피 좋은 아이디어는 안 떠오르니까 그냥 발표하자
❸ 조금만 더 생각하면 좋은 아이디어가 안 떠오를 게 뻔해
❹ 머리를 맞대고 생각하다 보면 좋은 아이디어가 떠오르겠지   ⓪55

2 빈칸에 알맞은 것을 고르십시오.

> 가: 요즘 왜 이렇게 얼굴 보기가 힘들어요?
> 나: 올림픽을 보느라고 집에 _____ .

❶ 있기는요   ❷ 있었거든요
❸ 있는 모양이에요   ❹ 있는 수가 있어요   ⓪57

3 빈칸에 들어갈 말로 알맞은 것을 고르십시오.

> 가: 얼굴이 안 좋아 보여요. 괜찮아요?
> 나: 아직도 무대에 _____ 가슴이 떨려서 그래요.

❶ 서는 한   ❷ 서다가는
❸ 서기만 하면   ❹ 서고 보니까   ⓪54

> unit 11
> 條件/假設

4 다음 글을 읽고 빈칸에 알맞은 것을 고르십시오.

> 엄마는 네가 항상 꿈을 가졌으면 좋겠다. 꿈이 없는 사람은 미래가 없는 것과 마찬가지다. 꿈을 가지고 열심히 (   ) 네가 원하는 삶을 살 수 있을 것이다.

❶ 노력한다면   ❷ 노력하도록
❸ 노력하려다가   ❹ 노력하다가는   ⓪58

5 　다음 밑줄 친 부분에 들어갈 말로 가장 알맞은 것을 고르십시오.

> 가: 그 선수가 실수를 안 했더라면 이번 올림픽에서 금메달을 땄을 텐데요.
> 나: 그러게요. ＿＿＿＿＿＿＿＿＿＿＿＿＿ .

❶ 그 때 실수를 안 했으면 좋았을 텐데요
❷ 그래도 미리 실수를 했으니까 다행이에요
❸ 그 때 실수를 안 했으면 큰일 날 뻔했어요
❹ 그렇지만 지금이라도 실수를 하면 좋을 텐데요

055

6 　상황에 맞는 대화가 되도록 밑줄 친 부분에 가장 알맞은 것을 고르십시오.

> 상황 – 요즘 젊은 부부들이 아이를 많이 낳고 싶어 하지 않는다는 뉴스를 듣고 걱정이 되었

> 가: 요즘 초등학교가 텅 비었대. 부부들이 아이를 안 낳아서 그런가 봐.
> 나: 맞아. ＿＿＿＿＿＿＿＿＿＿＿＿＿ .

❶ 이렇게 되면 학교가 더 생길지도 몰라
❷ 이렇게 가면 학교가 더 좋아질지도 모르겠어
❸ 이렇게 가다가는 학교가 없어질지도 모르겠어
❹ 이렇게 가다가는 학교에 학생이 더 많아질지도 몰라

059

7 　밑줄 친 부분에 들어갈 알맞은 것을 고르십시오.

> 가: 요즘 학생들은 자신의 적성과 상관없이 점수에 맞춰서 대학에 지원하는 것 같아요.
> 나: 그러게요. 대학에 지원할 때 ＿＿＿＿＿＿＿＿＿＿＿＿＿ .

❶ 학생들이 점수를 알 때까지 기다려야죠
❷ 학생들이 점수에 맞게 선택하도록 해야죠
❸ 부모가 적성의 중요성에 대해서 말해줘야죠
❹ 부모가 적성과 점수를 정하도록 도와줘야죠

060

8   (   ) 안에 알맞은 것을 고르십시오.

> 가: 인터넷에서 전자 사전을 사려고 하는데 어디가 싼지 아세요?
> 나: 사이트를 (   ) 가격을 비교할 수 있을 거예요.

❶ 돌아다니다 보면   ❷ 돌아다니고 보면
❸ 돌아다니고 나면   ❹ 돌아다니다 나면   055

9   (   ) 안에 들어갈 말로 가장 알맞은 것을 고르십시오.

> 가: 서울 팀이 이겼어요?
> 나: 아니요, 졌어요. 실수만 (   ) 서울 팀이 우승을
>   했을 텐데……

❶ 안 했다니   ❷ 안 했거든
❸ 안 했다시피   ❹ 안 했더라면   055

10   다음 두 문장을 알맞게 연결하십시오.

> 외국 생활이 외롭다/친구를 많이 사귀다

❶ 외국 생활이 외롭길래 친구를 많이 사귀세요.
❷ 외국 생활이 외롭도록 친구를 많이 사귀세요.
❸ 외국 생활이 외롭거든 친구를 많이 사귀세요.
❹ 외국 생활이 외롭더니 친구를 많이 사귀세요.   057

11   다음 밑줄 친 부분과 바꾸어 쓸 수 있는 것을 고르십시오.

> 가: 친구들하고 놀이공원에 가려고 하는 데 용돈 좀 주세요.
> 나: 그렇게 놀기만 하면 좋은 대학에 갈 수 없어.

❶ 놀 정도로   ❷ 노는 동안
❸ 노느라고   ❹ 놀다가는   054

12 ( ) 안에 알맞은 것을 고르십시오.

> 가: 요즘 룸메이트와 사이가 안 좋아요. 서로 오해가 생긴 것 같아요.
> 나: 솔직하게 서로의 마음을 ( ) 오해가 풀릴 거예요.

❶ 표현하려면   ❷ 표현하고자

❸ 표현한다면   ❹ 표현하고도   058

13 밑줄 친 부분에 어울리는 대화를 고르십시오.

> 가: 오늘 구경 많이 했지? 그런데 좀 피곤해 보인다.
> 나: 응. _____ .
> 가: 그래. 오늘은 이만 푹 쉬자.

❶ 그렇다고 더 구경할 수는 없을 것 같아

❷ 이렇게 고생하다 보면 좋은 결과가 있을 거야

❸ 지금처럼 계속 걷다가는 내일은 구경을 못 할 것 같아

❹ 더 피곤하게 되더라도 구경을 더 하는 편이 나을 것 같아   059

14 밑줄 친 부분에 들어갈 알맞은 것을 고르십시오.

> 가: 전 꼭 결혼해야 할 필요는 없다고 생각해요.
> 나: 그래도 _____ . 가족이 있는 게 얼마나 든든한데요.

❶ 결혼하기만 해요   ❷ 결혼해야지요

❸ 결혼할 줄 몰랐어요   ❹ 결혼하는 걸요   060

15 밑줄 친 부분에 알맞은 것을 고르십시오.

> 가: 죄송합니다. 제가 거기까지 생각을 못 했습니다. 다시 하겠습니다.
> 나: 아닙니다. _____ 그럴 수도 있습니다.

❶ 일을 하느라고   ❷ 일을 하다 보면

❸ 일을 하는 끝에   ❹ 일을 하다가는   055

16 밑줄 친 것과 의미가 비슷한 것을 고르십시오.

> 형제들이 <u>만나기만 하면</u> 싸워서 보는 사람들을 안타깝게 한다.

❶ 만나자마자   ❷ 만날만 하면
❸ 만날 때마다   ❹ 만나는 길에

17 다음 밑줄 친 두 문장을 대화에 맞게 연결한 것을 고르십시오.

> 가: 올해는 그 전공이 경쟁률이 아주 높았대요.
> 나: 다른 곳에 지원하길 잘 한 것 같아요. 그 전공에 <u>지원했어요. 후회했어요.</u>

❶ 지원했더니 후회할 뻔했어요

❷ 지원했더라면 후회할 뻔했어요

❸ 지원하다 보니까 후회할 뻔했어요

❹ 지원했어야 했는데 후회할 뻔했어요

TOPIK 試題中常見的韓國文化

年糕蛋糕

　　最近韓國吹起了一股健康風潮，人們不僅關注自身發展，更加關注自己的身體健康並努力提高生活品質。關注健康的努力體現在飲食選擇上，受到人們好評的健康食品中，有一種食物叫做「年糕蛋糕」。年糕是韓國的傳統食品，每當有喜事或是節日裡舉辦家庭聚會時，年糕是不可或缺的一項食物。但不知從何時開始，隨著外國食品進入韓國人的生活，比起年糕，人們更喜歡選擇蛋糕或是麵包。不過，隨著「年糕蛋糕」的出現，年糕再一次回到韓國人的視野中。「年糕蛋糕」用各種年糕製成，讓人們可以品嘗到各式各樣的味道，而「年糕蛋糕」同時也能控制脂肪攝取。這樣的食品正符合最近人們重視健康的趨勢。大家過生日的時候，不妨也嘗試一下有特色的「年糕蛋糕」！

UNIT 12

이유 理由

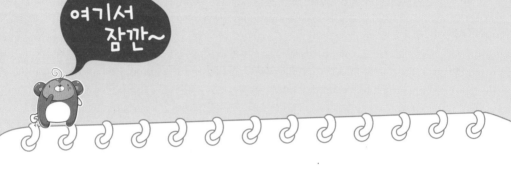

초급 문법 확인하기! 初級文法回顧

–거든요

例 가: 왜 안 먹어요? 你怎麼不吃？

나: 고기를 별로 안 좋아하거든요. 因為我不太喜歡吃肉。

–이라서

例 방학이라서 학교에 사람이 별로 없어요. 因為放假，學校裡沒什麼人。

–아/어서

例 감기에 걸려서 병원에 갔어요. 因為感冒所以去了醫院。

–으니까

例 추우니까 문을 닫아 주세요. 太冷了，請把門關上。

063 -느라고 ★★★

常見用法

		-느라고
동사 動詞	먹다	먹**느라고**
	보다	보**느라고**

❶ 선행절 때문에 후행절을 할 수 없을 때 사용한다.
表示因為前子句的關係而無法做後子句時使用。

> 例 • 가: 피곤해 보여요. 你看起來很疲倦。
> 나: 시험 공부하**느라고** 어제 잠을 못 잤어요. 為了準備考試，昨天沒有睡覺。

❷ 선행절 때문에 후행절과 같은 상황이 될 때 사용한다.
因為前子句的關係而形成後子句的情況時使用。

> 例 • 가: 지난주에 바빴어요? 上週忙嗎？
> 나: 네, 발표 준비를 하**느라고** 정신이 없었어요.
> 是的，為了準備發表忙得不可開交。

주의사항 注意事項

- 선행절과 후행절은 주어가 같아야 한다. 前子句與後子句的主詞必須一致。
  例 동생이 어제 컴퓨터를 쓰느라고 <u>내가</u> 숙제를 못 했어요. (X)
  　(주어) 主詞　　　　　　　　(주어) 主詞

- 명령문이나 청유문과 같이 사용하지 않는다. 不與命令句或勸誘句一起使用。

2. 더 알아두기　更多用法

▶ '-는 바람에'❻❹, '-는 통에'❼❶, '-는 탓에'❼❶는 선행절과 후행절의 주어가
같을 때에만 '-느라고'와 바꾸어 사용할 수 있다.
「-는 바람에」、「-는 통에」、「-는 탓에」只有當前子句與後子句的主詞一樣時才
可與「-느라고」替換使用。

> 例 • 어젯밤에 게임하**느라고** 숙제를 못 했어요. 昨晚因為玩遊戲，結果沒寫作業。
> = 어젯밤에 게임을 하는 **바람에** 숙제를 못 했어요.
> = 어젯밤에 게임하는 **통에** 숙제를 못 했어요.
> = 어젯밤에 게임을 한 **탓에** 숙제를 못 했어요.

※ 다음 (　　　　)에 들어갈 가장 알맞은 것을 고르십시오.

이사 갈 집을 (　　　　　　　) 방학 때 좀 바빴다.

① 찾더니

② 찾으려면

③ 구하도록

④ 구하느라고

本題要選出可以填入空格的正確選項，題意為「找要搬家的房子」、「放假中有點忙」，兩個子句之間為因果關係。選項①的「-더니」用在前後內容相反的句子裡，或用來表示某人做的某件事情導致了某個結果。選項②的「-으려면」表示條件，選項③的「-도록」表示目的，以上都不是答案。只有表示「因為前子句的關係而形成後子句這樣的情況」的選項④才是正確答案。　　　　　正確答案④

064 │ -는 바람에 ★★★

		-는 바람에
동사 動詞	먹다	먹**는 바람에**
	오다	오**는 바람에**

❶ 선행절이 후행절에 부정적인 영향을 끼친 이유를 나타낼 때 사용한다.
表示前子句是造成後子句負面影響的原因時使用。

例 • 가: 왜 이렇게 늦었어요? 你怎麼這麼晚？

　　나: 미안해요. 이 근처에서 교통사고가 나**는 바람에** 길이 막혀서 그랬어요.

　　　　對不起。因為這附近發生了交通事故導致交通阻塞，所以遲到了。

　　• 컴퓨터로 일을 많이 하**는 바람에** 눈이 나빠졌어요.

　　　因為經常用電腦工作，所以視力變差了。

주의사항　注意事項

● 명령문이나 청유문과 같이 사용하지 않는다.
不與命令句或勸誘句一起使用。

2. 더 알아두기　更多用法

▶ '-는 바람에'는 '-는 탓에'070, '-는 통에'071와 바꾸어 사용할 수 있다.
「-는 바람에」可以和「-는 탓에」、「-는 통에」替換使用。

例 • 늦잠을 자**는 바람에** 학교에 늦었어요. 因為睡得太晚，上學遲到了。

　　= 늦잠을 잔 **탓에** 학교에 늦었어요.

　　= 늦잠을 자**는 통에** 학교에 늦었어요.

▶ **'-는 바람에'와 '-는 덕분에'❻❻의 문법 비교**

「–는 바람에」和「–는 덕분에」的文法比較

'-는 바람에'는 부정적인 결과가 올 때 사용하지만 '-는 덕분에'는 긍정적인 결과가 올 때 사용한다.

「–는 바람에」用在當後面接的是負面結果時，而「–는 덕분에」則是用在當後面接的是肯定的結果時。

例 ▶ ・널 만나**는 바람에** 내 인생이 망가졌어. (O)
　　　　　　　　　・(부정적인 결과) 否定的結果

　　　因為遇見了你，我的人生都毀了。

　　　널 만나**는 바람에** 내 인생이 행복해졌어. (X)
　　　　　　　　　(긍정적인 결과) 肯定的結果

　　　널 만나**는 덕분에** 내 인생이 행복해졌어. (O)
　　　　　　　　　(긍정적인 결과) 肯定的結果

　　　因為遇見了你，我的人生變幸福了。

　　　널 만나**는 덕분에** 내 인생이 망가졌어. (X)
　　　　　　　　　(부정적인 결과) 否定的結果

3. 확인하기　　　小試身手

※ 다음 밑줄 친 부분과 바꾸어 사용할 수 있는 말을 고르십시오.

　가: 회사에 왜 늦게 도착했습니까?

　나: 차가 고장이 나서 회사에 지각을 하고 말았어요.

　① 차가 고장이 나는 바람에 회사에 지각을 했어요

　② 차를 수리했기 때문에 회사에 지각하게 되었어요

　③ 차를 수리했지만 회사에 늦게 오고 말았어요

　④ 차가 고장이 났지만 회사에 지각하지는 않았어요

答案解析

本題大意為，汽車發生故障是話者遲到的原因。選項②表示「因為修理汽車所以上班遲到了」，選項③表示「雖然修了汽車，但上班還是遲到了」，選項④表示「雖然汽車發生故障，但是上班並沒有遲到」，以上三個因句意不同皆無法與畫線部分替換使用。只有表示「因為汽車發生故障的緣故，導致上班遲到」的選項①才是正確答案。　　　　　正確答案①

065 　-기 때문에 ★★

1. 알아두기　常見用法

		-았/었기 때문에	-기 때문에
동사 動詞	먹다	먹었기 때문에	먹기 때문에
	가다	갔기 때문에	가기 때문에
형용사 形容詞	작다	작았기 때문에	작기 때문에
	크다	컸기 때문에	크기 때문에

		-았/었기 때문에	-기 때문에
명사+이다 名詞+이다	학생	학생이었기 때문에	학생이기 때문에
	친구	친구였기 때문에	친구기 때문에

❶ 후행절의 어떤 행동에 대한 이유를 나타낸다.
表示後子句某種行為發生的理由。

例▶ ・아르바이트를 하기 때문에 여행 갈 시간이 없어요.
　　因為打工的關係，所以沒有時間去旅行。
　　・키가 크기 때문에 뒤에 앉았다. 因為個子高，所以坐在後面。
　　・초등학교 때 친구였기 때문에 집안 사정까지 잘 알고 있어요.
　　因為是小學同學，所以就連家裡的情況都很了解。

주의사항　注意事項

● '-기 때문이다'의 형태로 쓰이기도 한다.　也可以使用「-기 때문이다」的形態。
例 성적이 안 좋은 건 아르바이트를 하기 때문이다. 成績不好的原因是因為打工的關係。

● 명령문이나 청유문과 같이 사용하지 않는다.　不與命令句或勸誘句一起使用。

unit 12
理由

065 -기 때문에 　_197

▶ '-기 때문에'는 '-아/어서', '-으니까'와 바꾸어 사용할 수 있다.
「-기 때문에」可以跟「-아/어서」、「-으니까」替換使用。

　　例 ▶ ・오빠가 공부하**기 때문에** 조용히 해야 해요.
　　　　　因為哥哥在念書，所以得保持安靜。
　　　　　= 오빠가 공부**해서** 조용히 해야 해요.
　　　　　= 오빠가 공부하**니까** 조용히 해야 해요.

▶ '-기 때문에'는 후행절에 부정적인 뜻이 올 때는 '-는 탓에'⑰와 바꾸어 사용할 수 있다.
當「-기 때문에」後面接否定意思的句子時，可以跟「-는 탓에」替換使用。

　　例 ▶ ・요즘 운동을 안 **했기 때문에** 살이 쪘다. 因為最近沒有運動，所以胖了。
　　　　　= 요즘 운동을 안 한 **탓에** 살이 쪘다.

▶ '-기 때문에'는 후행절에 긍정적인 뜻이 올 때는 '-는 덕분에'⑱와 바꾸어 사용할 수 있다.
當「-기 때문에」後面接肯定意思的句子時，可以跟「-는 덕분에」替換使用。

　　例 ▶ ・운전을 **배웠기 때문에** 편해졌어요. 因為學了開車，變方便了。
　　　　　= 운전을 배운 **덕분에** 편해졌어요.

※ 다음 밑줄 친 부분과 의미가 비슷한 것을 고르십시오.

이번 사고는 제가 <u>조심하지 않은 탓이에요</u>.

① 조심한 적이 없어요 　　　　② 조심하지 않은 셈이에요

③ 조심하지 않았을 뿐이에요 　　④ 조심하지 않았기 때문이에요

答案解析

本題要選出與畫線部分意思相近的選項。題意為「事故發生是不小心的緣故」。選項①的「-은 적이 없다」表示經驗，選項②的「-은 셈이다」表示與前句的程度相仿，選項③的「-을 뿐이다」表示限定的意思，以上都不符合題意。只有選項④的「-기 때문이다」表示理由，與題意相近，故正確答案為④。

正確答案④

–기에 ★★

1. 알아두기　常見用法

		–았/었기에	–기에
동사 動詞	먹다	먹**었기에**	먹**기에**
	가다	갔**기에**	가**기에**

		–기에
형용사 形容詞	좋다	좋**기에**
	예쁘다	예쁘**기에**

		(이)기에
명사+이다 名詞＋이다	학생	학생**이기에**
	친구	친구**기에**

❶ 선행절이 후행절의 근거나 이유가 될 때 사용한다.
當前子句為後子句的根據或理由時使用。

例 ・가: 아까 왜 약을 먹었어요? 你剛剛為什麼要吃藥?
　　나: 아침에 일어났더니 열이 나**기에** 먹었어요.
　　早上起來的時候發現發燒了，所以吃了藥。

　・가: 오늘이 제 생일도 아닌데 웬 꽃이에요?
　　今天又不是我的生日，你怎麼會買花?
　　나: 오다가 예쁘**기에** 샀어요. 來的時候看它漂亮就買了。

주의사항 注意事項

● 선행절과 후행절의 주어가 다르며 선행절의 주어는 말하는 사람이 될 수 없다. 前子句與後子句的主詞不同，且前子句的主詞不可以是話者本人。
例 내가 바쁘기에 여행을 갈 수 없다. (X)
(주어) 主詞 – (말하는 사람) 話者

● 명령문이나 청유문과 같이 사용하지 않는다. 不可與命令句或勸誘句一起使用。

unit 12
理由

2. 더 알아두기　更多用法

▶ '-기에'는 '-길래'⁰⁶⁷와 바꾸어 사용할 수 있다. '-기에'는 문어체에, '-길래'는 구어체에 주로 사용된다.

「-기에」可以和「-길래」替換使用。「-기에」主要用在書面語中，而「-길래」主要用在口語中。

> 例 ▶ · 비가 많이 오**기에** 우산을 갖고 왔어요.
>
> 因為下大雨，所以帶雨傘來了。
>
> = 비가 많이 오**길래** 우산을 갖고 왔어요.

▶ **다른 문법과의 결합형**　與其他文法的結合形態

▶ -는다기에 : '-는다고 하다'⁰⁴¹와 '-기에'가 결합한 형태이다.

-는다기에 : 是「-는다고 하다」與「-기에」結合的形態。

> 例 ▶ · 친구가 부산에 간**다기에** 나도 같이 가기로 했어요.
>
> 朋友說要去釜山，所以我也決定要一起去。
>
> = 친구가 부산에 간**다고 하기에** 나도 같이 가기로 했어요.

3. 확인하기　小試身手

※ 다음 밑줄 친 부분에 알맞은 것을 고르십시오.

가: 지영 씨는 어디 갔어요? 아까부터 안 보이네요.

나: _____ 좀 쉬라고 했어요.

① 감기가 심하느라고

② 감기가 심하기에

③ 감기가 심하도록

④ 감기가 심하지만

答案解析

本題要找出可填入畫線部分的正確選項。選項①的「-느라고」表理由，前後主詞必須一致。選項③的「-도록」表示目的，選項④的「-지만」表示對照，以上都不能成為答案。而選項②「-기에」表示理由，因此正確答案為②。

正確答案②

1. 알아두기　　常見用法

		-았/었길래	-길래
동사 動詞	먹다	먹**었길래**	먹**길래**
	가다	갔**길래**	가**길래**

		-길래			(이)길래
형용사 形容詞	좋다	좋**길래**	명사+이다 名詞＋이다	학생	학생**이길래**
	예쁘다	예쁘**길래**		친구	친구**길래**

❶ 선행절이 후행절의 근거나 이유가 될 때 사용한다.
當前子句為後子句的根據或理由時使用。

> 例 ▶ • 친구가 제가 만든 음식을 맛있게 먹**길래** 오늘도 만들어 줬어요.
> 　　因為朋友覺得我做的菜很好吃，所以我今天又做給他吃了。
> 　　• 오빠가 시장에 가**길래** 과일 좀 사다 달라고 부탁했어요.
> 　　因為哥哥要去市場，所以我拜託他幫我買點水果。
> 　　• 어제는 날씨가 좋**길래** 가까운 곳으로 소풍을 갔다 왔어요.
> 　　因為昨天天氣很好，所以去附近郊遊。

주의사항　注意事項

- 선행절과 후행절의 주어가 다르며 선행절의 주어는 말하는 사람이 될 수 없다. 前子句與後子句的主詞不同，且前子句的主詞不可以是話者本人。
  例 내가 바쁘길래 내가 여행을 갈 수 없어요. (X)
  　(주어) 主詞　　(주어) 主詞

- 명령문이나 청유문과 같이 사용하지 않는다. 不可與命令句或勸誘句一起使用。

▶ '-길래'는 '-기에'066와 바꾸어 사용할 수 있다. '-길래'는 구어체에 '-기에'는 문어체에 주로 사용된다.

「-길래」可以和「-기에」替換使用。「-길래」主要用在口語中，而「-기에」主要用在書面語中。

例 ▶ • 비가 많이 **오길래** 우산을 갖고 왔어요.
　　　因為下大雨，所以帶了雨傘來。
　　　= 비가 많이 **오기에** 우산을 갖고 왔어요.

※ 밑줄 친 두 문장을 대화에 맞게 연결한 것을 고르십시오.

가: 점심은 드셨어요?

나: 네, 마침 <u>친구가 왔어요. 같이 가서 먹었어요.</u>

① 친구가 왔길래 같이 가서 먹었어요

② 친구가 온다고 했으니 같이 가서 먹었어요

③ 친구가 온다면 같이 가서 먹었어요

④ 친구가 왔으면 같이 가서 먹었어요

答案解析

本題要選出正確連接兩個句子的選項，前後子句為因果關係。選項②表示「朋友說他要來，所以一起去吃了飯」，選項③表示「如果朋友來，一起去吃了飯」，選項④表示「如果朋友來了的話，一起去吃了飯」，以上都不是答案。只有表示「因為朋友來了，所以一起去吃了飯」的選項①才是正確答案。

正確答案①

068 　 –는 덕분에 ★★

1. 알아두기　常見用法

		–(으)ㄴ 덕분에	–는 덕분에
동사 動詞	먹다	먹은 **덕분에**	먹는 **덕분에**
	주다	준 **덕분에**	주는 **덕분에**

		인 덕분에
명사+이다 名詞＋이다	선생님	선생님인 **덕분에**
	선배	선배인 **덕분에**

❶ 선행절 때문에 후행절에 좋은 결과가 올 때 사용한다.
　表示因為前子句的關係，發生了後子句的好結果時使用。

　　例 ▸ ‧ 가: 이사는 잘 했니? 搬家順利嗎？
　　　　　나: 응. 친구들이 도와 준 **덕분에** 잘 했어. 嗯，多虧朋友們幫忙，很順利。
　　　　‧ 가: 빨리 도착하셨네요. 막히지 않았어요? 來得很早呢。沒塞車嗎？
　　　　　나: 네, 걱정해 주신 **덕분에** 잘 도착했어요. 是啊，托您的福順利抵達了。

　　주의사항　注意事項

> ● ‘–는 덕분이다’의 형태로도 사용할 수 있다. 也可使用「–는 덕분이다」的形態。
>
> 　　예 네가 도와 준 덕분에 이번 시험에 합격했어. 多虧你的幫忙，我這次考試合格了。
> 　　　 = 이번 시험에 합격한 것은 네가 도와 준 덕분이야.
>
> ● 명령문이나 청유문과 같이 사용하지 않는다. 不與命令句和勸誘句一起使用。

2. 더 알아두기　更多用法

▸ ‘–는 덕분에’와 ‘–는 바람에’ 064 의 문법 비교
　(P.196) 「–는 덕분에」和「–는 바람에」的文法比較

unit 12
理由

▶ 'N인 덕분에'와 'N 덕분에'의 문법 비교
「N인 덕분에」和「N 덕분에」的文法比較

例 • 내가 한국어 선생님**인 덕분에** 많은 외국 학생들을 만날 수 있어요.
因為我是韓語老師，所以可以遇到很多外國學生。
(많은 외국 학생들을 만날 수 있는 이유는 나의 직업이 한국어 선생님이기 때문이다.)
（我可以遇到很多外國學生的原因，是因為我的職業是韓語老師。）

• 내가 한국어 선생님 **덕분에** 한국어를 잘 할 수 있게 되었어요.
多虧我的韓語老師，我的韓語才能學得這麼好。
(내가 한국어 선생님 덕분에 한국어를 잘 할 수 있게 되었어요.)
（我的韓語能學得這麼好的原因，是因為我的韓語老師教得好。）

3. 확인하기   小試身手

※ 빈칸에 들어갈 말로 알맞은 것을 고르십시오.

가: 민수 씨 출장은 잘 다녀오셨어요?

나: 네, _____ .

① 걱정하는 탓에 힘들었습니다

② 걱정해 주는 대신에 잘 다녀왔습니다

③ 걱정해 주신 덕분에 잘 다녀왔습니다

④ 걱정하느라고 잘 다녀올 수 없었습니다

答案解析

가問話者出差順利嗎？話者回答是，所以後面的空格必須填入肯定的答案。選項①跟選項④都是否定意義的句子，這與話者回答的「是」不相符。選項②的「-는 대신에」是以後面的內容代替前面的內容，也不是答案。只有表示「托您的福，順利回來了」的選項③才符合題意，因此正確答案為③。

正確答案③

069 –는데 ★★

		–았/었는데	–는데	–(으)ㄹ 건데
동사 動詞	먹다	먹**었는데**	먹**는데**	먹**을 건데**
	가다	갔**는데**	가**는데**	갈 **건데**

		–았/었는데	–(으)ㄴ데	–(으)ㄹ 건데
형용사 形容詞	작다	작**았는데**	작**은데**	작**을 건데**
	예쁘다	예뻤**는데**	예쁜**데**	예쁠 **건데**

		이었/였는데	인데	일 건데
명사+이다 名詞+이다	학생	학생**이었는데**	학생**인데**	학생**일 건데**
	친구	친구**였는데**	친구**인데**	친구**일 건데**

❶ 선행절이 후행절의 이유가 될 때 사용한다.
　當前子句成為後子句的理由時使用。

> 例 ▸ •오늘은 몸도 아픈**데** 집에 가서 쉬세요.
> 　 你今天身體也不舒服，回家休息去吧。

❷ 후행절의 내용이 선행절의 내용과 반대될 때 사용한다.
　當後子句的內容與前子句的內容相反時使用。

> 例 ▸ •열심히 공부**했는데** 시험을 못 봤어요. 雖然努力念書了，但考試沒考好。

❸ 선행절을 배경으로 후행절의 일을 할 때 사용한다.
　以前子句當作背景做後子句的事情時使用。

> 例 ▸ •오늘 명동에 가**는데** 같이 갈래요? 我今天要去明洞，要一起去嗎？

주의사항　注意事項

● 명령문이나 청유문과 같이 사용하지 않는다. 不可與命令句或勸誘句一起使用。

unit 12
理由

※ 다음 (　　　　)에 들어갈 가장 알맞은 것을 고르십시오.

친구와 내가 운동장에서 축구를 (　　　　　　　) 선생님이 나를 부르셨다.

① 하거나

② 하는데

③ 하면서

④ 하든지

答案解析

括弧前後的子句意為「朋友跟我在運動場裡踢足球」、「老師叫我」，兩個子句之間並無任何從屬關係。選項①的「-거나」跟選項④的「-든지」都是表示選擇的意思，選項③的「-면서」表示同時做兩件事情，這三個都不是答案。而選項②表前子句為背景，故②為正確答案。

正確答案②

070 –는 탓에 ★★

1. 알아두기　常見用法

		–(으)ㄴ 탓에	–는 탓에
동사 動詞	먹다	먹은 **탓에**	먹**는 탓에**
	가다	간 **탓에**	가**는 탓에**

		–(으)ㄴ 탓에
형용사 形容詞	작다	작은 **탓에**
	크다	큰 **탓에**

		인 탓에
명사+이다 名詞＋이다	학생	학생**인 탓에**
	교사	교사**인 탓에**

❶ 선행절 때문에 후행절에 안 좋은 결과가 올 때 사용한다.
因為前子句的關係造成後子句不好的結果時使用。

> 例 • 가: 왜 비행기가 아직 출발을 못 하지요?　為什麼飛機還不起飛？
> 　　나: 눈이 많이 온 **탓에** 출발을 못 하고 있대요.　說是雪下得太大所以無法起飛。
> 　• 회사 일이 바쁜 **탓에** 아이들과 놀아주지 못하는 아버지들이 많아요.
> 　　有很多爸爸們因為公司事務繁忙而無法陪孩子們玩。

주의사항　注意事項

> • '– 는 탓이다'의 형태로 사용할 수 있다.　可以使用「–는 탓이다」的形態。
> 例 공부하지 않은 탓에 시험에서 떨어졌어요.　因為沒有念書，考試落榜了。
> 　＝ 시험에서 떨어진 것은 공부하지 않은 탓이다.
>
> • 명령문이나 청유문과 같이 사용하지 않는다.　不與命令句或勸誘句一起使用。

2. 더 알아두기　更多用法

▶ '–는 탓에'는 '–는 바람에'❻❹, '–는 통에'❼❶와 바꾸어 사용할 수 있다.
「–는 탓에」可以跟「–는 바람에」、「–는 통에」替換使用。

> 例 • 늦잠을 잔 **탓에** 학교에 늦었어요.　因為睡得太晚，上學遲到了。
> 　　＝ 늦잠을 자**는 바람에** 학교에 늦었어요.
> 　　＝ 늦잠을 자**는 통에** 학교에 늦었어요.

※ 다음 밑줄 친 말과 바꾸어 쓸 수 있는 말을 고르십시오.

엄마가 화가 난 것은 제가 <u>시험을 못 봤기 때문이에요</u>.

① 시험을 못 본 적이 없어요

② 시험을 못 본 셈이에요

③ 시험을 못 봤을 뿐이에요

④ 시험을 못 본 탓이에요

　本題要選出可與畫底線部分替換使用的選項，題意為「媽媽生氣是因為我考試沒考好」。選項①的「–은 적이 없다」表示沒有那種經驗，選項②的「–는 셈이다」表示斷定做某件事情與做另外一件事情的效果相似，選項③的「–을 뿐이다」表示除了前句的事實以外沒有其他的了，以上都不是答案。而選項④的「–는 탓이다」表示理由，故④為正確答案。　　　　　　　　　　　　　　正確答案④

071 –는 통에 ★★

1. 알아두기   常見用法

		–는 통에
동사 動詞	먹다	먹**는 통에**
	자다	자**는 통에**

❶ 선행절 때문에 후행절에 안 좋은 결과가 올 때 사용한다.
因為前子句的關係造成後子句不好的結果時使用。

> 例 ▸ • 도서관에서 옆 사람이 계속 왔다 갔다 하**는 통에** 집중을 할 수가 없었어요.
> 在圖書館裡旁邊的人一直來來去去的，讓我無法集中精神。
> • 룸메이트가 계속 떠드**는 통에** 잠을 잘 수가 없었다.
> 因為室友不停吵鬧，讓我無法睡覺。
> • 갑자기 비가 오**는 통에** 옷이 모두 젖었네요. 突然下雨讓我的衣服全濕透了。

주의사항 注意事項

> ● 명령문이나 청유문과 같이 사용하지 않는다. 不可與命令句或勸誘句一起使用。

2. 더 알아두기   更多用法

▶ '–는 통에'는 '–는 바람에'064, '–는 탓에'070와 바꾸어 사용할 수 있다.
「–는 통에」可以跟「–는 바람에」、「–는 탓에」替換使用。

> 例 ▸ • 늦잠을 자**는 통에** 학교에 늦었어요. 因為睡得太晚，上學遲到了。
> = 늦잠을 자**는 바람에** 학교에 늦었어요.
> = 늦잠을 잔 **탓에** 학교에 늦었어요.

unit 12
理由

※ 밑줄 친 부분과 바꾸어 쓸 수 있는 것을 고르십시오.

> 가: 어제 내가 부탁한 책 가지고 왔어요?
>
> 나: 미안해요. 아침에는 생각이 났는데, 애들이 하도 <u>시끄럽게 하는 바람에</u> 깜빡 잊어 버렸어요.

① 시끄럽게 하는 중에　　　　② 시끄럽게 하는 통에

③ 시끄럽게 하는 데에　　　　④ 시끄럽게 하는 김에

答案解析

本題題意為「早上本來有想到，但是被孩子們煩一個就忘記了」，畫底線的部份表示忘記的緣由。選項①的「-는 중에」表示正在做某件事情，選項③的「-는 데에」表示場合，選項④的「-는 김에」表示趁機，以上都不是答案。而選項②的「-는 통에」表示理由，故②為正確答案。

正確答案②

072 -아/어서 그런지 ★★

		-아/어서 그런지			(이)라서 그런지
동사 動詞	받다	받**아서 그런지**	명사+이다 名詞＋이다	동생	동생**이라서 그런지**
	싸우다	싸워**서 그런지**		막내	막내**라서 그런지**
형용사 形容詞	적다	적**어서 그런지**			
	비싸다	비싸**서 그런지**			

❶ 선행절이 후행절의 이유일 거라고 추측할 때 사용한다.
　推測前子句為後子句的理由時使用。

例 ▶ • 아이가 스트레스를 받**아서 그런지** 힘들어 보여요.
　　　孩子大概是壓力太大了，看起來很疲倦。
　　• 날씨가 너무 추워**서 그런지** 길에 사람이 없어요.
　　　可能是天氣太冷了，路上沒有行人。
　　• 그 사람은 막내**라서 그런지** 정말 귀여워요.
　　　那個人可能因為是老么的緣故，真的很可愛。

주의사항　注意事項

● 문장의 끝에서는 '-아/어서 그럴 거예요'의 형태로 사용한다.
　句尾使用「-아/어서 그럴 거예요」的形態。
　例 비가 많이 와서 그런지 백화점에 사람이 별로 없네요.
　　　可能是因為下大雨的關係，百貨公司裡沒什麼人。
　　　= 백화점에 사람이 별로 없는데 비가 많이 와서 그럴 거예요.

● 명령문이나 청유문과 같이 사용하지 않는다. 　不可與命令句或勸誘句一起使用。

※ 밑줄 친 부분에 들어갈 말로 알맞은 것을 고르십시오.

_____ 바람이 서늘해서 참 좋아요.

① 깊은 산 속 같지만

② 깊은 산 속일 수가 있어야

③ 깊은 산 속이라서 그런지

④ 깊은 산 속이든지

答案解析

前子句要解釋後子句中吹涼爽的風的原因。選項①的「-지만」表示對照，選項②的「-아/어야」表示條件，選項④的「-든지」表示選擇，以上都不是答案。只有選項③的「-아/어서 그런지」表示理由，故③為正確答案。

正確答案③

073 으로 인해(서) ★★

1. 알아두기 常見用法

		(으)로 인해(서)
명사 名詞	환경오염	환경오염**으로 인해(서)**
	스트레스	스트레스**로 인해(서)**

❶ 선행절 때문에 후행절의 결과가 나올 때 사용한다.

因為前子句的關係造成後子句的結果時使用。

> 例
> - 환경오염**으로 인해서** 여러 가지 문제가 생기고 있다.
>   因為環境汙染的關係產生了許多問題。
> - 많은 초등학생들이 스트레스**로 인해서** 고통을 받는다고 한다.
>   據說許多小學生因為壓力的關係感到很痛苦。
> - 어제 내린 비**로 인해** 교통사고가 난 지역이 많다.
>   因為昨天下的那場雨，有許多地方發生交通事故。

주의사항 注意事項

● 명령문이나 청유문과 같이 사용하지 않는다. 不可與命令句或勸誘句一起使用。

2. 확인하기 小試身手

※ 빈칸에 들어갈 말로 알맞은 것을 고르십시오.

> 가: 농촌에 있는 초등학교들이 문을 닫는 경우가 많아졌대요.
> 나: 네, 농촌의 인구 감소(   ) 학교 다닐 아이들이 많이 줄었거든요.

① 로 인해서　　② 를 비롯해서　　③ 를 위해서　　④ 에도 불구하고

答案解析

「農村人口減少」，「上學的孩子們少了很多」，兩個子句之間是因果關係。選項②的「-을 비롯해서」表示羅列之始，選項③的「-을 위해서」表示目的，選項④的「-아/어도 불구하고」表示不拘限，以上都不是答案。只有選項①「-으로 인해서」表示理由，故①為正確答案。

正確答案①

unit 12
理由

074

−아/어 가지고 ★

1. 알아두기 常見用法

		−아/어 가지고
동사 動詞	먹다	먹**어 가지고**
	자다	자 **가지고**
형용사 形容詞	작다	작**아 가지고**
	크다	커 **가지고**

		이어/여 가지고
명사+이다 名詞＋이다	학생	학생**이어 가지고**
	교사	교사**여 가지고**

❶ 선행절이 후행절의 이유가 될 때 사용한다.
當前子句為後子句的理由時使用。

> 例 ▸ 동생이 화가 나 **가지고** 문을 세게 닫고 밖으로 나가 버렸어요.
> 弟弟生氣便大力摔門出去了。
> ▸ 새로 산 옷이 작**아 가지고** 바꾸러 가려고요.
> 因為新買的衣服太小，所以打算去換。
> ▸ 제가 아직 고등학생**이어 가지고** 그 영화는 볼 수 없어요.
> 因為我還只是高中生，所以不能看那部電影。

주의사항 注意事項

● '−아/어 갖고'의 형태로 사용할 수 있다. 可以使用「−아/어 갖고」的形態。
　例 우유가 상해 가지고 버렸어요. 牛奶變質了所以就丟掉了。
　　= 우유가 상해 갖고 버렸어요.

● 명령문이나 청유문과 같이 사용하지 않는다. 不可與命令句或勸誘句一起使用。

※ 다음 글의 밑줄 친 부분과 바꿔 쓸 수 있는 말을 고르십시오.

가: 황사가 <u>심해 가지고</u> 외출하기가 힘들어요.

나: 맞아요. 갈수록 황사가 심해져서 큰일이에요.

① 심하기 때문에

② 심한 덕분에

③ 심하기 위해서

④ 심하느라고

unit 12
理由

答案解析

本題要找出可與畫線部分替換使用的選項，畫底線部分表示難以外出的緣由。選項②的「–는 덕분에」表示正面緣由。選項③的「–기 위해서」表示目的，選項④的「–느라고」表示時間重疊的緣由，且只可搭配動詞一起使用，因此以上皆不是答案。只有表示理由，且可與動詞、形容詞和名詞搭配的選項①「–기 때문에」才是正確答案。

正確答案①

075 하도 −아/어서 ★

1. 알아두기   常見用法

		하도 −아/어서
동사 動詞	먹다	**하도** 먹**어서**
	자다	**하도** 자**서**
형용사 形容詞	많다	**하도** 많**아서**
	적다	**하도** 적**어서**

❶ 어떤 행동이나 상태의 정도가 아주 심한 것이 후행절의 이유가 될 때 사용한다. 當某項行動或狀態的程度非常嚴重而成為後子句的理由時使用。

例 ▶ • 가: 더 드세요. 請再吃一點。

　　나: 아니에요. **하도** 많이 먹**어서** 더 이상 못 먹겠어요.

　　不了，我吃太多，已經吃不下了。

• 가: 과일을 많이 샀어요? 你買了很多水果嗎?

　　나: 아니요, 과일 값이 **하도** 비싸**서** 안 샀어요.

　　沒有，水果實在太貴了，所以我沒買。

주의사항　注意事項

● 명령문이나 청유문과 같이 사용하지 않는다. 不可與命令句或勸誘句一起使用。

2. 확인하기   小試身手

※ 다음 밑줄 친 부분과 의미가 비슷한 것을 고르십시오.

가: 왜 이렇게 늦게 왔어요?

나: 죄송해요. 차가 <u>하도 막혀서</u> 늦었어요.

①많이 막혀도　　　　　　②많이 막힌 덕분에

③많이 막힌다면　　　　　④많이 막히는 바람에

答案解析

本題大意為，路上塞車所以遲到了，畫底線部分表示遲到的緣由。選項①的「−아/어도」表示承認但無關，選項②的「−는 덕분에」表示正面緣由，選項③的「−는다면」表示條件，以上都不是答案。只有選項④「−는 바람에」表示負面緣由，故④為正確答案。

正確答案④

연습 문제 練習題

1 다음 중 밑줄 친 부분에 가장 알맞은 것을 고르십시오.

> 가: 요즘 왜 이렇게 바빠요?
> 나: _____ .

❶ 바쁠락 말락해서 그래요 　　　　　❷ 시험 공부를 하느라고 바빠요

❸ 여행을 갔더라면 좋았을 걸 그랬어요 　❹ 바쁜 일이 모두 끝났거든요 　⟨063⟩

2 다음 밑줄 친 부분에 알맞은 말을 고르십시오.

> 가: 머리가 왜 이렇게 엉망이에요?
> 나: _____ .

❶ 바람이 많이 불 테니까 조심하세요

❷ 이렇게 눈이 오다가는 집에 갈 수 없겠어요

❸ 갑자기 바람이 부는 바람에 이렇게 되었어요

❹ 막 비가 오려던 참이에요 　⟨064⟩

3 다음 빈칸에 알맞은 말을 고르십시오.

> 친구가 아파서 병문안을 다녀왔다.
> 가: 오늘 병원에 왜 다녀왔어요?
> 나: (　　　　　　　　　　　　) 병문안을 갔다 왔어요.

❶ 친구가 아프더라도 　　　　　　　❷ 친구가 아프고도

❸ 친구가 아프기에 　　　　　　　　❹ 친구가 아프거든 　⟨066⟩

4 밑줄 친 부분 중 틀린 것을 골라 바르게 고치십시오.

> 오늘 같은 반 친구가 ①결석해서 오늘 숙제를 친구에게 ②전해 줘야 했지만 우리 집과 친구집은 너무 멀었다. 마침 다른 친구가 그 친구 집에 간다고 ③했길래 그 친구에게 대신 ④전해달라고 부탁했다.

(　　　　　→ 　　　　　) 　⟨067⟩

unit 12
理由

연습 문제 練習題

5 빈칸에 들어갈 말로 알맞은 것을 고르십시오.

> 가: 이번 발표를 성공적으로 마치셨다면서요?
>
> 나: _____ .

❶ 발표 주제가 하도 어려워서요

❷ 친구가 도와 준 반면에 저는 열심히 준비했어요

❸ 열심히 하다 보면 잘 했어요

❹ 친구가 도와 준 덕분에 잘 할 수 있었어요 068

6 다음 밑줄 친 말과 바꾸어 쓸 수 있는 말을 고르십시오.

> 가: 왜 이렇게 시험을 못 봤어?
>
> 나: 그 동안 아르바이트를 <u>하느라고</u> 공부할 시간이 없었어.

❶ 하길래   ❷ 한 탓에

❸ 한 데다가   ❹ 한 덕분에 070

7 밑줄 친 곳에 들어갈 표현으로 알맞은 것을 고르십시오.

> 가: 오늘 굉장히 피곤해 보이네요. 어제 별로 못 주무셨어요?
>
> 나: 네, _____ .

❶ 불면증이 심한 반면에 못 잤어요   ❷ 아기가 우니 차라리 잠을 자요

❸ 정말 잠을 잘 못 자는군요   ❹ 옆집 개가 짖는 통에 잠을 못 잤어요 071

8 밑줄 친 곳에 들어갈 표현으로 알맞은 것을 고르십시오.

> 가: 요즘에 아버지나 어머니가 없는 아이들이 많다고 들었어요.
>
> 나: 네, 부모의 이혼 _____ 한 부모 가정이 많이 늘었
> 거든요.

❶ 으로 인해서   ❷ 에도 불구하고

❸ 에 비해서   ❹ 을 비롯해서 073

9   밑줄 친 부분이 맞는 것을 고르십시오.

① 기분이 안 좋아 가지고 집에 갑시다.

② 친구가 많다고 해도 기분이 좋아요.

③ 요즘 운동을 많이 해서 그런지 건강해졌어요.

④ 작년에는 과일값이 쌌더니 올해는 비싸군요.   074

10   두 문장을 바르게 연결한 것을 고르십시오.

> 직장을 옮겼다/전에 비해 일이 많다

① 직장을 옮긴다는 것이 전에 비해 일이 많다.

② 직장을 옮기는 김에 전에 비해 일이 많다.

③ 직장을 옮겼는데 전에 비해 일이 많다.

④ 직장을 옮기고서야 전에 비해 일이 많다.   069

11   밑줄 친 부분을 같은 의미로 바꾸어 쓴 것을 고르십시오.

> 가: 아직도 집에 못 가고 일 하고 있어요?
> 나: 그러게요. 내일 있을 회의 준비하느라고 집에 갈 수가 없네요.

① 내일 회의가 어려운 감이 있어서   ② 내일 회의를 준비할 정도로

③ 내일 회의 준비 때문에   ④ 내일 회의 준비하더라도   063

unit 12
理由

12   밑줄 친 두 문장을 대화에 맞게 연결한 것을 고르십시오.

> 가: 왜 어제 일을 다 못 끝냈어요?
> 나: 친구가 놀러 왔다. 일을 할 시간이 없었다.

① 친구가 놀러 오는 만큼 일을 할 시간이 없었어요

② 친구가 놀러 온 김에 일을 할 시간이 없었어요

③ 친구가 놀러 오는 바람에 일을 할 시간이 없었어요

④ 친구가 놀러 온 반면 일을 할 시간이 없었어요

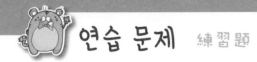

연습 문제 練習題

13 다음 빈칸에 알맞은 말을 고르십시오.

> 출퇴근 시간이라 (   ) 버스 대신 지하철을 타고 집에 왔다.

❶ 길이 막히고서   ❷ 길이 막히기로

❸ 길이 막히다가는   ❹ 길이 막히기에   **066**

14 두 문장을 바르게 연결한 것을 고르십시오.

> 얼마나 피곤해요?/점심때가 되도록 못 일어나요?

❶ 얼마나 피곤했으니까 점심때가 되도록 못 일어나요?

❷ 얼마나 피곤하다던데 점심때가 되도록 못 일어나요?

❸ 얼마나 피곤하냐면 점심때가 되도록 못 일어나요?

❹ 얼마나 피곤하길래 점심때가 되도록 못 일어나요?   **067**

15 두 문장을 바르게 연결한 것을 고르십시오.

> 좋은 음식을 먹다/건강해지다

❶ 좋은 음식을 먹는 대로 건강해졌다

❷ 좋은 음식을 먹은 덕분에 건강해졌다

❸ 좋은 음식을 먹은 척해서 건강해졌다

❹ 좋은 음식을 먹는 탓에 건강해졌다   **068**

16 다음 밑줄 친 표현 중 올바르게 사용된 것을 고르십시오.

❶ 그 사람이 나를 믿지 못하는 것은 <u>거짓말을 많이 했기 탓</u>이다.

❷ 열심히 <u>돈을 모은 탓에</u> 여행을 갈 수 있었다.

❸ <u>설날 탓에</u> 맛있는 음식을 많이 먹었다.

❹ 이번 시험에서 떨어진 것은 준비가 <u>부족했던 탓이다.</u>   **070**

17 밑줄 친 말과 바꾸어 사용할 수 있는 말을 고르십시오.

> 가: 제가 지난주에 빌려 준 책 가지고 왔어요?
> 나: 미안해요. 생각은 했는데 아침에 지각하지 않으려고 <u>서두르는 바람에</u> 깜빡했어요.

❶ 서두르는 덕분에　　　　　❷ 서두르는 통에
❸ 서두르는 김에　　　　　　❹ 서두르는 반면에　　　064 071

18 빈칸에 들어갈 말로 알맞은 것을 고르십시오.

> 올해는 강풍과 폭우(　　　　　　　　　　) 농사를 짓는 분들의 피해가 심각하다.

❶ 야말로　　　　　　　　　❷ 에 비해
❸ 로서　　　　　　　　　　❹ 로 인해　　　073

19 밑줄 친 부분에 들어갈 말을 고르십시오.

> 가: 영수 씨는 _____ 마음에 드는 사람이 별로 없어요.
> 나: 맞아요. 정말 이상형의 조건이 까다로운 것 같아요.

❶ 눈이 높아서 그런지　　　　❷ 눈이 높기만 하면
❸ 눈이 높아야지　　　　　　❹ 눈이 높은 셈치고　　　072

unit 12
理由

20 다음 밑줄 친 말과 바꾸어 쓸 수 있는 말을 고르십시오.

> 가: 왜 언니랑 싸웠니?
> 나: 언니가 <u>하도 잔소리를 해서</u> 결국 싸우고 말았어.

❶ 잔소리를 한다는 것이　　　❷ 계속 잔소리를 해 대서
❸ 잔소리를 많이 하다 보면　　❹ 잔소리를 하게 하니까　　　075

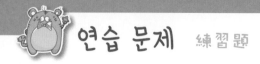
21 다음 두 표현을 가장 알맞게 연결한 것을 고르십시오.

> 야구 경기를 보다/시간이 가는 줄 몰랐다

❶ 야구 경기를 볼수록 시간이 가는 줄 몰랐다.

❷ 야구 경기를 봤는데도 시간이 가는 줄 몰랐다.

❸ 야구 경기를 보자마자 시간이 가는 줄 몰랐다.

❹ 야구 경기를 보느라고 시간이 가는 줄 몰랐다.

⓿63

22 밑줄 친 문장과 같은 의미의 문장을 고르십시오.

> 가: 왜 비행기를 놓쳤어요?
> 나: <u>시간을 잘못 봐서 늦었어요.</u> 정말 속상해요.

❶ 시간을 잘못 보는 바람에 늦었어요

❷ 시간을 잘못 보는 반면에 늦었어요

❸ 시간을 잘못 보는 대로 늦었어요

❹ 시간을 잘못 보는 덕분에 늦었어요

⓿64

UNIT

13

UNIT

사동 使動

076 　-이/히/리/기/우 ★★★

1. 알아두기　常見用法

❶ 어떤 사람이 다른 대상에게 무엇을 해 주거나 하게 하는 경우에 사용한다.
某個人為其他對象做了某件事情，或使某人做某件事情時使用。

· 엄마가 아기에게 밥을 먹**여** 주셨
　어요. 媽媽餵孩子吃飯。

· 팔을 다친 친구의 머리를 감**겨** 주
　었어요. 幫手臂受傷的朋友洗頭。

· 사동형은 '-이/히/리/기/우'를 사용하여 만든다.
　使動形使用「-이/히/리/기/우」來表示。

동사 動詞	사동사 使役動詞	동사 動詞	사동사 使役動詞	동사 動詞	사동사 使役動詞	동사 動詞	사동사 使役動詞	동사 動詞	사동사 使役動詞
-다	-이다	-다	-히다	-다	-리다	-다	-기다	-다	-우다
끓다	끓**이**다	넓다	넓**히**다	날다	날**리**다	감다	감**기**다	깨다	깨**우**다
높다	높**이**다	눕다	눕**히**다	돌다	돌**리**다	남다	남**기**다	비다	비**우**다
먹다	먹**이**다	맞다	맞**히**다	살다	살**리**다	맡다	맡**기**다	서다	세**우**다
보다	보**이**다	앉다	앉**히**다	알다	알**리**다	벗다	벗**기**다	쓰다	씌**우**다
붙다	붙**이**다	읽다	읽**히**다	울다	울**리**다	숨다	숨**기**다	자다	재**우**다
속다	속**이**다	입다	입**히**다			신다	신**기**다	타다	태**우**다
죽다	죽**이**다					씻다	씻**기**다		
줄다	줄**이**다					웃다	웃**기**다		
끝나다	끝내다								

> **TIP**
> 사동사 '세우다', '씌우다', '재우다', '태우다'의 형태에 주의하세요.
> 請注意使役動詞「세우다」、「씌우다」、「재우다」、「태우다」的形態。

주의사항 注意事項

● '읽히다, 보이다, 날리다' 등은 사동과 피동**⑩**의 형태가 같다.
「읽히다」、「보이다」、「날리다」等的使動和被動形態相同。

- 선생님께서 학생에게 책을 읽**혔**어요. (사동) 老師叫學生讀書。（使動）

- 이 책은 인기가 많아서 사람들에게 많이 읽**혀**요. (피동) 這本書很受歡迎，被很多人閱讀（被動）

2. 더 알아두기　更多用法

▶ 사동형 '-이/히/리/기/우'와 '-게 하다'⑦의 문법 비교

使動形「-이/히/리/기/우」與「-게 하다」的文法比較

'-이/히/리/기/우'는 시키는 사람이 직접 행동을 하는 경우에 많이 사용하고 '-게 하다'는 시키는 사람이 직접 행동을 하지 않고 다른 대상에게 시키는 경우에 많이 쓰인다.

「-이/히/리/기/우」常用於指使的人親自行動的情況；「-게 하다」常用於指使的人沒有親自行動，而是指使其他對象行動的情況。

- 엄마가 아파서 혼자 밥을 못 먹는 동생에게 밥을 먹**이**고 계세요.

  媽媽餵生病無法自己吃飯的弟弟吃飯。

- 엄마가 밥을 안 먹고 텔레비전을 보고 있는 동생에게 밥을 먹**게 하**셨어요.　媽媽叫不吃飯顧著看電視的弟弟吃飯。

3. 확인하기　小試身手

※ 다음 밑줄 친 부분이 잘못된 것을 고르십시오.

① 엄마가 아기한테 밥을 <u>먹이고</u> 있어요.

② 바지가 너무 길어서 길이를 좀 <u>줄이고</u> 싶어요.

③ 거짓말로 친구를 <u>속이는</u> 것은 나쁜 행동이에요.

④ 도로가 좁아서 길을 <u>넓이는</u> 공사를 하고 있어요.

答案解析

本題關鍵在於掌握使役動詞的正確形態。選項④中的「넓이는」是「넓다」使動形的錯誤表現方式，應該改為「넓히다」才是對的，故正確答案為④。

正確答案④

077 −게 하다 ★★

1. 알아두기　　常見用法

		−게 하다
동사 動詞	먹다	**먹게 하다**
	가다	**가게 하다**

❶ 어떤 사람이 다른 대상에게 어떤 일을 하게 할 때 사용한다.
某人指使其他對象做某件事情時使用。

> 例 • 선생님이 학생들에게 책을 큰 소리로 읽게 **했어요**.
> 　　老師讓學生們大聲朗讀課文。
> • 화가 많이 나신 할아버지는 우리를 방에 들어오지 못하게 **하셨어요**.
> 　　非常生氣的爺爺不讓我們進房間。

2. 더 알아두기　　更多用法

▶ '−게 하다'는 사동의 '−도록 하다' 078 와 바꾸어 사용할 수 있다.
「−게 하다」可以跟使動的「−도록 하다」替換使用。

> 例 • 의사는 환자에게 짠 음식을 먹지 않게 **했다**. 醫生不讓病患吃鹹的食物。
> 　　= 의사는 환자에게 짠 음식을 먹지 않**도록 했다**.

▶ '−게 하다'와 사동형 '−이/히/리/기/우' 076 의 문법 비교
(P.225) 「−게 하다」與使動形「−이/히/리/기/우」的文法比較

3. 확인하기　　小試身手

> ※ 밑줄 친 부분과 바꾸어 쓸 수 있는 것을 고르십시오.
>
> > 실험용 흰쥐에게 소금을 많이 <u>먹게 했더니</u> 이들의 수명이 다른 쥐들에 비해 짧아졌다고 한다.
>
> ① 먹도록 했더니　② 먹게 시켰더니　③ 먹게 되었더니　④ 먹도록 시켰더니

答案解析

本題要找出表示使令他人做事，可與「−게 하다」替換使用的選項。選項③表示變化，選項②和選項④表示人類要求小白鼠多吃鹽巴，但從意義上就能看出來這件事情無法實現，所以這三個都不能成為答案。選項①的「먹도록 했더니」表示使動，因此正確答案為①。

正確答案①

078 | -도록 하다 ★

		-도록 하다
동사 動詞	읽다	읽**도록 하다**
	가다	가**도록 하다**

❶ 어떤 사람이 다른 대상에게 어떤 일을 하게 할 때 사용한다.
某人讓其他對象做某件事情時使用。

例 ・선생님께서 학생들에게 청소를 하**도록 했**어요. 老師讓學生們打掃。
　　・아버지는 제가 잠들기 전에 꼭 음악을 듣**도록 하**셨어요.
　　　爸爸在我睡覺之前一定會讓我聽音樂。
　　・어머니는 제가 일찍 집에 들어오**도록 하**셨어요. 媽媽讓我早點回家。

2. 더 알아두기　更多用法

▶ '-도록 하다'는 사동의 '-게 하다'❼와 바꾸어 사용할 수 있다.
「-도록 하다」可以與使動的「-게 하다」替換使用。

例 ・의사는 환자에게 짠 음식을 먹지 않**도록 했**다. 醫生不讓病患吃鹹的食物。
　　= 의사는 환자에게 짠 음식을 먹지 않**게 했**다.

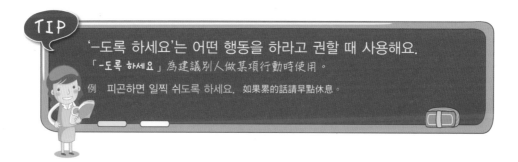

TIP
'-도록 하세요'는 어떤 행동을 하라고 권할 때 사용해요.
「-도록 하세요」為建議別人做某項行動時使用。
例 피곤하면 일찍 쉬도록 하세요. 如果累的話請早點休息。

unit 13
使動

※ (　　　　)에 들어갈 적당한 말을 고르십시오.

가: 부장님, 내일 9시 중요한 회의가 있어요.

나: 그럼, 이대리한테 내일 일찍 사무실에 (　　　　　　　　) 하세요.

① 들어온다면

② 들어오도록

③ 들어오는 데다가

④ 들어오기도

本題大意為，員工告訴部長，明天 9 點有一場重要會議。部長則告訴員工，叫他讓李副理明天早一點進辦公室。選項①的「–ㄴ다면」表示條件或是假設還沒發生的事情，選項③的「–는 데다가」是在前子句提示的資訊上追加後子句的資訊，選項④的「–기도 하다」表示所接動作狀態和其他事項並列對照，這個文法要在這一句或前句有個相對照的事項才可以使用，故以上皆不是答案。而選項②表示某人讓其他對象做某件事情，正確答案為②。

正確答案②

연습 문제 練習題

1 다음 밑줄 친 부분에 가장 알맞은 것을 고르십시오.

> 가: 이 식당은 2만 원만 내면 자기가 먹고 싶은 대로 다 먹을 수 있으니까 좋아요.
>
> 나: 맞아요. 하지만 만약 음식을 _____ 벌금을 내야 하니까 먹을 만큼만 가져 오세요.

❶ 남으면　　　　　　　　　❷ 담으면
❸ 남기면　　　　　　　　　❹ 담기면　　　　　　　　　076

2 다음 밑줄 친 부분과 바꾸어 쓸 수 있는 것을 고르십시오.

> 가: 아이가 많이 아픈데 학교에 보내야 할까요?
>
> 나: 아이가 아프면 집에서 쉬도록 하고 좋아지면 다시 보내세요.

❶ 쉬게 하고　　　　　　　　❷ 쉬면 안 되고
❸ 쉬게 되고　　　　　　　　❹ 쉰다기보다는　　　　077 078

3 다음 글을 읽고 밑줄 친 곳을 알맞게 고쳐 쓰십시오.

> 가: 어제 넘어져서 팔을 다쳤다면서요? 좀 어때요?
>
> 나: 팔을 못 움직여서 어머니가 밥을 먹다 주세요

(　　　　　　　　　　　)　　　　　　　　　　　076

4 다음 밑줄 친 부분을 알맞게 고쳐 쓴 것을 고르십시오.

> 중요한 소식이 ㉠적고 있으니까 이 종이를 꼭 벽에 ㉡붙어 주세요.

　　　㉠　㉡　　　　　　　　　　　㉠　㉡
❶ 적혀 붙여　　　　　　　　❷ 적혀 붙혀
❸ 적여 붙여　　　　　　　　❹ 적여 붙혀　　　　　　　076

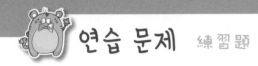

연습 문제 練習題

5 다음 중 밑줄 친 부분이 <u>틀린 것</u>을 고르십시오.

①어머니가 우는 아이를 힘들게 <u>재운다</u>.

②버스는 손님을 <u>태우고</u> 고속도로를 달렸다.

③선생님은 그 소식을 학생들에게 <u>알렸다</u>.

④의사는 죽어가는 환자를 <u>살렸다</u>.

6 다음 중 밑줄 친 부분과 바꾸어 쓸 수 있는 것을 고르십시오.

> 어떤 조사에 따르면 코미디언들이 우울증에 잘 걸린다고 한다. 그 기사를 보고 다른 사람을 <u>웃게 하는 것</u>이 직업인 코미디언들이 우울증을 앓는다는 것에 깜짝 놀랐다.

①웃는 것   ②웃기는 것

③웃어 주는 것   ④웃을 수 있는 것   076 077

기회 機會

079 ─는 김에 ★★★

1. 알아두기 常見用法

		─(으)ㄴ 김에	─는 김에
동사 動詞	입다	입은 김에	입는 김에
	가다	간 김에	가는 김에

❶ 어떤 행동을 하는 기회에 후행절의 일을 한다는 의미이다.

表示趁著做某項行動的機會做後子句的事情。

> 例 • 가: 파리에 다녀왔다고 들었는데, 여행간 거야?
>
> 聽說你去了一趟巴黎,是去旅行嗎?
>
> 나: 사실 파리에 출장 갔는데, 출장 간 김에 주말에는 여행도 했어.
>
> 其實我是去巴黎出差,但趁著去出差,週末的時候順便旅遊了一下。
>
> • 내 옷을 사는 김에 네 옷도 하나 샀어. 買我的衣服時順便給你買了一件。

2. 더 알아두기 更多用法

 ▶ '─는 김에'와 '─는 길에'⁰⁸⁰의 문법 비교

「─는 김에」與「─는 길에」的文法比較

'어떤 곳에 가거나 오는 기회에'라는 뜻의 '─는 길에'는 '─는 김에'와 바꾸어 사용할 수 있다.

意思為「趁著去或是來某個地方的機會…」的「─는 길에」可以和「─는 김에」替換使用。

> 例 • 우체국 가는 김에 내 편지도 좀 부쳐 줘.
>
> = 우체국에 가는 길에 내 편지도 좀 부쳐 줘.
>
> 你去郵局的時候順便幫我寄個信吧。

'어떤 곳에 가거나 오는 도중에'라는 뜻의 '─는 길에'는 '─는 김에'와 바꾸어 사용할 수 없다.

意思為「去或是來某個地方的途中趁機…」的「─는 길에」不可與「─는 김에」替換使用。

> 例 • 대사관에 갔다 오는 길에 반 친구를 만났어요. (O)
>
> 去大使館回來的路上遇到了同班同學。
>
> 대사관에 갔다 오는 김에 반 친구를 만났어요. (X)

▶ **'-는 김에'와 '-을 겸 (-을 겸)'❶의 문법 비교**

「-는 김에」和「-을 겸 (-을 겸)」的文法比較

'-는 김에'가 두 가지 목적을 나타내기 위해서인 것과 달리 '-을 겸 (-을 겸)'은 선행절의 행동을 하는 기회에 후행절의 행동을 같이 한다는 의미가 있다.

「-는 김에」與為了表示兩個目的的文法不同,「-을 겸 (-을 겸)」有趁著做前子句行動的機會一起做後子句的行動之意。

例 ▶ • 유럽에 출장을 간 **김에** 거기서 유학 중인 친구를 만났다.

　　趁著去歐洲出差的機會,與正在歐洲留學的朋友見面。

　　숙제를 하**는 김에** 내 숙제도 해 주면 안 될까?

　　趁你寫作業的時候,能不能順便幫我也寫一寫?

3. 확인하기　　小試身手

※ 밑줄 친 부분을 같은 의미로 바꾸어 쓴 것을 고르십시오

가: 왜 이렇게 늦었어요?

나: <u>시내에 나간 김에 친구 좀 만나느라고요.</u>

① 시내에서 갑자기 친구를 만나게 되어서요

② 시내에서 볼 일도 보고 친구도 만나서요

③ 시내에서 일하는 친구가 갑자기 나오라고 해서요

④ 시내에서 볼 일을 보려면 친구를 만나야 되어서요

unit 14
機會

080 | –는 길에 ★★

1. 알아두기 常見用法

		–는 길에
동사 動詞	가다	가는 길에
	오다	오는 길에

❶ '가거나 오는 도중에'의 의미이다. 為「去或是來的途中」之意。

> 例 ▶ • 어제 학교에 가는 길에 친구를 만났다. 昨天上學的途中遇見了朋友。
> • 집에 오는 길에 편의점에 들러서 우유를 샀어요.
> 回家的途中走進便利商店買了牛奶。

❷ '가거나 오는 상황을 기회로 해서'의 의미이다.
有「把去或是來的情況當作一個機會」的意思。

> 例 ▶ • 집에 오는 길에 빵 좀 사다 줘요. 回家的時候順便幫我買點麵包吧。
> • 나가는 길에 쓰레기 좀 버려 줘요. 趁你出去的時候幫我丟一下垃圾吧。

주의사항 注意事項

- 이 문법 앞에는 '가다', '오다' 동사만 올 수 있다.
  此文法的前面只能接「가다」、「오다」這兩個動詞。

- '–는 길이다'의 형태로도 사용할 수 있다. 也可以使用「–는 길이다」的形態。
  예 나는 지금 은행에 가는 길이에요. 我現在正在去銀行的路上。

2. 더 알아두기 更多用法

 ▶ '–는 길에'와 '–다가' ⑫⑥의 문법 비교 「–는 길에」和「–다가」的文法比較

> 例 ▶ • 집에 가는 길에 선생님을 만났어요. 回家的路上遇到老師。
> = 집에 가다가 선생님을 만났어요.

234_ 080 –는 길에

▶ '–는 길에'와 '–을 겸 (–을 겸)'❸❽의 문법 비교

「–는 길에」和「–을 겸 (–을 겸)」的文法比較

'–을 겸 (–을 겸)'이 두 가지 목적을 나타내기 위해서인 것과 달리 '–는 길에'는 가거나 오는 도 중이나 기회라는 의미이다. '–는 길에' 앞에는 '가는 길에', '오는 길에'의 형태로만 쓰인다.

與表示兩個目的的文法「–을 겸 (–을 겸)」不同，「–는 길에」有「把去或是來的途中當作一個機會」的意思。「–는 길에」的前面只能使用「가는 길에」、「오는 길에」兩種形態。

3. 확인하기　　　小試身手

> ※ 밑줄 친 부분과 바꾸어 사용할 수 있는 것을 고르십시오.
>
> 가: 꽃이 참 예쁘네요. 누구한테서 받으셨어요?
>
> 나: 받은 게 아니에요. <u>오는 길에</u> 예뻐서 샀어요.
>
> ① 오기로
>
> ② 오다가
>
> ③ 오느라고
>
> ④ 오기 위해

연습 문제 練習題

1 다음 밑줄 친 부분과 바꾸어 쓸 수 있는 것을 고르십시오.

> 가: 어제 명동에 갔다면서요? 무슨 일로 갔어요?
> 나: 일 때문에 갔어요. 그런데 명동에 간 김에 쇼핑도 좀 했어요.

❶ 일을 하고 쇼핑도 했어요   ❷ 일 하다가 쇼핑을 했어요
❸ 일을 하면 쇼핑을 하곤 했어요   ❹ 일 하는 중에 쇼핑하기 마련이에요 **079**

2 밑줄 친 부분과 바꿔 쓸 수 있는 것을 고르십시오.

> 가: 다리를 다친 것 같은데 괜찮아요? 어떻게 다치신 거예요?
> 나: 괜찮아요. 학교 가는 길에 미끄러워 넘어졌어요.

❶ 가더니   ❷ 가다가
❸ 가느라고   ❹ 가면서도 **080**

3 다음 (　　　)에 알맞은 말을 고르십시오.

> 가: 혜경 씨에게 이 책을 빌려 주기로 했는데 시간이 없어서 갖다 주기가 어렵네요.
> 나: 그래요? 오늘 혜경 씨 집에 가기로 했는데, (　　　　　　　　　) 내가 갖다 줄게요.

❶ 가는 김에   ❷ 가기 때문에
❸ 가는 바람에   ❹ 가기 위해 **079**

4 다음 밑줄 친 부분 중 틀린 것을 찾아 바르게 고쳐 쓰십시오.

> 비자를 ①연장하기 위해 대사관에 갔다. ②오는 김에 지영 씨를 만났다. 처음 한국에 왔을때 지영 씨 ③덕분에 한국 생활에 빨리 적응할 수 있었다. 지영 씨가 ④없었더라면 정말 어떻게 그 시간을 참아냈을까 생각한다.

(　　　　　　 → 　　　　　　) **080**

5   밑줄 친 곳에 들어갈 알맞은 것을 고르십시오.

가: _____ 뭘 사 올까요?
나: 수박을 사 가지고 오세요.

❶ 지금 시장에 가는 사이에   ❷ 지금 시장에 가는 길인데
❸ 지금 시장에 가는 대신에   ❹ 지금 시장에 가는 반면에   080

unit 14
機會

TOPIK 試題中常見的韓國文化

天空公園

　　大家知道「天空公園」嗎？「天空公園」是為了紀念 2002 年韓日世界盃，將

原先的垃圾掩埋場復原建造而成的。因為城市生活使垃圾汙染了生態環境，這裡

花了 3 年的時間才得以復原完成。「天空公園」是以恢復生態環境為目標建造而

成，因此園內基本上沒有人工便利設施，也沒有商店，飲料和零食都要提前準

備。因為不管怎樣，便利設施和商店都會產生一定數量的垃圾，如此一來自然環

境又會遭到破壞。那麼，這裡連洗手間也沒有嗎？不是的。「天空公園」裡設有

簡易化粧室跟殘障人士專用化粧室。「天空公園」和其他公園最明顯的區別在於

「天空公園」使用的是自然能源。這裡使用 5 個巨大風車生產的 100kw 電力提供

自身設施所需的電量。而垃圾堆裡產生的沼氣，經過處理之後拿來當作世界盃競

技場和周邊地區的天然氣燃料。

관형 冠形詞

		-던			(이)던
동사 動詞	먹다	먹**던**	명사+이다 名詞+이다	학생	학생**이던**
	가다	가**던**		친구	친구**던**
형용사 形容詞	작다	작**던**			
	예쁘다	예쁘**던**			

❶ 뒤에 오는 명사를 꾸며 주며 회상을 나타낸다.
修飾後面接續的名詞，表示回想。

> 例 • 부모님과 헤어져 유학을 가**던** 날 비행기 안에서 많이 울었어요.
> 與父母分開去留學的那天，我在飛機裡大哭。
> • 태어났을 때 그렇게 작**던** 아이가 벌써 고등학생이 되었다.
> 出生時那麼小的孩子現在已經是高中生了。

❷ 뒤에 오는 명사를 꾸며 주며 상태가 계속되어 아직 끝나지 않은 일을 나타낸다.
修飾後面接續的名詞，表示狀態依然持續著、尚未結束的事情。

> 例 • 가: 내가 마시**던** 커피가 어디 갔지? 我剛剛喝的那杯咖啡跑哪兒去了？
> 나: 미안해. 모르고 아까 버렸어. 對不起，我不知道你還要喝，剛剛扔掉了。
> • 가: 아, 배고프다. 뭐 먹을 게 없나? 啊，肚子好餓。有沒有吃的？
> 나: 내가 먹**던** 빵이라도 먹을래? 有我吃過的麵包，你要吃嗎？

❸ 과거에 자주 한 일을 회상해서 말할 때 사용한다.
回想並陳述過去常常做的事情時使用。

> 例 • 저 노래방은 내가 대학생 때 자주 가**던** 곳이에요.
> 那家 KTV 是我大學時期常常去的地方。
> • 그 식당은 제가 예전에 주말마다 가**던** 곳이에요.
> 那間餐廳是我以前每到周末都會去的地方。

2. 더 알아두기 　更多用法

 ▶ '-던'과 '-았/었던'(083)의 문법 비교　「-던」和「-았/었던」的文法比較

과거에 한 번만 한 일에 대해서는 '-았/었던'만 사용할 수 있다.
對於過去只做過一次的事情只能使用「-았/었던」。

> 例 ▸ ・우리가 처음 데이트할 때 만났던 곳이에요. (O)
> 　　是我們初次約會時見面的地方。
> ・우리가 처음 데이트할 때 만나던 곳이에요. (X)

 ▶ '-던'과 '-(으)ㄴ('-는'의 과거형)'(082)의 문법 비교
「-던」和「-ㄴ（「-는」的過去時制）」的文法比較

'-던'은 상태가 계속되어 아직 끝나지 않은 일을 말하고 '-(으)ㄴ'은 과거에 이미 끝난 행동을 말할 때 사용한다.
「-던」指的是狀態依舊持續，尚未結束的事情；而「-ㄴ」則是指過去已經結束的行動時使用。

> 例 ▸ ・그것은 어제 내가 먹던 빵이야. 那個是我昨天吃過的麵包。
> 　　(그 빵은 어제 내가 다 먹지 않고 남겨 놓은 빵이라는 뜻이다.)
> 　　（那個麵包是我昨天沒吃完，剩下來的麵包的意思。）
> 例 ▸ ・그것은 어제 내가 먹은 빵이야. 那是我昨天吃的那個麵包。
> 　　(그 빵은 어제 내가 다 먹은 빵과 같은 종류의 빵이라는 뜻이다.)
> 　　（那個麵包跟我昨天吃掉的那塊麵包是同一種麵包的意思。）

3. 확인하기　小試身手

> ※ 밑줄 친 것 중에서 틀린 것을 고르십시오.
>
> ① 내가 타던 자동차를 친구에게 팔았다.
>
> ② 며칠 전에 가던 집인데 도무지 찾을 수 없다.
>
> ③ 언니가 결혼식 때 입었던 드레스를 내게 주었다.
>
> ④ 이 사진을 찍었던 장소가 어디인지 기억나지 않는다

答案解析

本題要選出畫線部分錯誤的選項。過去只做過一次的事情不能使用「-던」，只能使用「-았/었던」，所以應該要把選項②的「가던」改成「갔던」才對。選項①、③、④皆為正確用法，因此答案為②。

正確答案②

1. 알아두기 常見用法

		—(으)ㄴ	—는	—(으)ㄹ
동사 動詞	먹다	먹은	먹는	먹을
	가다	간	가는	갈

		—(으)ㄴ			인
형용사 形容詞	작다	작은	명사+이다 名詞+이다	학생	학생인
	크다	큰		친구	친구인

❶ 뒤에 오는 명사를 꾸며 주는 표현이다. 修飾後面接續之名詞的表現。

> 例▶ • 가: 저기 가는 사람이 이 선생님이신가요? 往那個方向走的人是李老師嗎？
> 나: 네, 그리고 옆에 있는 사람은 김 선생님이신 것 같아요.
> 是的，然後旁邊那位好像是金老師。
> • 어제 간 식당에 다시 찾아 갈 수 있겠어요?
> 你知道昨天去的那家餐廳怎麼去嗎？
> • 저는 작고 귀여운 자동차를 사고 싶어요. 我想買一輛嬌小可愛的汽車。
> • 여행을 가서는 배탈이 나지 않도록 항상 먹는 것을 조심해야 해요.
> 旅行時必須時時刻刻注意飲食以避免拉肚子。

2. 더 알아두기 更多用法

 ▶ '—(으)ㄴ'('—는'의 과거형)'과 '—던'⑱의 문법 비교

(P.241) 「—ㄴ（「—는」的過去時制）」和「—던」的文法比較

※ 다음 밑줄 친 것 중에 틀린 것을 찾아 고치십시오.

<u>10년 만에</u> <u>만날</u> 친구와 <u>이야기하느라고</u> 약속 시간에 못 나갔어요.

(　　　　　　→　　　　　　)

答案解析

題意為，與歷經十年後再見面的朋友聊天所以約會遲到了。「-만에」表時間的經過長度，因為「見面」
這件事情已經發生，所以「만나다」應該要使用過去時制「만난」以修飾친구。

正確答案 만날 → 만난

–았/었던 ★

1. 알아두기　常見用法

		–았/었던
동사 動詞	먹다	먹**었던**
	가다	갔던
형용사 形容詞	작다	작**았던**
	예쁘다	예**뻤던**

		이었/였던
명사+이다 名詞＋이다	학생	학생**이었던**
	친구	친구**였던**

❶ 뒤에 오는 명사를 꾸며 주며 어떤 일에 대한 회상을 나타낸다.
　　修飾後面接續的名詞，表示對某件事情的回想。

> 例 ・초등학교 때 친구들과 먹**었던** 아이스크림 맛은 잊을 수가 없어요.
> 　　我忘不了上小學時與朋友們一起吃過的冰淇淋的味道。
> ・제가 어릴 때 가장 좋아**했던** 동화가 영화로 만들어진대요.
> 　　聽說我小時候最喜歡的童話故事被拍成電影了。

❷ 뒤에 오는 명사를 꾸며 주며 어떤 일의 상태가 끝난 일을 나타낸다.
　　修飾後面接續的名詞，表示某件事情的狀態已經結束了。

> 例 ・가: 최근에 읽**었던** 책 중에서 재미있는 책 있어요?
> 　　你最近讀的書當中，有有趣的書嗎？
> ・나: 네, 이 책이 재미있어요. 한번 읽어 보세요.
> 　　有，這本書很有趣。你可以看看。

❸ 과거에 한 번만 한 일을 회상할 때 사용한다.
　　回想過去只做過一次的某件事情時使用。

> 例 ・가: 우리가 처음 만**났던** 장소가 생각나요?
> 　　你還記得我們初次見面的地方嗎？
> ・나: 그럼요. 當然了。

2. 더 알아두기　更多用法

 ▶ '–았/었던'과 '–던' ⑧⑴의 문법 비교 (P.240) 「–았/었던」和「–던」的文法比較

TIP

토픽에서는 '-던'과 '-았/었던'을 구별하는 문제가 자주 나와요.
TOPIK 測驗中常常出現辨別「-던」和「-았/었던」的題目。

이때 우리는 그 일이 과거에 한 번 일어난 일인지, 여러 번 일어난 일인지 생각해 봐야 해요. 만약 그 일이 과거에 한 번 일어났다면 '-았/었던'이 정답이고 그 일이 여러 번 일어났다면 '-던'과 '-았/었던'이 둘 다 가능하지요.
此時，我們必須思考那件事情是過去只發生過一次的事，還是發生了好幾次的事。假如那件事情過去只發生過一次，那麼「-았/었던」就是正確答案；若是那件事情過去發生過好幾次，那麼「-던」和「-았/었던」兩者皆有可能是答案。

토픽에는 주로 과거에 한 번 일어났던 일에 대해서 묻는 질문이 나와요.
TOPIK 測驗中，主要會出現針對過去只發生過一次的事情進行提問。

例 여기가 우리가 처음 만났던 장소예요. (O) 這裡是我們第一次見面的地方。

3. 확인하기　小試身手

※ 괄호 안에 알맞은 것을 고르십시오.

가: 어디에서 점심 먹을까?

나: 어제 (　　　　　　) 데에서 또 먹자.

① 가는　　　　　　　　　　② 가던

③ 갔을　　　　　　　　　　④ 갔던

答案解析

話者提議再去昨天吃過的那個地方吃飯。選項①的「-는」表示現在，選項②的「-던」表示回想並陳述過去常常做的事情，昨天去吃過的餐廳只去過一次，所以不能使用「-던」。選項③的「-았/었을」是對過去發生的事情表示推測，因此以上都不能成為答案。選項④的「-았/었던」用來回想過去只做過一次的某件事情，而昨天去吃過的餐廳只去過一次，所以正確答案為④。

正確答案④

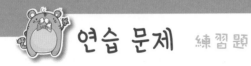

연습 문제 練習題

1 빈칸에 알맞은 것을 고르십시오

> 가: 상훈 씨, 어디에서 만날까요?
> 나: 지난 주에 _____ 식당 알죠? 거기에서 만나요.

❶ 만나는 　　　　　　　　　　　　❷ 만나던
❸ 만났을 　　　　　　　　　　　　❹ 만났던　　　　　　081

2 다음 밑줄 친 것 중에 <u>틀린 것</u>을 찾아 고치십시오.

> 물건을 사기 전에 ①<u>미리</u> ②<u>산</u> 물건들을 ③<u>정리해서</u> ④<u>쇼핑하면</u> 과소비를 줄일 수 있다.

(　　　　　　　　→ 　　　　　　　　)　　　082

3 다음 중 바른 문장을 고르십시오.

❶ 공항에 <u>내리는가 하면</u> 전화할게요.
❷ 오늘 아침에 늦게 <u>일어나느라고</u> 버스를 놓쳤다.
❸ 먹어 <u>보더니</u> 소금 대신 설탕을 넣은 것 같았다.
❹ 여기는 내가 처음 그 사람의 선물을 <u>샀던</u> 곳이에요.　　　083

4 다음 밑줄 친 것 중에 틀린 것을 찾아 고치십시오.

> 그 동안 ①<u>준비하는</u> 시험에 떨어졌다. 이번에 시험에 떨어지면 고향에 ②<u>돌아</u>
> <u>갈까</u> 했었다. 그런데 시험에 떨어지고 나서 ③<u>생각해 보니까</u> 이번 시험 준비
> 는 열심히 하지 않은 것 같았다. 그래서 내년에 한번 더 시험을 ④<u>보기로</u> 했
> 다.

(　　　　　　　　→ 　　　　　　　　)　　　082

5 (　　　) 안에 들어갈 알맞은 것을 고르십시오.

> 아버지께서는 매일 (　　　　　　　　　　　) 건강을 다시 찾으셨습니다.

❶ 운동하시던 끝에 　　　　　　　　❷ 운동하시던 탓에
❸ 운동하시는 대신에 　　　　　　　❹ 운동하시는 반면에　　　　　　081

반복 反覆

084 −곤 하다 ★★

1. 알아두기　常見用法

		−곤 하다
동사 動詞	먹다	먹**곤 하다**
	만나다	만나**곤 하다**

❶ 어떤 행동이나 상황이 반복적으로 일어나는 것을 나타낸다.
表示某項行動或是狀況反覆發生。

例 ▸ • 초등학교 때 친구들과 함께 공원에 가**곤 했**어요.
　　我小學時常與朋友們一起去公園。
　　• 고향 음식을 먹을 때는 어머니가 생각나**곤 해**요.
　　吃到家鄉菜的時候總是會想起媽媽。
　　• 대학 때는 친구들과 자주 만나**곤 했**는데 요즘은 바빠서 잘 못 만나고 있어요.
　　大學時常常與朋友們見面，但最近太忙了所以無法碰面。

2. 더 알아두기　更多用法

▸ '−곤 하다'는 '−기 일쑤이다'⁰⁸⁵와 바꾸어 사용할 수 있다.
「−곤 하다」可以和「−기 일쑤이다」替換使用。

例 ▸ • 어렸을 때 항상 뛰어다녀서 넘어지**곤 했**다.
　　我小時候總是蹦蹦跳跳的，所以常常跌倒。
　　= 어렸을 때 항상 뛰어다녀서 넘어지**기 일쑤였**다.

3. 확인하기　小試身手

※ 밑줄 친 부분이 틀린 문장을 고르십시오.
① 이번 방학에 고향에 돌아가기로 했어요.
② 어렸을 때 엄마가 만들어 주신 빵을 먹었곤 했어요.
③ 맛이 없을 줄 알았는데 생각보다 먹을만 하네요.
④ 동생이 숙제는 안하고 게임을 하기만 해요.

答案解析

本題要選出畫線部分錯誤的選項。選項①為「這次放假我決定要回一趟故鄉」，選項③為「我以為不好吃，沒想到比想像中還值得一吃」，選項④為「弟弟不寫作業，光顧著玩遊戲」，以上都是正確的句子。選項②要表達「我小時候常常吃媽媽做的麵包」，經常是以「−곤 하다」表示為宜，因此「먹었곤 하다」要改成「−먹곤 하다」。

正確答案②

085 −기 일쑤이다 ★

1. 알아두기　常見用法

		−기 일쑤이다
동사 動詞	먹다	먹**기 일쑤이다**
	가다	가**기 일쑤이다**

❶ 어떤 일이 자주 일어날 때 사용한다.　表示某件事情經常發生時使用。

例 ▶ ・나는 자주 늦잠을 자서 학교에 지각하**기 일쑤이다**.
　　　因為我常常睡懶覺，所以上學經常遲到。

　　・사람들 앞에서 발표를 할 때는 너무 긴장돼서 할 말을 잊어버리**기 일쑤예요**.
　　　在眾人面前發表時，常常因為太緊張而忘記要說什麼。

　　・그 친구와 나는 성격이 많이 달라서, 어렸을 때 만나기만 하면 싸우**기 일쑤였다**.
　　　因為那個朋友跟我的個性很不一樣，所以我們小時候常常一見面就吵架。

주의사항　注意事項

● 주로 부정적인 의미로 사용한다.　主要用來表示負面意義。
　例 그 사람은 성실해서 다른 사람들에게 칭찬받기 일쑤이다. (X)
　　　　(긍정적인 의미) 肯定的意義

2. 더 알아두기　更多用法

▶ '−기 일쑤이다'는 '−곤 하다'❽❹와 바꾸어 사용할 수 있다.
「−기 일쑤이다」可以和「−곤 하다」替換使用。

例 ▶ ・어렸을 때 항상 뛰어다녀서 넘어지**기 일쑤였다**.
　　　我小時候總是蹦蹦跳跳的，所以常跌倒。
　　　= 어렸을 때 항상 뛰어다녀서 넘어지**곤 했다**.

※ 밑줄 친 문장과 의미가 같은 것을 고르십시오.

　가: 요즘에는 한국 생활에 불편함이 없으신 것 같아요.

　나: 네. 처음에는 실수하기 일쑤였지요.

　① 처음에는 늘 실수하곤 했어요

　② 처음에는 실수를 해도 됐어요

　③ 처음에는 실수를 하면 안 되지요

　④ 처음에는 전혀 실수하지 않았어요

答案解析

底線部分意為一開始經常犯錯。選項②為「一開始犯錯也沒關係」，選項③為「一開始不能犯錯」，選項④為「一開始完全沒有犯錯」，以上都與畫線部分意義不同。選項①為「一開始總是常常犯錯」，因此正確答案為①。

正確答案①

086 –아/어 대다 ★

		–아/어 대다
동사 動詞	먹다	먹**어 대다**
	사다	사 **대다**

❶ **어떤 행동을 계속 반복할 때 사용한다.** 表示某項行動一直反覆時使用。

例 • 어젯밤에 옆집 아기가 계속 울**어 대**서 잠을 하나도 못 잤어요.
　　昨晚鄰居的小孩一直哭鬧害我沒辦法睡覺。

• 학생들이 너무 떠들**어 대**서 다른 사람과 이야기도 할 수 없을 정도예요.
　學生們太吵了，吵到無法跟其他人講話。

• 그 남자가 하루에도 몇 번씩 전화**해 대**서 전화번호를 바꿀까 해요.
　那個男人一天打了好幾次電話給我，我考慮是否要換電話號碼。

주의사항 注意事項

● 보통 말하는 사람의 부정적인 느낌을 전달할 때 사용한다.
通常是傳達話者的負面感受時使用。

※ 다음 밑줄 친 부분과 의미가 비슷한 것을 고르십시오

친구가 하도 같이 가자고 <u>졸라 대서</u> 거절할 수가 없었다.

① 한 번 졸라서　　　　　　② 큰 소리로 조르니까

③ 계속 조르는 바람에　　　④ 갑자기 조르기 때문에

答案解析

本題大意為，因為朋友一直纏著我說要一起去，所以我無法拒絕。底線部分表「行動加做法」，有負面情緒之意。從文法來看，選項①～選項④皆為表原因理由的文法，但其中只有選項③的–는 바람에表負面緣由。從句意來看，選項①表示糾纏一次，選項②表示大聲糾纏，選項④表示突然糾纏，只有選項③表示動作一直反覆。因此不論從文法或句意來看，只有選項③可與畫底線部分替換使用，故正確答案為③。

正確答案③

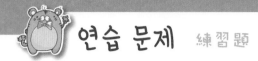

연습 문제 練習題

1 다음 밑줄 친 부분에 들어갈 알맞은 것을 고르십시오.

> 옛날에는 놀이 공원에 자주 _____ .

❶ 가기로 했어요　　　　　　❷ 가곤 했어요

❸ 갈 뻔 했어요　　　　　　　❹ 갈 지경이었어요　　　　084

2 다음 밑줄 친 부분에 들어갈 알맞은 것을 고르십시오.

> 기차에서 옆 사람이 너무 _____ 정말 화가 났어요.

❶ 떠든다 해도　　　　　　　❷ 떠들까 봐서

❸ 떠들어 대서　　　　　　　❹ 떠드는 덕분에　　　　086

3 다음 밑줄 친 부분이 잘못된 것을 고르십시오.
❶ 선생님들은 학생들을 성적만으로 평가했곤 한다.
❷ 내가 어렸을 때 엄마가 빵을 만들어 주시곤 했다.
❸ 고향에 있을 때는 주말에 가족들과 산책을 하곤 했다.
❹ 사람들은 결과를 가지고 모든 것을 판단하곤 한다.　　　　084

4 밑줄 친 두 문장을 대화에 맞게 연결한 것을 고르십시오.

> 가: 동생이랑 잘 안 싸우는 편이지요?
> 나: 어렸을 때는 사소한 일로 싸우곤 했는데 지금은 잘 안 싸우는 편이에요.

❶ 싸우기 일쑤였는데　　　　❷ 싸운 적이 없는데

❸ 싸운다면 했는데　　　　　❹ 싸우기를 원했는데　　084085

완료 結束

087 −고 말다 ★★★

1. 알아두기 常見用法

		−고 말다
동사 動詞	알다	알고 **말다**
	가다	가고 **말다**

❶ 어떤 일이 결국 일어났다는 것을 나타낸다. 表示某件事情終究還是發生了。

> 例 ▸ • 어제 그 사람과 헤어지고 **말았어요.** 我昨天終究和那個人分手了。
> • 뛰어갔는데도 지각하고 **말았어.** 雖然用跑的過去但還是遲到了。
> • 서두르다가 넘어지고 **말았어요.** 一著急結果跌倒了。

2. 더 알아두기 更多用法

▸ '−고 말다'는 '−아/어 버리다'⑱와 바꾸어 사용할 수 있다.
「−고 말다」可以跟「−아/어 버리다」替換使用。

> 例 ▸ • 어제 그 사람과 헤어지고 **말았어요.** 我昨天終究和那個人分手了。
> = 어제 그 사람과 헤어져 **버렸어요.**

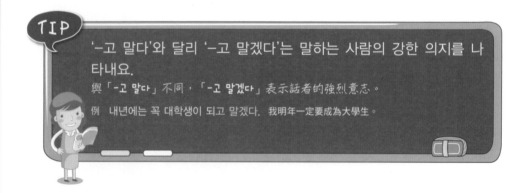

TIP

'−고 말다'와 달리 '−고 말겠다'는 말하는 사람의 강한 의지를 나타내요.
與「−고 말다」不同，「−고 말겠다」表示話者的強烈意志。

例 내년에는 꼭 대학생이 되고 말겠다. 我明年一定要成為大學生。

※ 다음 빈칸에 들어갈 말로 알맞은 것을 고르십시오.

> 가: 숙제는 다 했어요?
>
> 나: 아니요, 어제 숙제를 하다가 _____ .

① 잠이 들고 말았어요

② 잠이 들 뻔 했어요

③ 잠이 들었어야 했어요

④ 잠이 든 셈이에요

本題大意為，昨天寫作業寫一寫結果睡著了。從나的內容及選項提示來看，畫底線部分為「睡著了」之意。選項②表示差點睡著，選項③表示後悔或惋惜沒有睡著，選項④表示寫作業與睡著的效果相似，以上均不符合本題。因為是「沒完成作業」，有著非所願終結之意涵，故表示「最終還是睡著了」的選項①為正確答案。　　　　　　　　　　　　　　　　　　　　　　　　　　　　　　　　正確答案①

–아/어 버리다 ★★

1. 알아두기　常見用法

		–아/어 버리다
동사 動詞	먹다	먹**어 버리다**
	가다	가 **버리다**

❶ 어떤 일이 모두 끝난 것을 강조할 때 사용한다.　強調某件事情完全結束時使用。

例 ▶ ·음식이 많이 있었는데 너무 배가 고파서 혼자 다 먹**어 버렸**어요.
　　食物有很多，但我肚子太餓就自己吃掉了。
　　·약속 시간에 늦게 갔더니 친구가 더 기다리지 않고 가 **버렸**어요.
　　我去的時候超過約定的時間，結果朋友不等就走掉了。
　　·어젯밤에 텔레비전을 보다가 씻지도 못하고 자 **버렸**어요.
　　我昨晚看著電視，連澡都沒洗就睡著了。

2. 더 알아두기　更多用法

▶ '–아/어 버리다'는 '–고 말다'❽₇와 바꾸어 사용할 수 있다.
「–아/어 버리다」可以跟「–고 말다」替換使用。

例 ▶ ·어제 그 사람과 헤어져 **버렸**어요.　我昨天終究和那個人分手了。
　　= 어제 그 사람과 헤어지**고 말**았어요.

3. 확인하기　小試身手

※ 다음 밑줄 친 부분과 같은 의미를 가진 말을 고르십시오.

가: 그 일을 맡기로 했어요?

나: 네. 안 하겠다는 말을 못하고 그만 약속을 <u>해 버렸어요</u>.

①해 냈어요　②해 뒀어요　③하고 말았어요　④했으면 했어요

答案解析

本題나表示「說不出拒絕的話，只好接下了」，底線部分表示并非出自意願的結果。選項①的「–아/어
내다」表示克服實現某種結果，選項②的「–아/어 두다」表示做好備用，選項④的「–았/었으면 해요」
表示希望實現某件事情，以上都不是答案。而選項③表示某件事情終究還是發生了，故正確答案為③。

正確答案③

089　–아/어 내다 ★

1. 알아두기　常見用法

		–아/어 내다
동사 動詞	이기다	이겨 **내다**
	생각하다	생각해 **내다**

❶ 어떤 일이 어떤 과정을 거쳐 이룬 결과임을 나타낸다.
表示某件事情歷經某些過程最終實現的結果。

例 ・어렵고 힘들지만 그 사람은 잘 참**아 냈**어요.
　　雖然艱難辛苦，但是那個人好好地撐過去了。
・일주일 동안 고생한 덕분에 그 일을 드디어 완성**해 냈**어요.
　　經過一個星期的努力，那件事終於完成了。
・그 문제의 해결 방법을 찾**아 냈**어요. 終於找到那個問題的解決方法了。

2. 확인하기　小試身手

※ 다음 밑줄 친 것 중 틀린 것을 고르십시오.

①우리 사장님은 많은 어려움을 이겼어 냈어요.

②동생에게 줄 케이크까지 다 먹어 버렸어요.

③친구의 비밀을 다른 사람에게 이야기하고 말았어요.

④그 사람은 자기가 부자인 것처럼 돈을 써 대요.

答案解析

選項①表示我們老闆最終克服了許多困難，「–아/어 내다」必須搭配動詞原形使用，因此「이겼어 냈어요」應該改成「이겨 냈어요」，將時制呈現在句尾即可。

正確答案①

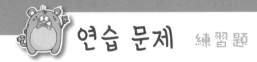

연습 문제 練習題

1 다음 밑줄 친 부분 중 <u>틀린</u> 것을 고르십시오.

❶ 사람들은 흔히 외모를 보고 다른 사람을 <u>평가하곤 한다.</u>

❷ 아무리 힘들어도 <u>포기하지 않았으면 한다.</u>

❸ 여러 가지 가능성을 고려하지 않으면 <u>실수할 게 뻔하다.</u>

❹ 친구와 노느라고 시험 준비를 잘 하지 않았더니 <u>실패하고 말겠다.</u>   087

2 밑줄 친 부분과 의미가 같은 말을 고르십시오.

> 가: 왜 어제 여자 친구를 안 만났어요?
> 나: 약속 시간보다 늦게 갔더니 여자 친구가 집에 <u>가 버렸어요</u>.

❶ 가나 봤어요

❷ 가 뒀어요

❸ 가 냈어요

❹ 가고 말았어요   087088

3 밑줄 친 부분에 들어갈 알맞은 말을 고르십시오.

> 가: 왜 영수 씨가 화가 났어요?
> 나: _____ .

❶ 제가 영수 씨의 비밀을 말해 버렸어요

❷ 영수 씨가 밖에 나가지 않고 집에만 있어요

❸ 제가 영수 씨 덕분에 시험을 못 봤어요

❹ 영수 씨야말로 좋은 친구예요   088

4 다음 밑줄 친 부분이 맞는 것을 고르십시오.

❶ 미리 준비하지 않았으면 <u>성공해 놓을</u> 수 없었을 겁니다.

❷ 최선을 다 <u>할까 말까 하다</u> 보니 좋은 결과가 나왔습니다.

❸ 그 친구는 반드시 1등하고 <u>말겠다고</u> 말했습니다.

❹ 일을 다 마치고 <u>봐서</u> 벌써 저녁이 되었습니다.

5 밑줄 친 부분에 들어갈 가장 알맞은 것을 고르십시오.

> 가: 하는 일마다 자꾸 실패를 해서 걱정이에요.
> 나: 걱정하지 마세요. 언젠가는 결국 _____ .

❶ 잘 할 셈이에요

❷ 잘 해 댈 거예요

❸ 잘 할 뻔했어요

❹ 잘 해 낼 거예요

TOPIK 試題中常見的韓國文化

「美麗的商店」

　　大家現在回頭看一下自己家裡吧。請打開衣櫥看一下，怎麼樣？是不是有看到不知從什麼時候開始不再穿的衣服、不再戴的帽子、不再用的領帶呢？那麼，現在再來看看書桌跟書架吧。這些書中，是不是有用不到的書呢？我們再看一下客廳跟廚房，是不是有因為新買的家電而擱置在一旁不用的物品呢？大家通常都怎麼處理你們已經不需要的物品呢？是分類回收丟掉嗎？從現在起，請不要丟掉，捐給「美麗的商店」吧。「美麗的商店」會把我們捐贈的物品修理後，以非常便宜的價格賣給需要的人。在這個地方工作的人大多數是志工，販賣收益金用來幫助社會上需要幫助的人。從今天開始，大家也使用「美麗的商店」吧。如此一來，不需要的物品可以拿來做好事，我們也可以用很便宜的價格買到自己需要的東西。

정보확인

確認訊息

–는 줄 알았다/몰랐다 ★★★

		–(으)ㄴ 줄 알았다/몰랐다	–는 줄 알았다/몰랐다	–(으)ㄹ 줄 알았다/몰랐다
동사 動詞	먹다	먹은 줄 알았다/ 몰랐다	먹는 줄 알았다/몰랐다	먹을 줄 알았다/몰랐다
	가다	간 줄 알았다/ 몰랐다	가는 줄 알았다/몰랐다	갈 줄 알았다/ 몰랐다

		–(으)ㄴ 줄 알았다/몰랐다	–(으)ㄹ 줄 알았다/몰랐다
형용사 形容詞	좋다	좋은 줄 알았다/ 몰랐다	좋을 줄 알았다/몰랐다
	바쁘다	바쁜줄 알았다/ 몰랐다	바쁠 줄 알았다/몰랐다

		이었/였을 줄 알았다/몰랐다	인 줄 알았다/몰랐다	일 줄 알았다/몰랐다
명사+이다 名詞+이다	선생님	선생님이었을 줄 알았다/몰랐다	선생님인 줄 알았다/몰랐다	선생님일 줄 알았다/몰랐다
	친구	친구였을 줄 알았다/몰랐다	친구인 줄 알았다/몰랐다	친구일 줄 알았다/몰랐다

❶ 어떤 사실에 대한 정보가 예상과 다를 때 사용한다.
　當某項事實的資訊與預想的有所出入時使用。

> 例 • 가: 기숙사 방이 생각보다 작네요. 宿舍的房間比想像中還小呢。
> 　　 나: 그러게요. 방이 클 줄 알았어요. 就是說啊。我以為房間很大。
> 　• 그 사람이 선생님인 줄 알았어요. 我以為那個人是老師。

● '−는 줄 알았다'와 '−는 줄 몰랐다'의 비교
「−는 줄 알았다」和「−는 줄 몰랐다」的比較

예 혜경이가 공부를 잘할 줄 몰랐어요. 沒想到慧京這麼會念書。

= 혜경이가 공부를 못할 줄 알았어요.

(말하는 사람은 혜경이가 공부를 못할 거라고 예상했으나 실제로는 잘한다는 것을 알았다.)
(話者猜想慧京不會念書，但實際上慧京功課很好。)

예 승준이가 공부를 잘할 줄 알았어요. 我以為勝俊很會念書。

= 승준이가 공부를 못할 줄 몰랐어요.

(말하는 사람은 승준이가 공부를 잘할 거라고 예상했으나 실제로는 못한다는 것을 알았다.)
(話者猜想勝俊很會念書，但實際上勝俊功課不好。)

2. 더 알아두기　更多用法

▶ '−는 줄 알았다/몰랐다'는 '−는다고 생각하다', '−으려니 생각하다'와 바꾸어 사용할 수 있다.
「−는 줄 알았다/몰랐다」可以跟「−는다고 생각하다」、「−으려니 생각하다」替換使用。

例 • 나는 그렇게 말해도 되는 **줄 알았**어. 我以為那樣說也沒關係。

= 나는 그렇게 말해도 된**다고 생각했**어.

= 나는 그렇게 말해도 되**려니 생각했**어.

3. 확인하기　小試身手

※ 밑줄 친 부분이 다른 의미로 사용된 것을 고르십시오.

① 요즘 운전할 줄 모르는 사람이 어디 있어요?

② 미영 씨가 하도 안 보여서 어디 아픈 줄 알았어요.

③ 여름 날씨가 이렇게 더운 줄 몰랐어요.

④ 그 사람이 도둑일 줄 아무도 몰랐을 거예요.

答案解析

本題要選出畫線部分使用的意義與其他句子不同的選項。選項①為「近年來有誰不會開車？」，選項②為「怎麼也看不到美英小姐，我還以為她生病了」，選項③為「我沒想到夏天的天氣這麼熱」，選項④為「我想沒有人會知道他是小偷」。選項②、③、④的「−는 줄 알았다/몰랐다」是表示話者對某項訊息的認知，而選項①的「−을 줄 알다/모르다」則表示能力。因此正確答案為①。　正確答案①

TIP

형태가 비슷하지만 구별해야 하는 초급 문법이 있어요. '-을 줄 알다/모르다' 는 어떤 일을 하는 방법을 알거나 모를 때 사용하는 문법이지요.

有一個雖然形態相似，但是必須要區別的初級文法。「-을 줄 알다/모르다」是表示知道或不知道做某件事情的方法時使用的文法。

例　저는 수영할 줄 알아요. 我會游泳。

그 사람은 운전할 줄 몰라요. 他不會開車。

091 −잖아(요) ★★

1. 알아두기　常見用法

		−았/었잖아(요)	−잖아(요)	−(으)ㄹ 거잖아(요)
동사 動詞	가다	갔잖아(요)	가잖아(요)	갈 거잖아(요)
	먹다	먹었잖아(요)	먹잖아(요)	먹을 거잖아(요)

		−았/었잖아(요)	−잖아(요)
형용사 形容詞	작다	작았잖아(요)	작잖아(요)
	크다	컸잖아(요)	크잖아(요)

		이었/였잖아(요)	(이)잖아(요)
명사+이다 名詞+이다	선생님	선생님**이었잖아(요)**	선생님**이잖아(요)**
	의사	의사**였잖아(요)**	의사**잖아(요)**

❶ 서로 알고 있는 어떤 사실에 대해서 말할 때 사용한다.
陳述彼此都知道的某項事實時使用。

例▶ • 가: 오늘 마이클 씨가 안 왔네요. 今天麥克先生沒來呢。
　　　나: 고향에 **갔잖아요**. 他不是回老家了嗎？
　　 • 가: 맞다. 들었는데 깜빡했어요. 對喔，我也聽說了，但忘記了。

❷ 듣는 사람에게 자신의 말이 옳다는 것을 강조하여 말할 때 사용한다.
向聽者強調自己的話是對的的時候使用。

例▶ • 가: 이번 시험도 망쳤어. 這次考試也考砸了。
　　　나: 그러니까 내가 미리 공부하라고 **했잖아**.
　　　所以說，我之前不是叫你要念書了。

※ 밑줄 친 부분을 같은 의미로 바꿔 쓴 것을 고르십시오

가: 경찰에 신고라도 해야 되는 거 아니에요?

나: 잘 알아보지도 않고 신고부터 해요? 창피를 당할 수도 있잖아요.

①잘 알아보지도 않고 신고부터 했다가 창피를 당하면 어떻게 해요?

②잘 알아보지 않고 신고부터 하더라도 창피를 당하는 것은 아니에요.

③잘 알아보지도 않고 신고부터 했다고 해서 창피를 당할 수는 없어요.

④잘 알아보지도 않고 신고부터 할 건지 창피를 당할 건지 결정해야지요.

答案解析

本題要選出可與畫線部分替換使用的選項，大意為「什麼都還不了解就要先報警？不是有可能會丟臉嗎？」由各選項來看，是前後兩句依照相互關係加以連結。選項①為「若是什麼都不了解就先報警，如果丟臉了要怎麼辦？」；選項②為「即便什麼都不了解就先報警，也不會丟臉」；選項③為「就算什麼都不了解就先報警，也不可能會丟臉的」；選項④為「看你是要什麼都還不了解就先報警，還是要丟臉，你得自己決定」。所有選項只有①的意思與題意相近，因此正確答案為①。

正確答案①

092 –는지 알다/모르다 ★

1. 알아두기   常見用法

		–았/었는지 알다/모르다	–는지 알다/모르다	–(으)ㄹ지 알다/모르다
동사 動詞	먹다	먹었는지 알다/모르다	먹는지 알다/모르다	먹을지 알다/모르다
	시작하다	시작했는지 알다/모르다	시작하는지 알다/모르다	시작할지 알다/모르다

		–았/었는지 알다/모르다	–(으)ㄴ지 알다/모르다
형용사 形容詞	작다	작았는지 알다/모르다	작은지 알다/모르다
	크다	컸는지 알다/모르다	큰지 알다/모르다

		이었/였는지 알다/모르다	인지 알다/모르다
명사+이다 名詞＋이다	학생	학생이었는지 알다/모르다	학생인지 알다/모르다
	친구	친구였는지 알다/모르다	친구인지 알다/모르다

❶ 어떤 사실에 대해 알고 있는지 질문하거나 대답할 때 사용한다
詢問或回答是否了解某項事實時使用。

例▶ • 가: 그 친구가 무슨 음식을 좋아하는지 알아요?
　　你知道那位朋友喜歡什麼食物嗎？
　　나: 네, 불고기를 제일 좋아해요. 知道，他最喜歡烤肉。
　• 가: 우체국이 어디예요? 郵局在哪裡？
　　나: 죄송해요. 저도 어디인지 몰라요. 抱歉，我也不知道在哪裡。

※ 다음 밑줄 친 부분에 알맞은 것을 고르십시오.

> 가: 이 문법을 어떻게 _____ .
>
> 나: 그래요? 제가 가르쳐 드릴게요.

① 사용하게 됐어요

② 사용하는지 모르겠어요

③ 사용한다고 들었어요

④ 사용하는 것 같아요

答案解析

本題要找出適合填入底線的句子。選項①表示「已經被使用了」；選項②表示「我不曉得要怎麼使用」；選項③為「我聽說過要怎麼使用」；選項④為「好像在使用」。因나表示「我教你（告訴你）」，表示가是不懂的，因此畫底線部份應填入有「不會、不懂」之意的選項，故正確答案為②。

正確答案②

연습 문제 練習題

1 밑줄 친 부분과 의미가 같은 말을 고르십시오.

> 가: 미정 씨가 결혼해서 아이도 있대요.
> 나: 정말요? <u>결혼한 줄 몰랐어요</u>. 아가씨 같았는데……

❶ 결혼한 줄 알았어요

❷ 결혼했을 줄 알았어요

❸ 결혼 안 했다고 생각했어요

❹ 결혼 안 할 거라고 생각했어요

unit 18 確認訊息

090

2 빈칸에 들어갈 말로 알맞은 것을 고르십시오.

> 가: 엄마, 이번 시험에서는 실수를 많이 했어요.
> 나: 그러니까 내가 마지막에 _____ .

❶ 확인할 뻔 했잖아

❷ 확인하는 척했잖아

❸ 다시 한 번 확인하라고 했잖아

❹ 통 모르면 확인할 수조차 없잖아

091

3 밑줄 친 부분에 들어갈 가장 알맞은 말을 고르십시오.

> 가: 노래를 정말 잘하지요?
> 나: 네, _____ .

❶ 잘 하는 줄 알았지만 노래를 잘 몰랐어요

❷ 잘 하는 줄 몰랐는데 잘 하는 줄 알았어요

❸ 잘 하는 줄 몰랐는데 이 정도일 줄 알았어요

❹ 잘 하는 줄 알았지만 이 정도일 줄 몰랐어요

090

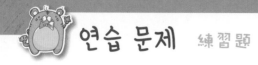
4   밑줄 친 부분을 같은 의미로 바꾸어 쓴 것을 고르십시오.

> 가: 우리 엄마는 나를 이해하실 생각은 안 하시고 항상 잔소리만 하셔.
> 나: <u>세대 차이가 나잖아</u>. 그래도 부모님이 너를 제일 사랑하실 거야.

❶ 나이 차이가 겨우 나잖아
❷ 나이 차이가 나야 하잖아
❸ 나이 차이가 나는 셈이잖아
❹ 나이 차이가 나니까 그렇잖아

⒪⒮⒈

5   다음 빈칸에 들어갈 알맞은 것을 고르십시오

> 상황 – 화산 폭발 때문에 비행기가 다닐 수 없어서 사람들이 며칠 동안 다른 나라의 공항에 있어야 했다. 그런데 다시 비행기가 다닐 수 있게 되어 자기 나라에 돌아왔다.

> 가: 화산 폭발 때문에 비행기가 안 다녀서 고생 많이 하셨지요?
> 나: 네, 다시는 고향에 _____ .

❶ 간 줄 몰랐어요
❷ 올 줄 알았어요
❸ 안 가는 줄 몰랐어요
❹ 못 오는 줄 알았어요

⒪⒐⒪

대조 對照

초급 문법 확인하기! 初級文法回顧

-지만

例 혜경이는 키가 크지만 혜경이 동생은 키가 작아요.

雖然慧京的個子高，但慧京妹妹的個子矮。

093 −는 반면(에) ★★★

1. 알아두기　常見用法

		−(으)ㄴ 반면(에)	−는 반면(에)
동사 動詞	먹다	먹은 **반면(에)**	먹는 **반면(에)**
	가다	간 **반면(에)**	가는 **반면(에)**

		−(으)ㄴ 반면(에)			인 반면(에)
형용사 形容詞	좋다	좋은 **반면(에)**	명사+이다 名詞＋이다	학생	학생인 **반면(에)**
	예쁘다	예쁜 **반면(에)**		교사	교사인 **반면(에)**

❶ 선행절의 내용이 후행절의 내용과 상반될 때 사용한다.
當前子句的內容與後子句的內容相反時使用。

例 ▶ ・가: 이번에 들어간 회사는 어때요? 你這次進的公司怎樣？
　　나: 월급은 많이 주**는 반면에** 일이 많아서 힘들어요.
　　　　月薪給得很高，但事情很多很累。
　・저 배우는 얼굴은 예쁜 **반면에** 연기력은 별로야.
　　那位演員的臉蛋很美，但演技不怎麼樣。
　・백화점은 품질이 좋은 **반면** 가격이 비싸요.
　　百貨公司的東西品質很好，但價格很貴。

2. 더 알아두기　更多用法

▶ '−는 반면(에)'는 '−는 데 반해', '−지만'과 바꾸어 사용할 수 있다.
「−는 반면(에)」可以跟「−는 데 반해」、「−지만」替換使用。

例 ▶ ・동생은 키가 큰 **반면에** 형은 키가 작다. 弟弟的身高高，但哥哥的身高矮。
　　= 동생은 키가 큰데 **반해** 형은 키가 작다.
　　= 동생은 키가 크**지만** 형은 작다.

※ 다음 밑줄 친 부분을 알맞게 연결한 것을 고르십시오

가: 학생들을 가르치는 일이 힘들지 않으세요?

나: 남을 가르친다는 것이 <u>힘들지요. 보람도 있어요.</u>

① 힘든 데다가 보람도 있어요

② 힘든 반면에 보람도 있어요

③ 힘들도록 보람도 있어요

④ 힘들면 보람도 있어요

094 -더니 ★★★

1. 알아두기 常見用法

		-더니
동사 動詞	먹다	먹**더니**
	가다	가**더니**
형용사 形容詞	덥다	덥**더니**
	빠르다	빠르**더니**

		(이)더니
명사+이다 名詞+이다	시골	시골**이더니**
	아이	아이**더니**

❶ 선행절과 후행절의 내용이 상반될 때 사용한다.
當前子句與後子句的內容相反時使用。

> 例 ▶ ・지난 겨울에는 눈이 별로 안 **오더니** 이번에는 많이 오네요.
> 去年冬天沒下什麼雪，但今年下了很多雪。
> ・예전에는 뚱뚱하**더니** 지금은 날씬해졌어요. 以前很胖，但現在變苗條了。

❷ 다른 사람이 한 일과 그로 인해 생긴 결과를 나타낸다.
表示別人做的事情以及因此產生的結果。

> 例 ▶ ・친구가 많이 **먹더니** 배탈이 났어. 朋友吃了很多，結果拉肚子了。
> ・내 친구는 남자 친구와 자주 싸우**더니** 결국 헤어졌다.
> 我朋友常跟男朋友吵架，結果分手了。

주의사항 注意事項

● 말하는 사람이 주어가 될 수 없다. 話者不能當主詞。
例 <u>친구</u>가 열심히 공부하더니 시험을 잘 봤다. (O) 朋友認真念書，結果考出了好成績。
(주어) 主詞
<u>내</u>가 열심히 공부하더니 시험을 잘 봤다. (X)
(주어) 主詞

● 선행절과 후행절의 주어가 같아야 한다. 前子句與後子句的主詞必須相同。
例 <u>동생</u>이 텔레비전을 많이 보더니 <u>(동생이)</u> 눈이 나빠졌다. (O)
(주어) 主詞　　　　　　　　(주어) 主詞
弟弟看了很多電視，結果視力變差了。

동생이 텔레비전을 많이 보더니 엄마가 화가 났다. (X)

(주어) 主詞　　　　　　　　　　　　　(주어) 主詞

● 시제와 상관없이 항상 현재형을 사용한다.　與時制無關，總是使用現在時制。

　예 지난 주말에는 춥더니 이번 주는 따뜻해요. (O)　上周末很冷，但這周卻很暖和。

　　(과거) 過去

　　요즘 계속 춥더니 오늘 따뜻해졌어요. (O)　最近一直很冷，但今天變暖和了。

　　(현재) 現在

2. 더 알아두기　　更多用法

▶ '-더니'와 '-았/었더니' ㉗의 문법 비교　「-더니」和「-았/었더니」的文法比較

-더니	-았/었더니
동사, 형용사와 연결된다. 與動詞、形容詞連接。	동사와 연결된다. 與動詞連接。
선행절의 주어로 보통 말하는 사람이 오지 않는다. 前子句的主詞通常不是話者。	선행절의 주어로 보통 말하는 사람이 온다. 前子句的主詞通常是話者本人。

　例 ・아침에 날씨가 춥더니 오후에 비가 왔다. (O)

　　　早上天氣很冷，下午就下雨了。

　　・아침에 날씨가 추웠더니 오후에 비가 왔다. (X)

　　・내가 공부를 열심히 하더니 성적이 올랐다. (X)

　　・내가 공부를 열심히 했더니 성적이 올랐다. (O)

　　　我認真念書，結果成績進步了。

▶ 다른 문법과의 결합형　與其他文法的結合形態

・ -는다고 하더니(-는다더니): 간접화법 '-는다고 하다' ㊿와 '-더니'가 결합된 형태이다.

　-는다고 하더니(-는다더니) : 是間接引用「-는다고 하다」與「-더니」結合的形態。

　例 ・오늘 여행을 간다고 하더니 왜 안 갔어?

　　　你不是說今天要去旅行，怎麼沒去？

　　　= 오늘 여행을 간다더니 왜 안 갔어?

TIP

'-더니'와 '-았/었더니'를 비교하는 문제가 자주 출제되고 있어요. 그러니까 두 문법이 다른 문법이라는 것을 명심하세요.

比較「-더니」與「-았/었더니」的題目常常被拿來出題。所以，請務必記住這兩個文法是不一樣的文法。

unit 19
對照

3. 확인하기　　　小試身手

※ 빈칸에 들어갈 말로 알맞은 것을 고르십시오.

> 가: 작년 여름과 달리 올해는 비가 안 와서 큰일이에요.
>
> 나: ＿＿＿＿＿＿＿＿＿＿＿＿ .

① 올해는 작년에 비해 비가 많이 오려나 봐요

② 올해는 비가 많이 와서 작년보다 더 더워요

③ 작년에는 그렇게 비가 오더니 올해는 별로 안 오네요

④ 작년에는 더웠는데 올해 비가 오지 않았더라면 좋았을걸

答案解析

本題的題目是，가表示「跟去年夏天不同，今年夏天沒下雨不太妙呢」，나要選出和가相呼應的回答。選項①為「今年下的雨似乎會比去年多」；選項②為「今年的雨下得比較多，所以比去年還熱」；選項④為「去年很熱，要是今年不下雨的話就好了」，以上三個都不是答案。而選項③表示「去年雨下得那麼多，但今年卻不怎麼下雨」，故正確答案為③。

正確答案③

095 　 –으면서도 ★★

1. 알아두기　常見用法

		–았/었으면서도	–(으)면서도	–(으)ㄹ 거면서도
동사 動詞	먹다	먹었으면서도	먹으면서도	먹을 거면서도
	가다	갔으면서도	가면서도	갈 거면서도

		–(으)면서도
형용사 形容詞	좋다	좋으면서도
	바쁘다	바쁘면서도

❶ 선행절의 행동이나 상태와 상반되는 내용이 후행절에 올 때 사용한다.
　當後子句中出現與前子句行動或狀態相反的內容時使用。

> 例▶ • 저 가게 옷은 품질이 안 좋**으면서도** 가격은 비싸요.
> 　　　那家衣服的品質明明不好，卻賣得很貴。
> 　　 • 친구는 잘못을 **했으면서도** 끝까지 사과하지 않았어요.
> 　　　朋友明明就做錯了，卻死都不肯認錯。
> 　　 • 동생은 여행을 갈 **거면서도** 가족들하고 가는 여행이 싫다고 안 간대요.
> 　　　弟弟明明就會去旅行，卻說他不喜歡跟家人一起去旅行，說他不去。

2. 더 알아두기　更多用法

▶ '–으면서도'는 '–지만'과 바꾸어 사용할 수 있다.
　「–으면서도」可以跟「–지만」替換使用。

> 例▶ • 지영이는 민수를 속으로는 좋아하**면서도** 겉으로는 싫어하는 척한다.
> 　　　智英心裡明明就喜歡民秀，表面上卻裝作討厭人家的樣子。
> 　　　= 지영이는 민수를 속으로는 좋아하**지만** 겉으로는 싫어하는 척한다.

※ (　　　) 안에 들어갈 말로 알맞은 것을 고르십시오.

가: 수미 씨는 이 대리를 (　　　　　　) 싫어하는 척해요.

나: 여자들 마음은 정말 잘 모르겠어요.

① 좋아한다면

② 좋아한다거나

③ 좋아하기에는

④ 좋아하면서도

答案解析

本題大意為，秀美小姐明明就喜歡李副理，卻要裝作討厭他的樣子。選項①的「–는다면」表示條件或是假設還沒發生的事情，意即「如果喜歡的話」；選項②的「–는다거나」表示選擇，有或、或者的意思，意即「喜歡或…」；選項③的「–기에는」表達對於做某件事情時的狀態或想法，意即「對於喜歡這件事」，以上都不是答案。而選項④「–으면서도」表示「明明就喜歡卻…」，故正確答案為④。

正確答案④

1. 알아두기   常見用法

		−았/었건만	−건만
동사 動詞	먹다	먹**었건만**	먹**건만**
	가다	갔**건만**	가**건만**
형용사 形容詞	좋다	좋**았건만**	좋**건만**
	나쁘다	나빴**건만**	나쁘**건만**

		이었/였건만	(이)건만
명사+이다 名詞＋이다	어른	어른**이었건만**	어른**이건만**
	아이	아이**였건만**	아이**건만**

❶ 후행절에 선행절의 사실과 상반되는 내용이 올 때 사용한다.
  當後子句中出現與前子句事實相反的內容時使用。

> 例 • 민호는 열심히 공부를 **했건만** 시험을 잘 못 봤다.
>   民浩雖然認真念書，但考試卻沒考好。
> • 그 집은 부모님은 키가 크**건만** 아이는 키가 작아요.
>   那家人的父母個子都很高，但小孩的個子卻很矮。
> • 그 사람은 어른**이건만** 유치한 행동을 해요.
>   那個人雖然是個大人，卻做些幼稚的行為。

주의사항 注意事項

● 의지나 추측을 나타낼 때는 '−겠건만'의 형태를 사용해서 말한다.
  表示意志或推測時，使用「−겠건만」的形態表達。

> 例 그렇게 넘어졌으면 아프겠건만 친구는 아프지 않은 척 했다. (추측)
>   摔成那樣一定很痛，但朋友卻裝作一點都不痛的樣子。（推測）
>   음식이 짜지만 않으면 다 먹겠건만 너무 짜서 못 먹겠어요. (의지)
>   如果食物不鹹就全吃光了，但太鹹了吃不了了。（意志）

2. 더 알아두기　更多用法

▶ **다른 문법과의 결합형**　與其他文法的結合形態

- **-는다고 하건만**: 간접화법 '-는다고 하다'④와 '-건만'이 결합된 형태이다.

  -는다고 하건만 : 是間接引用「-는다고 하다」與「-건만」結合的形態。

  [例] • 부모님이 매일 공부하**라고 하건만** 동생이 말을 안 들어요.

  父母親每天都叫弟弟念書，但弟弟就是不聽。

3. 확인하기　小試身手

※ 다음 밑줄 친 부분과 비슷한 의미를 가진 것을 고르십시오.

내가 동생에게 공부하라고 했건만 동생은 말을 듣지 않았다.

① 내가 동생에게 공부하라고 한 덕분에

② 내가 동생에게 공부하라고 할 뿐만 아니라

③ 내가 동생에게 공부하라고 해서

④ 내가 동생에게 공부하라고 했지만

答案解析

本題要選出與題目畫線部分意思相近的選項，大意為「我叫弟弟念書，但弟弟不聽」，前後子句為對立關係。選項①為「多虧我叫弟弟念書」，後面接肯定句；選項②為「我不只叫弟弟念書，還…」；選項③為「因為我叫弟弟念書」，這三個都不是答案。而選項④表示「雖然我叫弟弟念書，但…」意思與畫底線部份最接近，故正確答案為④。

正確答案④

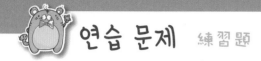

연습 문제 練習題

1   다음 밑줄 친 부분과 바꾸어 쓸 수 있는 것을 고르십시오.

> 가: 제주도에서 자전거 여행을 했다고 들었는데 어땠어요?
> 나: <u>힘들었어요. 하지만 즐거웠어요.</u>

❶ 힘들지 않고 즐거웠어요　　　　　❷ 힘든 반면에 즐거웠어요

❸ 힘들기는 커녕 즐거웠어요　　　　❹ 힘들지 않고 즐겁기만 했어요　　093

2   밑줄 친 부분에 알맞은 것을 고르십시오.

> 가: 집 근처에 이렇게 예쁜 공원이 있어서 좋겠어요. 자주 와요?
> 나: ＿＿＿＿＿＿＿＿＿＿＿ .

❶ 가까운 곳에 살기 위해서 자주 와요

❷ 가까운 곳에 사려고 보니 자주 와요

❸ 가까운 곳에 사는 덕분에 자주 못 와요

❹ 가까운 곳에 살면서도 바빠서 자주 못 와요　　095

3   다음 밑줄 친 부분을 알맞게 연결한 것을 고르십시오.

> 가: 유학 생활이 힘들지 않아요?
> 나: <u>힘들죠. 그렇지만 한국어 공부는 재미있어요.</u>

❶ 힘들면 한국어 공부는 재미있어요

❷ 힘들도록 한국어 공부는 재미있어요

❸ 힘든 탓에 한국어 공부는 재미있어요

❹ 힘든 반면에 한국어 공부는 재미있어요　　093

4   밑줄 친 두 문장을 대화에 맞게 연결한 것을 고르십시오.

> 가: 봄인데도 날씨가 추워요.
> 나: <u>작년 봄은 따뜻했어요. 그런데 올해 봄은 춥네요.</u>

❶ 작년 봄은 따뜻했더니 올해 봄은 춥네요

❷ 작년 봄은 따뜻하더니 올해 봄은 춥네요

❸ 작년 봄은 따뜻했더라면 올해 봄은 춥네요

❹ 작년 봄은 따뜻하나마나 올해 봄은 춥네요　　094

5 다음 (   )에 들어갈 말로 알맞은 것을 고르십시오.

> 올해는 작년에 비해 과일 값은 (   ) 기름 값은 떨어
> 졌습니다.

❶ 오르나 마나　　　　　　　❷ 오르면 해서
❸ 오른 데다가　　　　　　　❹ 오른 반면에　　　　　093

unit 19
對照

6 다음 밑줄 친 부분이 틀린 것을 고르십시오.
❶ 방학 때 자주 <u>가던</u> 공원 이름이 뭐지?
❷ 시장 <u>가는 길에</u> 먹을 것 좀 사다 줄래?
❸ 아침에 날씨가 <u>추웠더니</u> 오후에 비가 왔다.
❹ 무엇이든 노력하면 잘 하게 <u>되는 법이에요</u>.　　　　094

7 다음 밑줄 친 부분이 알맞은 것을 고르십시오.
❶ 백화점은 <u>비싼 반면에</u> 서비스가 아주 좋습니다.
❷ 우리 오랜만에 처음 <u>만나던</u> 커피숍에 가 볼까요?
❸ 성공하려면 최선을 다 <u>하면서도</u> 성공할 수 있어요.
❹ 피아노 연습을 열심히 <u>한 탓에</u> 아주 잘 치게 되었습니다.　　　　093

8 (   ) 안에 들어갈 말로 알맞은 것을 고르십시오.

> 가: 혜경 씨가 승준 씨와 결혼한다면서요? 전 두 사람이 만나는지도 몰랐네
>   요.
> 나: 네, 전 사실 (   ) 모르는 척했어요.

❶ 안다면　　　　　　　　　❷ 알든지
❸ 아니까　　　　　　　　　❹ 알면서도　　　　　095

TOPIK 試題中常見的韓國文化

韓國傳統節日「설」

　　韓國的「설」指的是農曆 1 月 1 號，新年開始的陽曆 1 月 1 號稱為「元旦（신정）」，農曆 1 月 1 號則稱為「春節（구정）」，一般韓國人説的「설」通常是指「春節（구정）」。

　　韓國人在「설」這天，所有的家人都會聚在一起祭拜祖先，小孩子也會穿著韓服向長輩們行禮拜年。此時孩子們會一邊説新年快樂一邊向長輩行大禮，而長輩也會準備零用錢給孩子，並跟孩子們説新年快樂。

　　雖然每個地方的習俗不盡相同，但韓國人在「설」這天都會吃年糕湯。在韓國有這樣一句話：「吃了年糕湯才算是長大了一歲」，所以韓國年糕湯是新年不可或缺的食物。

계획
(결심 · 약속 · 의도)

計畫（決心 · 約定 · 意圖）

여기서 잠깐~

초급 문법 확인하기! 初級文法回顧

–겠–

例 방학에는 제주도로 여행을 가겠어요. 我休假時要去濟州島旅行。

–아/어야겠다

例 지금부터 숙제를 해야겠어요. 現在開始得寫作業了。

–을 거예요

例 주말에 명동에서 쇼핑할 거예요. 我周末要去明洞購物。

–을게요

例 가: 혜경아, 밥 먹어. 慧京啊，吃飯了。

나: 엄마, 나는 이따가 먹을게요. 媽媽，我待會再吃。

097

–으려던 참이다 ★★★

1. 알아두기　常見用法

		–(으)려던 참이다
동사 動詞	먹다	먹으려던 참이다
	가다	가려던 참이다

❶ 가까운 미래의 일을 계획할 때 사용한다. 計畫不遠的將來的事情時使用。

例▶ • 가: 지금 출발하지 않으면 늦을 것 같아요. 現在不出發的話，好像會遲到。
　　나: 그렇지 않아도 지금 막 출발하**려던 참이었어요**. 你不說，我正要出發呢。
　• 가: 우체국에 가야 하는데 일이 너무 많아서 못 가겠네요.
　　我得去一趟郵局，但是事情太多了去不了。
　　나: 정말요? 그럼 제가 대신 부쳐 드릴게요. 지금 우체국에 가**려던 참**이거든요.
　　真的嗎？不然我幫你寄吧。我正要去郵局呢。

주의사항　注意事項

● 주어의 의도를 나타내기 때문에 명령형, 청유형으로 쓸 수 없다.
因為要表現主詞的意圖，因此不能使用命令句或勸誘句。

2. 확인하기　小試身手

※ 다음 (　　　　) 안에 알맞은 것을 고르십시오.

가: 얼굴색이 안 좋은 것 같네요. 어디 아프세요?
나: 네. 안 그래도 감기 기운이 있어서 약을 (　　　　　　).

① 먹고 말겠어요　　　　　　② 먹을 게 뻔해요
③ 먹을 모양이에요　　　　　④ 먹으려던 참이에요

答案解析

나表示，他剛好覺得好像要感冒了，正打算吃藥。選項①表示話者的意願，選項②表示「吃是明顯的」，
選項③表示「推測好像要吃」，以上都不是答案。而選項④表示近期計畫「正要吃」，故正確答案為④。

正確答案④

1. 알아두기　常見用法

		–(느)ㄴ다는 것이
동사 動詞	먹다	먹**는다는 것이**
	가다	간**다는 것이**

❶ 어떤 일을 하려고 했는데 원래 의도와 다른 결과가 나왔을 때 사용한다.
　表示打算做某件事，但卻出現事與願違的結果時使用。

> **例**
> ・조금만 먹**는다는 것이** 너무 맛있어서 다 먹어 버렸어요.
> 　本來打算吃一點就好，但是太好吃了所以就吃光了。
>
> ・친구에게 전화한**다는 것이** 번호를 잘못 눌러서 모르는 사람에게 전화했네.
> 　本來要打電話給朋友，但是按錯號碼結果打給了陌生人。
>
> ・오늘까지 등록금을 낸**다는 것이** 바빠서 잊어버리고 말았다.
> 　本來打算今天要繳學費，但是太忙就忘記了。

주의사항　注意事項

● 주어의 의도를 나타내기 때문에 명령형, 청유형으로 쓸 수 없다.
　因為要表現主詞的意圖，因此不能使用命令句或勸誘句。

2. 확인하기　小試身手

> ※ 다음 밑줄 친 부분과 바꾸어 사용할 수 있는 말을 고르십시오.
>
> 가: 왜 이렇게 음식이 짜요?
>
> 나: 간장을 조금 더 넣는다는 것이 그만 쏟고 말았어요.
>
> ① 넣어 가면서　② 넣고자 하면　③ 넣어 버려서　④ 넣으려고 하다가

答案解析

本題要選出與畫底線部分意義相同的選項。나表示，他本來打算放一點醬油，沒想到整個倒下去了。選項①的「–으면서」表示兩件事情同時進行；選項②的「–으면」表示條件、假定；選項③的「–아/어 버리다」強調某件事情完全結束，以上都不能與畫底線部分互換使用。選項④的「–다가」表示前句的動作執行的途中發生了後句的行動，因此正確答案為④。

正確答案④

O99 −으려고 하다 ★★

unit 20
計畫

1. 알아두기 　常見用法

		−(으)려고 하다
동사 動詞	먹다	먹으려고 하다
	주다	주려고 하다

❶ 미래의 계획을 말할 때 사용한다. 表示未來的計畫時使用。

> 例 ▶ ・가: 이번 방학에 뭐 할 거야? 這次放假你要做什麼？
> 　　나: 친구와 같이 배낭여행을 가려고 해. 我打算跟朋友一起去背包旅行。
> 　　・가: 오늘 점심에 뭐 먹을 거예요? 今天中午要吃什麼？
> 　　나: 비가 오니까 따뜻한 삼계탕을 먹으려고 해요.
> 　　因為下雨，我打算吃熱騰騰的蔘雞湯。

❷ 어떤 일이 일어날 것 같을 때 사용한다. 表示某件事情似乎要發生時使用。

> 例 ▶ ・가: 저 버스를 타야 하지요? 我們要搭那輛公車吧？
> 　　나: 맞아요. 서둘러야겠어요. 버스가 떠나려고 해요.
> 　　沒錯，我們得快一點。公車好像要開了。
> 　　・비가 오려고 하네요. 우산을 가지고 가세요. 好像下雨了，請帶把傘吧。

주의사항 注意事項

> ● 주어의 의도를 나타내기 때문에 명령형, 청유형으로 쓸 수 없다.
> 　因為要表現主詞的意圖，所以不能使用命令句或勸誘句。

▶ **다른 문법과의 결합형** 與其他文法的結合形態

- **–으려고 해도**: '–으려고 하다'에 양보의 '–아/어도'◐◑가 결합된 형태이다. –으려고 해도 : 在「–으려고 하다」加上表讓步的「–아/어도」結合的形態。

例▶ ・운동을 하려고 **해도** 시간이 없어서 못 해요.
　　雖然想運動，但沒有時間所以無法運動。

- **–으려고 해서**: '–으려고 하다'에 이유의 '–아/어서'가 결합된 형태이다. –으려고 해서 : 在「–으려고 하다」加上表理由的「–아/어서」結合的形態。

例▶ ・아이가 울려고 **해서** 사탕을 주었어요. 因為孩子快哭了，所以給了他糖果。

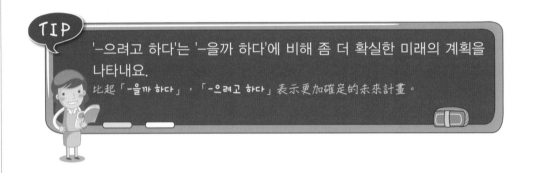

TIP

'–으려고 하다'는 '–을까 하다'에 비해 좀 더 확실한 미래의 계획을 나타내요.
比起「–을까 하다」，「–으려고 하다」表示更加確定的未來計畫。

※ 다음 밑줄 친 부분과 의미가 비슷한 것을 고르십시오

　식사 조절만으로 체중을 <u>줄이고자</u> 하는 것은 위험할 수도 있다.

　① 줄이곤　　　　　　　　② 줄이라고

　③ 줄이려고　　　　　　　④ 줄이기로

答案解析

本題大意為，只想憑控制飲食減重的行為可能會有風險，畫底線部分意為「想要…」或「打算…」。選項①的「–곤 하다」表示重複的行動；選項②的「–으라고 하다」表示間接引用的命令；選項④的「–기로 하다」表示對某件事情的決心，以上選項的意義都與畫底線部份不同。而選項③「–으려고 하다」表示未來計畫，故正確答案為③。

正確答案③

100 −을까 하다 ★★

1. 알아두기　常見用法

		−(으)ㄹ까 하다
동사 動詞	먹다	먹을까 하다
	가다	갈까 하다

❶ 말하는 사람의 약한 의도나 쉽게 바꿀 수 있는 막연한 계획을 말할 때 사용한다.
表示話者薄弱的意圖或可以輕易改變的不確定計畫時使用。

例 • 가: 이번 주말에 무엇을 할 계획이에요? 你這個周末打算做什麼？
　　나: 특별한 계획은 없고 친구들이랑 영화나 **볼까 해**요.
　　沒什麼特別的計畫，想說要不要跟朋友去看電影。
• 남자 친구 생일 선물로 시계를 **살까 해**요.
　我在想要不要送手錶當男朋友的生日禮物。
• 날씨가 좋아서 소풍을 **갈까 하**는데 같이 갈래요?
　因為天氣很好我想出去郊遊，要一起去嗎？

주의사항　注意事項

● 주어의 의도를 나타내기 때문에 명령형, 청유형으로 쓸 수 없다.
　因為是表現主詞的意圖，所以不能使用命令句或勸誘句。

unit 20
計畫

2. 더 알아두기　更多用法

▶ '−을까 하다'는 '−을까 보다'와 바꾸어 사용할 수 있다.
「−을까 하다」可以跟「−을까 보다」替換使用。

例 • 학교를 졸업하고 어학연수를 **갈까 해**요. 畢業之後想去語言進修。
　　= 학교를 졸업하고 어학연수를 **갈까 봐**요.

100 −을까 하다 _291

※ (   )에 들어갈 말로 알맞은 것을 고르십시오.

아직 확실하지 않지만 이번 연휴에는 고향에 (   ).

① 갈까 해요

② 가게 해요

③ 가고 있어요

④ 갈 걸 그랬어요

答案解析

本題大意為，雖然還不確定，但這次連假我想回一趟老家。選項②為使動句，讓某人做某件事情；選項③表示動作正在進行；選項④表示後悔，以上都不是答案，而選項①表示不確定的計畫，故正確答案為①。

正確答案①

101 −기로 하다 ★

1. 알아두기 常見用法

		−기로 하다
동사 動詞	먹다	먹**기로 하다**
	만나다	만나**기로 하다**

❶ 어떤 일에 대한 계획, 결심, 약속을 나타낸다.
表示對某件事情的計畫、決心、承諾。

> 例 ▸ • 가: 방학 때 뭐 할 거예요? 你放假要做什麼?
>   나: 아르바이트를 하**기로 했**어요. 我決定去打工。
>   • 가: 어디로 유학 갈지 결정했어요? 決定好要去哪裡留學了嗎?
>   나: 네, 미국으로 유학가**기로 했**어요. 是,我決定去美國留學。
>   • 가: 내일 약속 있어요? 你明天有約嗎?
>   나: 네네, 친구랑 영화 보**기로 했**어요. 有啊有啊,我決定跟朋友去看電影。

주의사항 注意事項

- '−기로 하다'는 상황에 따라 '−기로 계획하다', '−기로 결심하다', '−기로 약속하다'로 바꾸어 사용할 수 있다.
  「−기로 하다」隨著情況不同,可以替換成「−기로 계획이다」、「−기로 계획하다」、「−기로 결심하다」、「−기로 약속하다」使用。

  예 이번 여름에는 친구들과 제주도로 놀러 가기로 했어요. 今年暑假我決定跟朋友們去濟州島玩。
     = 이번 여름에는 친구들과 제주도로 놀러 가기로 계획했어요.
     미국으로 유학가기로 했어요. 我決定去美國留學。
     = 미국으로 유학가기로 결심했어요.
     그 사람과 내년에 결혼하기로 했어요. 我跟那個人決定明年結婚。
     = 그 사람과 내년에 결혼하기로 약속했어요.

- '−기로 하다'는 주로 '−기로 했다'의 형태로 사용한다.
  「−기로 하다」主要使用「−기로 했다」的形態。

- 계획을 나타내는 문법들은 주어의 의도를 나타내기 때문에 명령형, 청유형으로 쓸 수 없다.
  表示計畫的文法因表達主詞的意圖,所以不能使用命令句或勸誘句。

※ 빈칸에 가장 알맞은 것을 고르십시오.

가: 오늘 뭐 할 거예요?

나: 수업 후에 _____ .

① 친구를 만나기는 했어요

② 친구를 만나려고 했어요

③ 친구를 만나기로 했어요

④ 친구를 만나기만 했어요

答案解析

−ㄹ 것이다表示自己的意向。가詢問有何計畫，나表示下課後他打算跟朋友見面，並以計畫事項回答가。選項①的「−기는 하다」表承認意義的強調，選項②的「−려고 하다」表前示動作的意圖說明，選項④的「−기만 하다」表唯一做的事項，以上都不是答案。而選項③的「−기로 하다」表計畫，為最適合填入空格的句子，故正確答案為③。　　　　　　　　　　　　　　　　　正確答案③

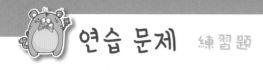

연습 문제 練習題

1 다음 밑줄 친 부분에 가장 알맞은 것을 고르십시오.

> 가: 누가 지영 씨에게 이 서류를 갖다 줄 수 있어요?
> 나: 마침 지영 씨에게 _____ 제가 갖다 줄게요.

❶ 가면 큰일인데 ❷ 가려던 참인데

❸ 가지 않으려고 하는데 ❹ 가려고도 하지 않았는데 097

2 밑줄 친 부분과 의미가 같은 것을 고르십시오.

> 가: 오후에 시험이죠? 공부 많이 했어요?
> 나: 아니요. 어제 저녁에 잠깐 <u>잔다는 것이</u> 오늘 아침까지 자 버렸어요.

❶ 자기도 했지만 ❷ 자든지 말든지

❸ 자려고 하다가 ❹ 자는 줄 모르고 098 099

3 다음 두 문장을 가장 알맞게 연결한 것을 고르십시오

> 일 하는 데 방해가 되다/전화조차 못 하다.

❶ 일 하는 데 방해가 될까 봐서 전화조차 못 했어요.
❷ 일 하는 데 방해가 되려고 전화조차 못 했어요.
❸ 일 하는 데 방해가 돼 봤자 전화조차 못 했어요.
❹ 일 하는 데 방해가 되는 덕에 전화조차 못 했어요 100

4 다음 밑줄 친 부분에 가장 알맞은 것을 고르십시오.

> 가: 왜 이렇게 늦었어요?
> 나: 미안해요. 12번 버스를 _____ 그만 21번 버스를 탔
> 어요.

❶ 타 가지고 ❷ 탄다 해도

❸ 타 줬으면 ❹ 탄다는 게 098

연습 문제 練習題

5 빈칸에 가장 알맞은 것을 고르십시오.

> 가: 혜경 씨, 길이 막히는 시간이니까 지하철을 타고 오세요.
> 나: 네, 그렇지 않아도 지하철을 _____ .

❶ 탈 뻔했네요　　　　　　　　　❷ 탈 모양이에요

❸ 타려던 참이에요　　　　　　　❹ 타려다 말았어요　　　⒥

6 다음 밑줄 친 부분과 의미가 비슷한 것을 고르십시오.

> 지금부터 이번 여름에 나온 신제품에 대해서 <u>발표하고자 합니다</u>.

❶ 발표하곤 합니다　　　　　　　❷ 발표하라고 합니다

❸ 발표하려고 합니다　　　　　　❹ 발표하기로 합니다　　　⒦

7 밑줄 친 부분과 의미가 같은 것을 고르십시오.

> 가: 매일 아침마다 <u>운동하기로 했는데</u> 생각처럼 쉽지 않네.
> 나: 그럼, 운동도 습관이기 때문에 처음에는 어려운 게 당연해.

❶ 운동하자마자　　　　　　　　❷ 운동하기는커녕

❸ 운동하는 반면에　　　　　　　❹ 운동하려고 했는데　　⒧

8 ( )에 들어갈 말로 알맞은 것을 고르십시오.

> 아직 확실하진 않지만 내년에는 인터넷 사업을 ( ).

❶ 할까 해요　　　　　　　　　　❷ 하고 있어요

❸ 하기도 해요　　　　　　　　　❹ 할 걸 그랬어요　　　⒨

9 밑줄 친 부분과 의미가 같은 것을 고르십시오.

> 가: 여보세요? 일이 끝나려면 많이 남았어요?
> 나: 기다리게 해서 미안해요. <u>지금 끝내려던 참이었어요</u>.

❶ 지금 끝내려고 했어요　　　　　❷ 지금 끝낸다고 했어요

❸ 지금 시작해도 끝나요　　　　　❹ 지금 시작해서 끝나요　⒥

피동 被動

❶ 어떤 대상이 직접 한 것이 아니라 다른 대상에 의해 그렇게 됐을 때 사용한다.

某個對象不直接做某項行動，而是因為其他人的關係變成那樣時使用。

- 도둑이 경찰에게 쫓기고 있어요.
  小偷正在被警察追趕。

- 지하철에 사람이 많아서 발을 밟혔어요.
  地鐵裡人太多，腳被踩了。

- 피동형은 '–이/히/리/기'를 사용하여 만든다.
  被動形使用「–이/히/리/기」構成。

동사 動詞	피동사 被動詞	동사 動詞	피동사 被動詞	동사 動詞	피동사 被動詞	동사 動詞	피동사 被動詞
–다	–이다	–다	–히다	–다	–리다	–다	기다
놓다	놓이다	닫다	닫히다	걸다	걸리다	끊다	끊기다
바꾸다	바뀌다	막다	막히다	날다	날리다	담다	담기다
보다	보이다	먹다	먹히다	듣다	들리다	빼앗다	빼앗기다
쌓다	쌓이다	밟다	밟히다	물다	물리다	안다	안기다
쓰다	쓰이다	업다	업히다	열다	열리다	쫓다	쫓기다
잠그다	잠기다	읽다	읽히다	팔다	팔리다		
담그다	담기다	잡다	잡히다	풀다	풀리다		

TIP

피동사 '잠기다', '담기다'의 형태에 주의하세요.
請注意被動詞「잠가다」、「담가다」的形態。

● '읽히다, 보이다, 날리다'등은 피동과 사동⑯의 형태가 같다.
「읽히다」、「보이다」、「날리다」等的被動與使動形態相同。

2. 확인하기　小試身手

※ 다음 중 밑줄 친 부분이 맞는 것을 고르십시오.

① 오후 다섯 시에 가니까 은행 문이 <u>닫았다</u>.

② 어디선가 내 이름을 부르는 소리가 <u>들렸다</u>.

③ 책상마다 급히 처리해야 할 서류들이 <u>놓았다</u>.

④ 수 년간의 노력으로 농촌 경제가 많이 <u>바꿨다</u>.

答案解析

本題要選出畫線部分正確的選項。選項①為「下午五點去的時候，銀行的門已經關了」，門不是自己關起來，而是被人關起來，且門關上的這個動作已經結束，應使用過去時制，所以這裡的닫았다要改為닫혔다。選項③為「每張桌子上面放著必須緊急處理的文件」，文件不是自己把自己放在桌上，而是被人放在桌上，且文件被放在桌上的狀態仍舊持續，因此這裡應該使用놓다的被動式，將答案改為놓여 있다。選項④為「經過數年的努力，農村經濟大幅改善」，經濟不是自己改善，而是被人改善，而且經濟改善是已經發生了的事情，要使用過去時制，所以這裡應該要使用바꾸다的被動式바뀌었다。選項②為「從某個地方傳來呼喊我名字的聲音」，聲音不是話者自己聽到的，是透過某個途徑被傳過來的，因此這裡使用듣다的被動式들리다是正確用法，所以正確答案為②。

正確答案②

103 −아/어지다 1 ★

		−아/어졌다	−아/어지다
동사 動詞	찾다	찾**아졌다**	찾**아지다**
	주다	주**어졌다**	주**어지다**
	지키다	지켜**졌다**	지켜**지다**
	깨다	깨**졌다**	깨**지다**

❶ 주어가 직접 행동을 한 것이 아니라 다른 것에 의해서 그런 상황이 될 때
사용한다.
並非主詞親自行動，而是因為其他因素才變成那種狀況時使用。

例▶ • 이 볼펜은 글씨가 잘 써**져**요.　這支原子筆寫字很好寫。
　　• 이번에 한 약속이 꼭 지켜**져**야 한다.　這次答應的事情一定要遵守諾言。
　　• 약속 장소가 정**해지**면 연락해 주세요.　約會地點若是確定的話，請聯繫我。
　　• 친구와 전화하는 중에 갑자기 전화가 끊**어졌**어요.
　　　跟朋友通話的時候電話突然斷線了。

주의사항　注意事項

● 피동을 표현할 때 피동의 '−이/히/리/기'❶❷를 사용하는 동사 이외의 동사는
'−아/어지다'를 사용해서 말한다.
表達被動時，除了使用被動「−이/히/리/기」的動詞之外，其他的動詞用「−아/어지다」表達被動。

● '−아/어지다'는 '아/어 있다'와 함께 사용하는 경우가 많다.
「−아/어지다」常常搭配「−아/어 있다」一起使用。
예 집에 돌아오니 창문이 깨져 있었다.　回到家發現窗戶被打破了。
길거리에는 쓰레기가 많이 버려져 있어요.　街上被丟了很多垃圾。
집에 불이 꺼져 있는 걸 보니까 아무도 없나 봐요.　看家裡燈開著的樣子，好像沒人在家。

TIP

피동의 'V−아/어지다 1'과 변화의 'A−아/어지다 2'[108]는 형태는 같지만 다른 표현이에요.

被動的「V −아/어지다 1」與「A −아/어지다 2」的形態雖然一樣，卻是不一樣的文法表現。

例　피동의 'V−아/어지다': 요리가 다 만들어졌어요. 어서 드세요.
　　被動的「V −아/어지다」：飯菜已經都做好了，請享用。

　　상태 변화의 'A−아/어지다': 날씨가 추워졌어요.
　　狀態變化的「A −아/어지다」：天氣變冷了。

2. 확인하기　小試身手

※ (　　　) 안에 알맞은 것 고르십시오.

가: 수진 씨는 등산을 좋아하는 것 같아요.

나: 네. 그런데 산 여기저기에 쓰레기가 (　　　　　　) 있는 걸 보면 기분이 좀 안 좋아요.

① 버려져

② 버리고

③ 버리려고

④ 버렸는데도

答案解析

話者表示，看見山裡到處被扔了垃圾心情有點不好。垃圾不是自己把自己扔在山裡，而是被人扔在山裡，所以空格的地方應該要填入被動詞。而四個選項中只有①是被動詞，因此正確答案為①。

正確答案 ①

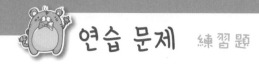

연습 문제 練習題

1 다음 중 밑줄 친 부분이 맞는 것을 고르십시오.

❶ 배가 아파서 약국에 갔는데 벌써 문이 <u>닫았다</u>.

❷ 누가 크게 노래를 부르는 소리가 <u>들었다</u>.

❸ 동생의 책상 위에 여러 권의 소설책이 <u>놓았다</u>.

❹ 머리가 마음에 안 들어서 미용실에 가서 <u>바꿨다</u>.

2 다음 중 밑줄 친 부분이 맞는 것을 고르십시오.

❶ 12시가 넘었으니까 지하철이 <u>끊였어요</u>.

❷ 서울 타워에 올라가면 서울 시내가 잘 <u>보여진다</u>.

❸ 요즘 날씨가 더워져서 아이스크림이 잘 <u>팔린다</u>.

❹ 이 핸드폰으로는 상대방의 목소리가 잘 <u>들어진다</u>.

⑩⑫⑩⑬

3 다음 중 밑줄 친 부분이 틀린 것을 고르십시오.

❶ 집 앞에 쓰레기가 많이 <u>쌓아</u> 있다.

❷ 교통사고가 나서 길이 <u>막히는</u> 것 같다.

❸ 10분 전에 갔었는데 도서관 문이 <u>닫혀</u> 있었어요.

❹ 친구의 책이랑 내 책이 <u>바뀐</u> 것 같다.

⑩⑫

4 (　　　) 안에 알맞은 것을 고르십시오.

> 가: 민호야, 내가 창문을 깬 거야?
> 나: 아니에요. 집에 오니까 벌써 창문이 (　　　　　　　　　) 있었어
> 요.

❶ 깨고 ❷ 깨져

❸ 깨려고 ❹ 깼는데도

⑩⑬

UNIT **22**

기준 基準

104 에 달려 있다 ★★

		에 달려 있다
명사 名詞	습관	습관에 달려 있다
	태도	태도에 달려 있다

❶ 어떤 것을 결정하는 데에 이것이 가장 중요하다는 것을 나타낸다.
　決定某件事情時，表示這個是最重要的。

> 例 ▶ ・아이의 미래는 교육에 달려 있다. 孩子的未來取決於教育。
> 　　・인생의 행복은 마음에 달려 있어요. 人生的幸福取決於心態。
> 　　・그 회사의 성공 여부는 제품의 품질에 달려 있습니다.
> 　　　那家公司的成功與否，取決於產品的品質。

주의사항 注意事項

● 동사의 경우에는 명사형 '-기', '-는 것' 으로 바꾸어 사용할 수 있다.
若是動詞，可以改用名詞形「-기」、「-는 것」。

例 모든 것은 마음먹기에 달려 있어요. 一切都取決於心態。
　　다이어트의 성공은 열심히 운동하는 것에 달려 있다. 減肥的成功關鍵在於認真運動。

● '언제, 누구, 어디, 무엇, 얼마나' 등과 같은 의문사와 함께 사용할 때는 '-느
냐에 달려 있다'의 형태로 사용한다.
與「언제, 누구, 어디, 무엇, 얼마나」等疑問詞一起使用時，使用「-느냐에 달려 있다」的形態。

例 여행의 즐거움은 같이 가는 사람이 누구냐에 달려 있어요.
　　　　　　　　　　　　　(의문사) 疑問詞

旅行的快樂取決於一起去旅行的人是誰。

회사의 성공은 제품의 품질이 얼마나 좋으냐에 달려 있어요.
　　　　　　　　　　　　(의문사) 疑問詞
公司的成功取決於產品的品質有多好。

※ 다음 밑줄 친 부분과 의미가 비슷한 것을 고르십시오

가: 영수 씬 고민이 하나도 없는 사람 같아요. 어떻게 하면 그렇게 신나고 즐겁고 그래요?

나: 전 뭐든지 좋게 생각하려고 하거든요. 세상사가 <u>다 마음먹기에 달려 있는 거</u> 아니겠어요?

① 마음만 먹으면 안 되는 일이 없어요

② 세상 일이 사람의 마음을 자주 바꿔 놓아요

③ 살다보면 좋은 일도 있고 나쁜 일도 있어요

④ 모든 게 생각하기에 따라서 달라질 수 있어요

答案解析

나表示，「你不覺得世界上的一切都取決於心態嗎？」。選項①為「只要下定決心就沒有做不到的事情」；選項②為「世界上的事情常常改變人們的心態」；選項③為「人生在世，總是有好有壞」，以上都不是答案。而選項④表示「一切都有可能隨著想法不同而有所不同」，與畫線部份意思相近，故正確答案為④。

正確答案④

에 따라 다르다 ★

		따라 다르다
명사 名詞	사람	사람**에 따라 다르다**
	문화	문화**에 따라 다르다**

❶ 어떤 것 때문에 결과가 달라진다는 것을 나타낸다.
表示因為某些因素導致結果變得不一樣。

例 · 물건의 품질은 가격**에 따라 달**라요. 物品的品質會隨著價格而有所不同。
· 그 사람 기분은 날씨**에 따라 달**라요. 那個人的心情會隨著天氣而有所不同。
· 이번 일에 대한 평가는 사람**에 따라 달**랐다. 這次這件事情見仁見智。

주의사항 注意事項

● '언제, 누구, 어디, 무엇, 얼마나' 등과 같은 의문사와 함께 사용할 때는 '-느냐에 따라 다르다'의 형태로 사용한다.
與「언제, 누구, 어디, 무엇, 얼마나」等疑問詞一起使用時,使用「-느냐에 따라 다르다」的形態。

例 건강은 **어떤** 습관을 갖고 있느냐에 따라 달라져요. 健康會隨著你擁有什麼樣的習慣而有所不同。
(의문사) 疑問詞

어디에 취직하느냐에 따라 미래가 달라집니다. 你的未來會隨著你在什麼地方就業而有所不同。
(의문사) 疑問詞

● 또한 '-느냐에 따라 다르다'는 '-느냐에 달려 있다'와 바꾸어 사용할 수 있다.
此外,「-느냐에 따라 다르다」可以跟「-느냐에 달려 있다」替換使用。

例 어디에 취직하느냐에 따라 미래가 달라집니다. 你的未來會隨著你在什麼地方就業而有所不同。
= 미래는 어디에 취직하느냐에 달려 있어요.

※ 밑줄 친 부분을 같은 의미로 바꿔 쓴 것을 고르십시오.

> 가: 외국으로 여행가면 돈이 아주 많이 들겠지요?
>
> 나: <u>어디로 가느냐에 따라 다르지요</u>. 물가가 비싼 나라도 있고 싼 나라도 있잖아요.

① 어디로 가더라도 비쌀 거예요

② 가는 곳이 어디든 마찬가지예요

③ 가는 곳이 어디냐에 달려 있어요

④ 어디를 가든지 적게 들지 않아요

答案解析

本題要選出意思與畫底線部分相近的選項。가表示「去國外旅行的話，應該會花很多錢吧？」，나回答「會隨著你去的地方不同而有所不同」。選項①為「不管你去哪裡都很貴」；選項②為「不管你去的是哪裡都一樣」；選項④為「不管你去哪裡都會花很多錢」，以上都不是答案。而選項③表示「取決於你去的是哪裡」，意思與題目畫線部分相近，故正確答案為③。

正確答案③

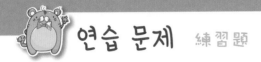

연습 문제 練習題

1 밑줄 친 부분을 같은 의미로 바꿔 쓴 것을 고르십시오.

> 가: 1년 정도 공부하면 한국어를 잘 할 수 있겠지요?
> 나: <u>어떻게 공부하느냐에 따라 다르지요.</u>

❶ 어떻게 공부해도 잘 할 수 있어요
❷ 어떻게 공부해도 마찬가지예요
❸ 어떻게 공부하느냐에 달려 있어요
❹ 어떻게 공부하든지 상관없어요

105

2 다음 (   )에 알맞은 것을 고르십시오.

> 성공하는 사람에게는 성공을 위한 특별한 방법이 있습니다. 그것은 바로 매일 자신의 시간을 어떻게 보냈는지 써 보는 것입니다. 이렇게 하면 시간을 효율적으로 쓰는 법을 알게 된다고 합니다. 성공하는 사람들은 '(
>   )'라고 강조합니다.

❶ 성공에는 특별한 방법이 없다.
❷ 성공은 습관에 달려 있는 것이다.
❸ 성공이 무엇인지 가르쳐 주는 것이다.
❹ 성공은 누구든지 하고 싶어하는 것이다.

104

UNIT **23**

바람·희망

期望·希望

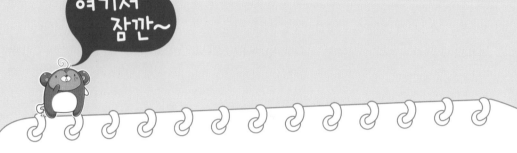

여기서
잠깐~

초급 문법 확인하기! 初級文法回顧

–고 싶다

例 더워서 아이스크림을 먹고 싶어요.　因為很熱，所以想吃冰淇淋。

106 −았/었으면 (싶다/하다/좋겠다) ★★

1. 알아두기 常見用法

		−았/었으면				이었/였으면
동사 動詞	읽다	읽**었으면**	명사+이다 名詞+이다	이웃	이웃**이었으면**
	사다	샀**으면**		친구	친구**였으면**
형용사 形容詞	많다	많**았으면**			
	싸다	쌌**으면**			

❶ 바람이나 희망을 나타낼 때 사용한다. 表示期望或希望時使用。

例 • 미국에 한번 **갔으면** 싶어요. 要是能去一次美國就好了。
  • 날씨가 빨리 따뜻해 **졌으면** 해요. 要是天氣能快點變暖和就好了。
  • 저 사람이 내 친구**였으면** 좋겠다. 如果他是我的朋友就好了。

unit 23
期望・希望

2. 더 알아두기 更多用法

▶ '−았/었으면(싶다/하다/좋겠다)'는 '−는다면 좋겠다', '−으면 좋겠다'와 바꾸어 사용할 수 있다.
「−았/었으면(싶다/하다/좋겠다)」可以跟「−는다면 좋겠다」、「−으면 좋겠다」替換使用。

例 • 나도 복권에 당첨됐**으면 좋겠**어요. 要是我也能中彩券就好了。
  = 나도 복권에 당첨된**다면 좋겠**어요.
  = 나도 복권에 당첨되**면 좋겠**어요.

※ 빈칸에 알맞은 것을 고르십시오.

가: 민정 씨, 이번 생일 선물로 뭘 받고 싶어요?

나: 음, _____ .

① 가방을 받으려고 해요

② 가방을 받으면 좋았어요

③ 가방을 받을 거라고 봐요

④ 가방을 받았으면 좋겠어요

答案解析

가詢問나，這次生日想收到什麼生日禮物。選項①的「-으려고 하다」表示對未來的計畫；選項②的「-으면 좋았다」表示過去的狀況；選項③的「-을 거라고 보다」表示猜測，以上都不是答案。而選項④「-았/었으면 좋겠다」表示希望，故正確答案為④。

正確答案④

−기(를) 바라다 ★

1. 알아두기　常見用法

		−기(를) 바라다
동사 動詞	살다	살**기(를) 바라다**
	만나다	만나**기(를) 바라다**

❶ 바람이나 희망을 나타낼 때 사용한다. 表示期望或希望時使用。

例▶ • 행복하게 살**기를 바랄**게요. 希望你能幸福。
　　• 좋은 사람 만나**기를 바란**다. 希望你能遇上好的對象。
　　• 건강하게 생활하시**기를 바랍**니다. 希望你能健健康康地生活。

2. 확인하기　小試身手

※ 빈칸에 알맞은 것을 고르십시오.

> 가: 바쁘실 텐데 이렇게 병문안을 와 주셔서 고맙습니다.
>
> 나: 별 말씀을요. 빨리 ＿＿＿＿＿＿ .

① 나을 뻔했어요

② 나을까 해요

③ 낫기가 힘들어요

④ 낫기를 바랄게요

答案解析

가表示，「謝謝你這麼忙還來探病」，나的回答應該是「希望你早日康復」。選項①的「−을 뻔하다」表示差一點就怎樣怎樣；選項②的「−을까 하다」表示話者的計畫；選項③的「−기가 힘들다」表示很難怎樣怎樣，以上都不是答案。只有選項④的「−기(를) 바라다」表示話者的希望，故正確選項為④。

正確答案④

연습 문제 練習題

1 빈칸에 알맞은 것을 고르십시오.

> 가: 대학 졸업 후에는 뭐 하고 싶어요?
> 나: 글쎄요. _____ .

❶ 한국 회사에 취직할 뻔했어요
❷ 한국 회사에 취직할 정도예요
❸ 한국 회사에 취직했으면 해요
❹ 한국 회사에 취직했는 줄 알아요   106

2 빈칸에 알맞은 것을 고르십시오.

> 가: 다음 주에 입학 시험이라면서요? _____ .
> 나: 고맙습니다.

❶ 합격할 뻔 했어요
❷ 합격할 지경이에요
❸ 합격하는 줄 알아요
❹ 합격하기를 바랄게요   107

3 밑줄 친 부분에 들어갈 말로 알맞은 것을 고르십시오.

> 가: 지난 번에 갔던 커피숍이 괜찮았던 것 같은데, 오늘 거기서 만날까?
> 나: 글쎄, 난 _____ .

❶ 다른 데에 갔으면 좋겠어
❷ 그 커피숍에 가면 좋았을텐데
❸ 다른 데 간 게 좋았던 것 같아
❹ 그 커피숍에 가는 게 더 나았을 거야   106

변화 變化

108 　 −아/어지다 2 ★★

1. 알아두기　　常見用法

		아/어지다
형용사 形容詞	많다	많**아지다**
	예쁘다	예뻐**지다**

❶ 상태의 변화를 나타낸다.　表示狀態的變化。

例 • 요즘 일이 많**아져**서 늦게 퇴근해요. 最近工作變多，所以都比較晚下班。
　　• 매일 운동하면 건강**해질** 거예요. 每天運動的話，身體會變健康的。
　　• 날씨가 많이 추**워졌**어요. 天氣變得很冷。

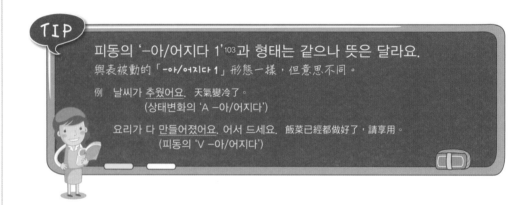

TIP

피동의 '−아/어지다 1'[103]과 형태는 같으나 뜻은 달라요.
與表被動的「−아/어지다 1」形態一樣，但意思不同。

例　날씨가 추웠어요. 天氣變冷了。
　　　(상태변화의 'A −아/어지다')

요리가 다 만들어졌어요. 어서 드세요. 飯菜已經都做好了，請享用。
　　　(피동의 'V −아/어지다')

※ 다음 상황에 맞는 대화가 되도록 밑줄 친 곳에 알맞은 말을 고르십시오.

환경 파괴의 심각성을 걱정하고 있다.

가: 쓰레기를 강이나 바다에 함부로 버리는 사람들이 있어요.

나: 그렇게 강과 바다를 오염시키면 _____ .

① 자동차 사용을 줄여야 할 거예요

② 일회용품을 사용하지 않아야 해요

③ 곧 마실 물이 부족해질지도 몰라요

④ 자연이 얼마나 심하게 파괴됐는데요

答案解析

本題的情況為「正在擔憂環境破壞的嚴重性」，가提到「有人任意將垃圾丟進河川或是海裡」，나表示「如果像那樣汙染河川與海洋」，底線部分應是結果會如何。選項①為「必須減少汽車的使用」；選項②為「必須不使用一次性用品」；選項③為「搞不好飲用水很快就不夠了」；選項④為「大自然不曉得被破壞得多麼嚴重」。本題依常識理解，나後面說的事情應該會是「飲用水水源將會不足」，四個選項中只有選項③表示「搞不好飲用水很快就不夠了」，故正確答案為③。　　　　　　正確答案③

109 −게 되다 ★

1. 알아두기　常見用法

		−게 되다
동사 動詞	먹다	먹게 되다
	가다	가게 되다
형용사 形容詞	빨갛다	빨갛게 되다
	깨끗하다	깨끗하게 되다

❶ 처음과 다르게 변하거나 어떤 이유 때문에 새로운 일이 일어났을 때 사용한다.

變得與一開始不一樣，或是因為某種原因而發生新的事情時使用。

例 • 그 사람이 노래 부르는 모습을 보고 그 사람을 좋아하게 되었어요.
　　看見那個人唱歌的樣子之後，就喜歡上那個人了。

• 처음에 한국에 왔을 때는 김치를 못 먹었지만 이제는 김치를 잘 먹게 되었어.
　　一開始來韓國的時候無法吃泡菜，但現在很會吃。

• 운동을 시작하고 나서 건강하게 되었어요. 開始運動之後，變得健康了。

2. 확인하기　小試身手

※ 다음 (　　　)에 알맞은 것을 고르십시오.

가: 왜 이사를 가려고 해요?

나: 다음달부터 (　　　　　　) 된 회사가 너무 멀어서요.

① 일하게　　　　　　　　② 일해서

③ 일하면서　　　　　　　④ 일하니까

答案解析

가詢問나為什麼要搬家，나表示因為「下個月開始…，公司太遠了」。引號中的句子，兩者之間的關係是因為被錄用所以去工作。選項②的「−해서 되다」、選項③的「−면서 되다」、選項④的「−니까 되다」在韓語中是不存在的結合。而選項①的「−게 되다」表示受外在因素之故而得以去做，故正確答案為①。

正確答案①

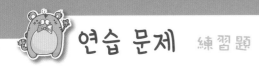

연습 문제 練習題

1 상황에 맞는 대화가 되도록 밑줄 친 부분에 가장 알맞은 것을 고르십시오.

> 상황 – 산업화 때문에 숲이 자꾸 없어지고, 사막도 많아진다는 뉴스를 들었다.

> 가: 요즘엔 산업화 때문에 숲이 자꾸 없어진대.
> 나: 맞아. ＿＿＿＿＿＿＿＿＿＿＿＿＿ .

❶ 숲과 사막의 기준이 없어진다면 좋을 것 같아

❷ 숲을 사막으로 바꾸기 위해서 노력해야 하지

❸ 이렇게 가다가는 사막이 없어질지도 모르겠어

❹ 원래 숲이었던 곳도 점점 사막으로 변하게 된다잖아 ⑩⑨

2 다음 밑줄 친 부분이 <u>알맞지 않은 것</u>을 고르십시오.

❶ 다음 주가 <u>되어지면</u> 여행을 갈 거예요.

❷ 무엇이든지 <u>알게 되면</u> 꼭 나에게 알려 주세요.

❸ 운동을 열심히 해서 <u>건강해졌어요</u>.

❹ 바쁘면 실수를 <u>하게 되니까</u> 조심하세요. ⑩⑧

unit 24
變化

3 다음 밑줄 친 부분에 들어갈 알맞은 것을 고르십시오.

> 가: 열도 나고, 기침도 나는 게 감기에 걸린 것 같아요.
> 나: 그래요? 갑자기 ＿＿＿＿＿＿＿＿＿＿＿ 날씨가 요즘 감기에 걸린 사
> 람이 많아요.

❶ 춥다고 해서

❷ 추워져서

❸ 춥기는 해도

❹ 추우면 ⑩⑧

TOPIK 試題中常見的韓國文化

韓國傳統格鬥跆拳道

跆拳道在 2000 年悉尼奧運會首次作為競技比賽項目，也是韓國的代表項目之一。作為受到對方攻擊時保護自己使用的武術，跆拳道利用手和腳的配合攻擊對方。

跆拳道還是學生鍛鍊自己身心的一種代表性運動，所以它既是韓國的傳統武術，同時也是許多現代人喜愛的運動。在韓國，有許多為小學生開設的跆拳道班。學生們在這裡不僅可以學到防身術，還可透過跆拳道學習韓國傳統禮節。

후회 後悔

110 –을 걸 (그랬다) ★★

1. 알아두기　　常見用法

		–(으)ㄹ 걸 (그랬다)
동사 動詞	먹다	먹을 걸 (그랬다)
	가다	갈 걸 (그랬다)

❶ 어떤 일에 대해 후회하거나 아쉬워할 때 사용한다.
對某件事情感到後悔或惋惜時使用。

例 ・가: 어제 생일 파티에 왜 안 왔어요? 정말 재미있었는데요.
你昨天怎麼沒來生日派對？真的很有趣呢。
나: 정말요? 몸이 조금 피곤해서 안 갔는데 나도 **갈 걸 그랬**네요.
真的嗎？我身體有點累所以沒去，早知道我也去了。
・가: 방학 숙제 다 했어? 곧 방학이 끝나는데 나는 하나도 못 했어.
你假期的作業都寫完了嗎？假期馬上就要結束了，但我一個字都沒寫。
나: 나도 그래. 방학 때 놀지만 말고 숙제도 **할 걸 그랬**어요.
我也是。早知道放假的時候不要顧著玩，作業也要寫。

주의사항　注意事項

● '그랬다'는 '그렇다(그래요)' 형태로 쓸 수 없고 항상 과거형인 '그랬다(그랬어요)'의 형태로 써야 한다.
「그랬다」不能使用「그렇다(그래요)」的形態，必須時時使用過去時制「그랬다(그랬어요)」的形態。
예 열심히 공부할 걸 그래요.(X)

● 문장의 끝에서는 '–을 걸'의 형태로 사용되기도 한다.
句尾也可使用「–을 걸」的形態。
예 이렇게 힘들 줄 알았으면 시작하지 말 걸. 早知道這麼累，就不該開始。

2. 더 알아두기　更多用法

▶ '-을 걸 (그랬다)'는 '-았/었어야 했는데'⑪와 바꾸어 사용할 수 있다.

「-을 걸(그랬다)」可以跟「-았/었어야 했는데」替換使用。

例 ▸ • 은행에서 미리 돈을 **찾을 걸 그랬**어요. 早知道就先去銀行領錢了。

= 은행에서 미리 돈을 **찾았어야 했는데** 안 찾았어요.

3. 확인하기　小試身手

※ 다음 밑줄 친 부분에 들어갈 말로 알맞은 것을 고르십시오.

가: 어제 진수 씨가 고향으로 돌아갔어요.

나: 그래요? 그럴 줄 알았으면 ＿＿＿＿＿＿ .

① 전화 한번 한 것 같아요

② 얘기 정도는 할 걸 그래요

③ 얘기 정도는 한 것 같았어요

④ 전화 한번 할 걸 그랬어요

答案解析

가說真秀昨天回老家了，나表示「真的嗎？早知道就⋯了」。選項①跟選項③表示推測；選項②的文法「-을 걸 그랬다」一定要使用過去時制，這三個都不是答案。而選項④表示「早知道就打個電話給他了」符合題意，故正確答案為④。

正確答案④

–았/었어야 했는데 ★

1. 알아두기 常見用法

		–았/었어야 했는데
동사 動詞	먹다	먹**었어야 했는데**
	가다	갔**어야 했는데**
형용사 形容詞	작다	작**았어야 했는데**
	크다	컸**어야 했는데**

		이었/였어야 했는데
명사+이다 名詞＋이다	남자	남자**였어야 했는데**
	동생	동생**이었어야 했는데**

❶ 어떤 일에 대해 후회하거나 아쉬워할 때 사용한다.
對某件事情感到後悔或是惋惜時使用。

> 例 • 가: 결국 비행기를 놓치고 말았어! 結果還是錯過班機了。
> 나: 우리가 조금 더 일찍 나왔**어야 했는데**. 我們應該早點出來的。
> • 다이어트 중이라 많이 먹지 말았**어야 했는데** 또 많이 먹어 버렸어요.
> 我正在減肥，照理說不能吃太多，但是又吃多了。

2. 더 알아두기 更多用法

▶ '–았/었어야 했는데'는 '–을 걸 (그랬다)'❿와 바꾸어 사용할 수 있다.
「–았/었어야 했는데」可以跟「–을 걸(그랬다)」替換使用。

> 例 • 은행에서 미리 돈을 찾았**어야 했는데** 안 찾았어요.
> 應該先去銀行領錢才對，但是沒去領。
> = 은행에서 미리 돈을 찾**을 걸 그랬**어요.

※ 빈칸에 들어갈 말로 가장 알맞은 것을 고르십시오.

가: 이번 시험을 잘 봤어요?

나: 아니요, 못 봤어요. 시간이 있을 때 열심히 _____ .

① 공부했다고 했어요

② 공부했어야 했어요

③ 공부했다고 봐요

④ 공부했다는 말이에요

1 다음 밑줄 친 부분에 들어갈 말로 가장 알맞은 것을 고르십시오.

> 가: 제가 말하지 말라고 했잖아요.
> 나: 그러게요. 그렇게 화를 낼 줄 알았으면 _____ .

❶ 말하지 말 걸 그랬어요
❷ 말하지 말아야 하던데요
❸ 말했어야 했는데 그랬어요
❹ 말할 수 있을지 걱정이에요   110

2 다음 밑줄 친 부분에 들어갈 말로 알맞은 것을 고르십시오.

> 가: 우리 옆 집 오빠가 유명한 가수가 됐대.
> 나: 정말? 그럴 줄 알았으면 _____ .

❶ 만난 셈 칠 걸
❷ 만나지도 날 걸
❸ 사인이라도 받아 둘 걸
❹ 사인이라도 받게 될 걸   110

시간 時間

여기서
잠깐~

초급 문법 확인하기! 初級文法回顧

-을 때

例 공부할 때 음악을 들어도 돼요?　念書時可以聽音樂嗎？

–는 동안(에) ★

		–는 동안(에)
동사 動詞	먹다	먹는 동안(에)
	가다	가는 동안(에)

❶ 어떤 행동이나 상태가 계속되는 시간을 나타낸다.

表示某項行動或某個狀態持續的時間。

例▶ • 아이가 자는 **동안에** 청소를 했어요. 趁孩子睡覺的時候打掃。
- 영화를 보는 **동안** 계속 다른 생각만 했어요.
  看電影的時候一直在想別的事情。
- 한국에 사는 **동안** 특별한 경험을 많이 하고 싶어요.
  在韓國生活的期間，想累積一些特別的經驗。

주의사항　注意事項

- '가다, 오다, 떠나다' 등과 같은 동사의 경우는 과거형인 '–(으)ㄴ 동안에'로 사용할 수 있다.
  若為「가다, 오다, 떠나다」等動詞時，可以使用過去時制「–(으)ㄴ 동안에」。
  예 내가 학교에 간 동안에 친구가 우리 집에 왔어요. 我去上學的時候，我朋友來我家找我。

- 'N 동안(에)'는 '방학, 휴가, 시험 기간, 일주일, 한 달, 일 년' 등과 같이 시간을 나타내는 명사와 같이 사용한다.
  「N 동안(에)」與「방학, 휴가, 시험 시간, 일주일, 한 달, 일 년」等一起表現時間的名詞一同使用。
  예 방학 동안에 아르바이트를 했어요. 放假期間打工了。

▶ '-는 동안(에)'는 '-는 사이에' ⑬ 의 문법 비교

「-는 동안(에)」與「-는 사이에」的文法比較

'-는 동안(에)'는 '-는 사이(에)'와 바꾸어 사용할 수 있다. 하지만 선행절과 후행절의 주어가 같을 때는 '-는 동안(에)'만 사용할 수 있다.

「-는 동안(에)」可以跟「-는 사이에」替換使用。但是當前子句與後子句的主詞相同時，只能使用「-는 동안(에)」。

例 ·내가 요리를 하는 **동안에** 친구는 청소를 했다. (O)
　　　주어 主詞　　　　　　　　주어 主詞

　　在我做菜的時候，朋友打掃了整潔。

　　= 내가 요리를 하는 **사이에** 친구는 청소를 했다.
　　　주어 主詞　　　　　　　　주어 主詞

·나는 공부하는 **동안에** (나는) 음악을 들어요. (O)
　주어 主詞　　　　　　　주어 主詞

　我唸書的時候一邊聽音樂。

　= 나는 공부하는 **사이에** (나는) 음악을 들어요 (X)
　　주어 主詞　　　　　　　주어 主詞

3. 확인하기　小試身手

※ 다음 밑줄 친 부분과 바꾸어 쓸 수 있는 것을 고르십시오.

가: 오래 기다렸지요? 정말 미안해요.

나: 괜찮아요. <u>기다리는 동안</u> 책을 읽고 있었어요.

① 기다리기가 무섭게　　　　② 기다리는 사이에

③ 기다리는 길에　　　　　　④ 기다리는 대로

答案解析

本題大意為，가讓나久等了所以跟나道歉，나表示「沒關係，我等的時候看了書」，畫線的部份是「等待的時候」，這題要選出可與畫線部份替換的選項。選項①表示某件事情結束之後，馬上接著做下一件事情；選項②表示等待的期間；選項③的「-는 길에」有去或是來的途中趁機的意思，前面只能接가다跟오다；選項④的「-는 대로」表明其結果與前句動作預期的結果相同。四個選項中只有選項②與畫底線部份意思相近，故正確答案為②。

正確答案②

113 −는 사이(에) ★

1. 알아두기　常見用法

		−는 사이(에)
동사 動詞	먹다	먹**는 사이(에)**
	자다	자**는 사이(에)**

❶ 어떤 행동이나 상태가 계속되는 시간을 나타낸다.
表示某項行動或某個狀態持續的時間。

例 ▸ • 가: 내가 나갔다 온 **사이에** 집에 누가 왔어?
　　　在我出去的那段時間有人來我們家嗎？
　　나: 응, 내 친구가 책을 갖다 주러 잠깐 왔었어. 嗯，我朋友拿書來給我。
　• 네가 샤워하**는 사이에** 전화가 왔었어. 你洗澡的時候電話響了。

주의사항　注意事項

> ● 선행절과 후행절의 주어가 반드시 달라야 한다.
> 前子句與後子句的主詞必須不一樣。
> 例 내가 숙제하는 사이에 친구는 커피를 마셨다.(O)　在我寫作業的時候朋友喝了咖啡。
> 　(주어) 主詞　　　　　(주어) 主詞
> 　내가 숙제하는 사이에 (내가) 커피를 마셨다.(X)
> 　(주어) 主詞　　　　　(주어) 主詞
>
> ● 가다, 오다, 떠나다' 등과 같은 동사의 경우는 과거형인 '−(으)ㄴ 사이(에)'로
> 사용할 수 있다.
> 若為「가다. 오다. 떠나다」等動詞時，可以使用過去時制的「−(으)ㄴ 사이(에)」。
> 例 내가 학교에 간 사이에 친구가 우리 집에 왔어요. 我去學校的期間，朋友到我家來了。

unit 26
時間

2. 더 알아두기　更多用法

 ▶ '−는 사이(에)'와 '−는 동안(에)' ⑫의 문법 비교
(P.330) 「−는 사이(에)」與「−는 동안(에)」的文法比較。

※ 밑줄 친 부분과 바꾸어 사용할 수 있는 표현을 고르십시오.

가: 이게 무슨 냄새야? 음식이 타는 것 같은데.

나: 내가 아까 잠깐 전화를 <u>받는 동안에</u> 음식이 타 버렸어.

① 받는 길에

② 받는 사이에

③ 받는 대신에

④ 받는 대로

114 ‑는 중에 ★

		‑는 중에
동사 動詞	먹다	먹**는 중에**
	기다리다	기다리**는 중에**

❶ 어떤 일이 진행되고 있는 과정을 나타낸다. 表示某件事情正在進行的過程。

例 ▶ • 아침을 먹**는 중에** 친구한테서 전화가 왔어요.
　　　吃早餐的時候接到朋友打來的電話。

　　• 친구를 기다리**는 중에** 선생님을 만났어요. 等朋友的時候遇見了老師。

　　• 나는 일하**는 중에** 전화를 꺼 두는 습관이 있다.
　　　我工作的時候習慣把手機關機。

주의사항 注意事項

● '‑는 중이다'의 형태로 사용할 수 있다. 可以使用「‑는 중이다」的形態。

　예 민호는 지금 공부하는 중이다. 民浩現在正在讀書。

※ 다음 밑줄 친 부분과 바꾸어 쓸 수 있는 것을 고르십시오.

> 지하철을 타고 집에 <u>가는 중에</u> 선생님을 만났어요.

① 가다니　　　　② 가다가　　　　③ 가도록　　　　④ 가고자

unit 26
時間

答案解析

句子大意為「搭地鐵回家的時候遇到了老師」，底線部分意為「去的途中」，本題要選出可與畫線部分替換使用的選項。選項①的「‑다니」是無法相信前面的內容時使用的文法；選項②的「‑다가」表示某件事情進行的過程中；選項③的「도록」表示目的；選項④的「‑고자」用於當話者有意圖做某項行動時。四個選項中只有②的意思與畫底線部份相近，故正確答案為②。 正確答案②

1. 알아두기 常見用法

		–(으)ㄴ 지
동사 動詞	먹다	먹은 지
	가다	간 지

❶ 어떤 일을 한 후 시간이 얼마나 지났는지 말할 때 사용한다.
表示做了某件事情之後過了多久時間時使用。

> 例 • 이 일을 시작한 **지** 벌써 8년**이** 됐어요. 從我開始做這份工作已經 8 年了。
> • 그 친구를 못 만난 **지** 20년**이** 넘었어요. 我已經超過 20 年沒見過那位朋友了。
> • 한국어를 배운 **지** 반 년**이** 지났어요. 我學韓語已經學了半年了。

주의사항 注意事項

> ● '–은 지 오래 되다', '–은 지 얼마 안 되다' 등의 형태로 사용하는 경우가 많다. 常使用「–은 지 오래 되다」、「–은 지 얼마 안 되다」等形態。
> 예 담배를 끊은 지 오래 됐어요. 我已經戒菸很久了。
> 직장을 옮긴 지 얼마 안 됐어요. 我才剛換工作沒多久。

2. 확인하기 小試身手

> ※ 다음 밑줄 친 부분 중 틀린 것을 찾아 바르게 고쳐 쓰십시오.
>
> 지방의 작은 도시로 이사 ①오는 지 벌써 십년이 넘었다. 그곳의 조용한 생활에 익숙해져 ②있던 나는 얼마 전 서울에 ③갔다가 아주 당황했다. 복잡한 교통과 많은 사람들 때문에 제대로 걸어 ④다닐 수도 없었기 때문이다.
>
> (　　　　→　　　　)

答案解析

本題要讀者找出畫線部分錯誤的選項並加以修正。第一句表示「從鄉下小都市搬來這裡已經超過 10 年了」，「搬家過來這裡」是過去已經發生的事情，因此選項①的時制明顯有誤，再加上表示做了某件事情之後過了多久，時間應使用「–(으)ㄴ 지」，所以正確答案為①，「오는 지」要改為「온 지」。

正確答案①오는 지 → 온 지

연습 문제 練習題

1 빈칸에 들어갈 말로 알맞은 것을 고르십시오.

제가 청소를 ( ) 친구는 요리를 했어요.

❶ 하는 동안에 ❷ 하는 데다가
❸ 하는 대로 ❹ 하는 채로 (112)

2 다음 두 표현을 가장 알맞게 연결한 것을 고르십시오.

수영을 배우다/10년이 되다

❶ 수영을 배운 지 10년이 되었다.
❷ 수영을 배우다 보면 10년이 되었다.
❸ 수영을 배우기 위해 10년이 되었다.
❹ 수영을 배우려면 10년이 되었다. (115)

3 밑줄 친 부분과 의미가 같은 말을 고르십시오.

<u>운전하는 중에</u> 전화를 받으면 사고 나기가 쉽다.

❶ 운전하도록 ❷ 운전하면서
❸ 운전하느라고 ❹ 운전하다가는 (114)

unit 26 時間

4 다음 밑줄 친 부분과 의미가 비슷한 것을 고르십시오.

가: 언제 나갔다 왔어요? 나간 줄도 몰랐어요.
나: 아까 <u>자는 사이에</u> 깰까 봐 살짝 나갔다 왔어요.

❶ 잔다는 것이 ❷ 잘 뿐만 아니라
❸ 자는 대신에 ❹ 자는 동안에 (112) (113)

TOPIK 試題中常見的韓國文化

安東國際假面舞節

　　你去過慶尚北道的安東嗎？作為具有代表性的韓國景觀和文化城市之一，以安東河回村跟河回面具最具盛名。被洛東江水環繞的河回村保存了韓國古時候的風貌，傳說第一個製作出河回面具的人就來自這裡。1999 年英國女王也曾造訪過這裡，從而使河回村成為世界著名的觀光勝地。在安東，每年的 10 月都會舉行世界假面舞慶典，慶典上主要有假面舞表演、清唱表演、世界假面展等一系列活動。

　　大家隨我一起去安東參觀一次世界各國的假面如何？

선택 · 비교

選擇 · 比較

1. 알아두기 常見用法

		–느니
동사 動詞	먹다	먹**느니**
	일하다	일하**느니**

❶ 후행절의 상황도 마음에 들지 않지만 선행절보다 낫다고 판단해서 선택할 때 사용한다.

雖然對後子句的情況也不太滿意，但經過判斷認為比前子句好而選擇時使用。

例 ・민호 씨 같은 사람과 결혼하**느니** 평생 혼자 살 거예요.

與其跟民浩這樣的人結婚，還不如單身一輩子。

・이런 맛없는 음식을 먹**느니** 굶겠다. 與其要吃這麼難吃的食物，還不如餓肚子。

・이렇게 월급이 적은 회사에서 일하**느니** 집에서 쉬는 게 낫겠어.

與其在月薪這麼少的公司工作，還不如在家裡休息還比較好。

주의사항 注意事項

● ‘–느니’ 뒤에는 ‘차라리’가 자주 온다. 「–느니」後面常常接「차라리」。

예 이렇게 불행하게 사느니 차라리 죽는 게 낫겠다. 與其活得這麼不幸，不如死一死算了。

2. 확인하기 小試身手

※ 다음 (   ) 안에 알맞은 것을 고르십시오.

가: 라디오가 고장 났네. 수리점에 맡기고 올게.

나: 벌써 몇 번째야? 또 (   ) 차라리 새로 사는 게 어때?

① 수리하느니　　② 수리하다시피　　③ 수리하기로는　　④ 수리하기는커녕

答案解析

나表示這都已經修理第幾次了？與其修理不如買一台新的如何？空格部分為比較後選擇後者之意。選項②的「다시피」認同話者認為聽者已經知道的資訊；選項③的「–기로는」表示話者的想法雖然有幾種相對應的情況，但是只選擇與「–기로는」連接的內容進行敘述；選項④的「–은/는커녕」表示前子句的內容當然不行，就連更容易的後子句都很困難或是做不到。以上選項套進句子語意都不通順，只有表示雖然對後子句也不太滿意，但比起前子句還不如選擇後子句的選項①「–느니」才符合題意，因此正確答案為①。

正確答案①

		−았/었다기보다(는)	−(느)ㄴ다기보다(는)
동사 動詞	읽다	읽**었다기보다(는)**	읽**는다기보다(는)**
	자다	잤**다기보다(는)**	잔**다기보다(는)**

		−았/었다기보다(는)	−다기보다(는)
형용사 形容詞	좋다	좋**았다기보다(는)**	좋**다기보다(는)**
	예쁘다	예**뻤다기보다는**	예쁘**다기보다(는)**

		이었/였다기보다(는)	(이)라기보다(는)
명사+이다 名詞＋이다	선생님	선생님**이었다기보다(는)**	선생님**이라기보다(는)**
	친구	친구**였다기보다(는)**	친구**라기보다(는)**

❶ 선행절이라고 말하는 것보다 후행절이라고 말하는 것이 더 적당하다는 것을 나타낸다.

表示比起說前子句，說後子句會更恰當。

例 • 가: 오늘도 라면을 드시네요? 라면을 정말 좋아하나 봐요.

今天也要吃拉麵嗎？看來你真的很喜歡拉麵。

나: 좋아해서 먹**는다기보다는** 편해서 먹는 거예요.

我不是因為喜歡才吃，而是因為方便才吃。

• 가: 저 연예인은 얼굴이 참 예쁘지요? 那位藝人的臉蛋很漂亮吧？

나: 글쎄요. 예쁘**다기보다**는 귀여워 보이는 얼굴이지요.

這個嘛，與其說漂亮，不如說看起來很可愛。

※ 빈칸에 들어갈 말로 알맞은 것을 고르십시오

가: 오래간만에 고향에 돌아오니까 기분이 좋죠?

나: 그냥 기분이 (　　　　　　　) 마음이 편안해지는 느낌이에요.

① 좋을 뿐

② 좋기는커녕

③ 좋다기보다는

④ 좋든지 말든지

本題大意為，가表示「隔了這麼久才回來老家，心情很好吧？」，나回答「與其說心情好，不如說是心境平和的感覺」。這題要選的是適當連接「只是心情好」跟「心境平和的感覺」這兩個子句的選項。選項①的「-을 뿐」表示除了前子句的事實以外沒有其他的了；選項②的「-는커녕」表示前子句的內容當然不行，就連更容易的後子句都很困難或是做不到；選項④的「-든지」表示選擇，以上都不是答案。而選項③的「-다기보다는」表示比起說前子句，說後子句會更恰當。故正確答案為③。　　　　正確答案③

118 −든지 ★★

1. 알아두기 　常見用法

		−든지
동사 動詞	읽다	읽**든지**
	보내다	보내**든지**

❶ 어떤 것을 선택하는데 무엇을 선택해도 괜찮을 때 사용한다.
在選擇上，不論選哪個都沒關係時使用。

> 例▶ ・가: 이력서는 어떻게 내는 거예요?　履歷要怎麼繳交？
>
> 　　나: 메일로 보내시**든지** 우편으로 보내시면 됩니다.
>
> 　　　用 E-MAIL 或是用郵寄寄出就可以了。
>
> 　・가: 명절인데 고향에도 못가고 너무 심심해요.　過節也不能回老家太無聊了。
>
> 　　나: 책을 읽**든지** 영화를 보세요.　你可以看書或是看電影。

주의사항　注意事項

> ● 선행절은 의문사 '언제든지, 어디든지, 어떤 N(이)든지, 어떻게 A/V−든지,
> 누구든지, 뭐든지'의 형태로 자주 쓰인다.
> 前子句常使用疑問詞「언제든지, 어디든지, 어떤 N(이)든지, 어떻게 A/V−든지, 누구든지, 뭐든지」的形態。
>
> 例 가: 몇 시에 만날까요?　要幾點見面呢？
>
> 　　나: 언제든지 괜찮아요.　什麼時間都可以。
>
> ● '−든지'는 '−든지 −든지 하다'의 형태로 사용할 수 있다.
> 「−든지」可以使用「−든지 −든지 하다」的形態。
>
> 例 책을 읽든지 영화를 보세요.　你可以看書或是看電影。
>
> 　= 책을 읽든지 영화를 보든지 하세요.

unit 27
選擇・比較

▶ '-든지'는 '-거나'[120]와 바꾸어 사용할 수 있다.

「-든지」可以跟「-거나」替換使用。

例 ▶ ・내년에는 대학교에 가**든지** 취직을 할 거예요. 明年不是上大學就是去工作。
　　　= 내년에는 대학교에 가**거나** 취직을 할 거예요.

TIP

'-든지'의 경우 형용사와 결합하는 경우도 있어요. 형용사가 올 때는 'A -든지'의 형태가 아니라 'A -든지 A -든지'의 형태로 사용해요. 이때 의미는 무엇을 선택해도 후행절에 영향을 미치지 않는다는 것이에요.

「-든지」也有與形容詞結合的時候。當前面接形容詞時，並非使用「A-든지」的形態，而是使用「A-든지 A-든지」的形態。此時的意思是，不論選擇哪個都不會影響後子句。

例 비싸든지 싸든지 살 거예요.　不管貴還是便宜我都要買。
(비싸도 살 것이고 싸도 살 거라는 뜻이다) （貴也要買，不貴也要買）

3. 확인하기　小試身手

※ 다음 (　　　)에 알맞은 것을 고르십시오.

가: 유학 생활을 잘 할 수 있을지 걱정이에요.

나: 어디에 (　　　　　) 지금처럼 열심히 하면 돼요.

① 가든지　　　　　　　　② 가거든

③ 가도록　　　　　　　　④ 가던데

答案解析

가表示他擔心自己不曉得能不能適應留學生活，나則告訴他，不論你身在何處，只要像現在一樣努力去做就行了。選項②的「-거든」表示條件、假設；選項③的「-도록」表示目的；選項④的「-던데」是話者以自己的經驗為基礎向對方提出建議或勸戒。只有選項①表示不管去哪裡都沒關係，故正確答案為①。

正確答案①

119 만 하다 ★★

1. 알아두기　常見用法

		만 하다
명사+이다 名詞＋이다	거실	거실**만 하다**
	친구	친구**만 하다**

❶ 정도가 같은 것을 비교할 때 사용한다.　比較程度相同的東西時使用。

> 例 ▶ ・민호 씨의 키는 나**만 해**요.　民浩的身高跟我差不多高。
> ・교실 크기는 우리 집 거실**만 해**요.　教室的大小跟我家客廳差不多大。
> ・우리 언니 발은 어머니 발**만 해**요.　我姊姊的腳跟我媽媽的腳差不多大。

2. 더 알아두기　更多用法

▶ 'N만 못하다'는 주어가 N보다 정도가 덜 하다는 것을 나타낼 때 사용한다.
「N만 못하다」是表示主詞的程度不如 N 時使用。

> 例 ▶ ・영어는 동생이 언니**만 못해**요.　英語是弟弟不如姊姊。
> (동생이 언니보다 영어를 잘하지 못한다는 의미이다.)
> （弟弟的英語沒有姊姊好的意思。）

3. 확인하기　小試身手

※ 밑줄 친 부분 중 맞는 것을 고르십시오.

① 내 방도 아마 이 방만 할 거예요.

② 이제 그 사람의 수영 실력도 나보다 된다.

③ 마이클 씨의 한국 요리는 한국 사람 요리만큼이다.

④ 이 세상에 엄마정도 나를 사랑하는 사람이 없을 것이다.

答案解析

4 個選項都是比較。選項①的「−만 하다」表示程度相仿；選項②的「−도 나보다 되다」表示「…也比我…」，若用在比較時，後面應接比較形容詞낫다/못하다，且以文章脈絡來看，這裡使用낫다比較適當；選項③的「−만큼」表程度類似，意味著麥克先生做的韓國料理近似韓國人做的料理，這裡應使用−같다為宜；選項④的「−정도」為程度比較的基準，因後面接「沒有愛我的人」，由此可知前後子句是在做比較，應改為−보다較為適當。

正確答案①

1. 알아두기 常見用法

		−았/었거나	−거나
동사 動詞	먹다	먹**었거나**	먹**거나**
	자다	잤**거나**	자**거나**
형용사 形容詞	작다	작**았거나**	작**거나**
	크다	컸**거나**	크**거나**

		이었/였거나	(이)거나
명사+이다 名詞＋이다	학생	학생**이었거나**	학생**이거나**
	교사	교사**였거나**	교사**거나**

❶ 둘 중에 하나를 선택해서 할 때 사용한다. 兩個之中選一個去做時使用。

例 ▸ · 가: 주말에는 보통 무엇을 해요? 你周末通常做些什麼？
　　　나: 집에서 쉬**거나** 빨래를 해요. 在家裡休息或是洗衣服。
　　· 잠이 안 올 때는 우유를 마시**거나** 책을 읽습니다.
　　　睡不著的時候我會喝牛奶或是看書。
　　· 밥을 먹**거나** 차를 마시거나 합시다. 我們去吃飯或喝茶吧。

2. 더 알아두기 更多用法

▸ '−거나'는 '−든지'⑱와 바꾸어 사용할 수 있다.
　「−거나」可以跟「−든지」替換使用。

例 ▸ · 내년에는 대학교에 가**거나** 취직을 할 거예요. 明年不是上大學就是去工作。
　　　= 내년에는 대학교에 가**든지** 취직을 할 거예요.

※ 밑줄 친 부분과 바꾸어 쓸 수 있는 것을 고르십시오.

　가: 이 식당은 뭐가 맛있어요?

　나: 저는 여기 오면 칼국수를 <u>먹든지</u> 만두를 먹어요.

① 먹거나

② 먹어도

③ 먹던데

④ 먹거든

答案解析

本題要選出可與畫線部分替換使用的選項。選項①的「-거나」表示從兩個之中選一個去做；選項②的「-아/어도」表示即便承認前子句，也不影響後子句；選項③的「-던데」是話者以自己的經驗為基礎表示背景；選項④的「-거든」表示條件、假設。底線的「-든지」表示不論選哪個都沒關係，四個選項中只有選項①的意思與題目相近，因此正確答案為①。　　　　　　　　　　　　正確答案①

–는 대신(에) ★

常見用法

		–(으)ㄴ 대신(에)	–는 대신(에)
동사 動詞	먹다	먹은 **대신(에)**	먹는 **대신(에)**
	가다	간 **대신(에)**	가는 **대신(에)**

		–(으)ㄴ 대신(에)
형용사 形容詞	좋다	좋은 **대신(에)**
	예쁘다	예쁜 **대신(에)**

		대신(에)
명사 名詞	학생	학생**대신(에)**
	친구	친구**대신(에)**

❶ 선행절의 일을 후행절의 일로 바꿀 때 사용한다.
　　前子句的事情代換為後子句的事情時使用。

> 例 ▸ 시간이 없어서 밥을 먹**는 대신**에 간단하게 빵을 먹었어요.
> 　　因為沒有時間，我們簡單地吃了麵包代替吃飯。
> ▸ 오늘 친구가 바빠서 친구 **대신** 제가 왔어요. 朋友今天很忙，所以我代替他來了。

❷ 선행절의 일 때문에 후행절의 일을 보상으로 받을 때 사용한다.
　　因為前子句之事的緣故，而以後子句的事情作為補償時使用。

> 例 ▸ 친구가 공부하는 것을 도와주**는 대신**에 친구는 나에게 저녁을 사 줬어요.
> 　　我教朋友讀書，做為報酬朋友請我吃晚餐。
> ▸ 오늘 쉬**는 대신** 내일 열심히 일 하겠습니다. 我今天休息，明天會更努力地工作。

小試身手

※ 빈칸에 가장 알맞은 것을 고르십시오.

가: 아저씨, 너무 비싸니까 좀 깎아 주세요.
나: _____ 하나 더 드릴게요.

① 깎아 주는 대로　　　　　② 깎아 주는 대신에
③ 깎아 줄까 하다가　　　　④ 깎아 주기는 하지만

答案解析

가說太貴了請算便宜一點，나表示「（代替折扣），我再多給你一個」。選項①表示「按照減價的情況」；選項②表示「代替打折」；選項③表示「在思考要不要給你打折的途中」；選項④表示「雖然給你折扣」。本題填入「多給一個代替折扣」較為合理，因此正確答案為②。

正確答案②

122 　–을 게 아니라 ★

1. 알아두기　常見用法

		–(으)ㄹ 게 아니라
동사 動詞	먹다	**먹을 게 아니라**
	가다	**갈 게 아니라**

❶ 선행절의 행동을 하지 않고 후행절의 행동을 하려고 할 때 사용한다.
不做前子句的行動，而是打算做後子句的行動時使用。

> 例 ► • 가: 우리 오랜만에 만났는데 차나 한잔 할까?
> 　　 我們這麼久沒見面，要不要去喝杯茶？
> 　　 나: 좋아. 그런데 곧 점심시간이 되니까 차를 마실 **게 아니라** 밥을 먹으러 가
> 　　 자. 好啊，不過馬上就是午餐時間了，我們別去喝茶，去吃飯吧。
> • 가: 갑자기 손님들이 오신다는데 뭐부터 해야 할지 모르겠어요. 요리부터 해
> 　　 야겠지요? 突然有客人來訪，不知道應該先做什麼。得先做菜吧？
> 　　 나: 요리부터 할 **게 아니라** 우선 청소부터 해야 할 것 같아요.
> 　　 我覺得不要先做菜，應該先打掃一下。
> • 궁금한 것이 있으면 우리끼리 이야기할 **게 아니라** 선생님께 직접 가서 여쭤
> 　 보자. 如果有什麼問題，不要我們自己在這邊討論，直接去問老師吧。

주의사항　注意事項

● '–을 게 아니라'는 '–을 것이 아니라'의 형태로 사용할 수 있다.
「–을 게 아니라」可以使用「–을 것이 아니라」的形態。

> 例 전화로 이야기할 게 아니라 만나서 이야기해야겠어요. 不要用電話講，我看得見面再談。
> 　 = 전화로 이야기할 것이 아니라 만나서 이야기해야겠어요.

unit **27**
選擇・比較

2. 더 알아두기　更多用法

▶ '–을 게 아니라'는 '–지 말고'와 바꾸어 사용할 수 있다.
「–을 게 아니라」可以跟「–지 말고」替換使用。

> 例 ► • 계속 싸울 **게 아니라** 이야기를 하면서 오해를 푸세요.
> 　　 不要再吵了，請好好談談把誤會解開。
> 　　 = 계속 싸우**지 말고** 이야기를 하면서 오해를 푸세요.

※ 다음 두 문장을 알맞게 연결한 것을 고르십시오.

계속 지도만 보다/직접 그곳에 가 보다

① 계속 지도만 보더라도 직접 그곳에 가 봅시다.

② 계속 지도만 볼 뿐만 아니라 직접 그곳에 가 봅시다.

③ 계속 지도만 볼 게 아니라 직접 그곳에 가 봅시다.

④ 계속 지도만 보아도 직접 그곳에 가 봅시다.

答案解析

本題要選出「只看地圖」和「直接去那裡看」，兩個句子正確連接的選項。選項①的「-더라도」後面接不相干的事項；選項②的「-ㄹ 뿐만 아니라」後面接添加事項；選項③的「-ㄹ 게 아니라」後面接更好的建議事項；選項④的「-아도」後面接無關的事項。這些選項中，以能夠照顧文章脈絡呼應的選項③為最合理的答案，故正確答案為③。

正確答案③

1 다음 밑줄 친 부분과 바꾸어 써도 의미가 같은 것을 고르십시오.

> 가: 혼자 살면 매일 요리를 해서 먹기가 힘들 것 같아요.
> 나: 맞아요. 그래서 밖에서 <u>외식을 하거나</u> 배달을 시켜 먹을 때가 많아요.

❶ 외식을 하건만 　　　　　　　　❷ 외식을 하든지
❸ 외식을 하듯이 　　　　　　　　❹ 외식을 하거든　　　　118 120

2 제시된 상황에 맞는 대화가 되도록 밑줄 친 부분에 가장 알맞은 것을 고르십시오.

> 상황 – 이 영화는 코미디 영화라고 알려졌지만 내가 봤을 때 액션 영화인 것 같다.

> 가: 이 영화 봤어? 재미있는 코미디영화라면서?
> 나: 어제 봤는데 나는 ＿＿＿＿＿＿＿＿＿＿＿＿ .

❶ 코미디 영화라기보다는 액션 영화 같았어
❷ 코미디 영화라면 모를까 액션 영화는 아니야
❸ 액션 영화라고 생각했는데 코미디 영화였어
❹ 코미디와 액션 영화는 비슷한 영화인 것 같아　　　117

3 다음 밑줄 친 부분에 들어갈 말로 알맞은 것을 고르십시오.

> 가: 선생님, 이번 중간 시험을 보지 않는다는 것이 사실인가요?
> 나: 네, 하지만 시험을 ＿＿＿＿＿＿＿＿＿＿ 보고서를 써야 합니다.

❶ 보는 대신에 　　　　　　　　❷ 볼 게 아니라
❸ 볼 테니까 　　　　　　　　　❹ 보느니 차라리　　　121

4 다음 밑줄 친 부분에 들어갈 말로 알맞은 것을 고르십시오.

> 가: 저 두 사람은 항상 싸우는 것 같아.
> 나: 그래서 다른 친구들은 두 사람이 ＿＿＿＿＿＿＿＿＿＿ .

❶ 싸우든지 말든지 신경을 안 써 　　❷ 싸우든지 말든지 신경을 쓰려고 해
❸ 싸우든지 말든지 신경을 쓰지 마 　❹ 싸우든지 말든지 항상 신경을 써　　118

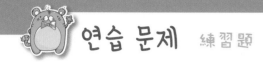
5   다음 밑줄 친 부분 중 맞지 않은 것을 고르십시오.

   ❶ 중요한 내용이니까 전화로 할 게 아니라 만나서 이야기합시다.

   ❷ 화만 낼 게 아니라 무슨 일이 있었는지 설명해 봐.

   ❸ 그 여자는 얼굴이 예쁠 게 아니라 마음이 예뻐요.

   ❹ 마음에 든다고 무조건 살 게 아니라 꼼꼼하게 따져야지요.   ⑫

6   다음 밑줄 친 부분 중 맞지 않은 것을 고르십시오.

   ❶ 이런 음식을 먹느니 안 먹는 것이 낫겠다.

   ❷ 남자친구랑 계속 싸우느니 차라리 헤어지는 것이 좋겠어.

   ❸ 아는 사람이 아무도 없는 곳에 갔느니 안 가는 것이 좋아.

   ❹ 이 일을 다시 새로 하느니 포기하는 게 나을 거야.   ⑯

7   다음 빈칸에 들어갈 알맞은 것을 고르십시오

   > 사람들은 스트레스를 받으면 여러 가지 방법으로 스트레스를 푼다.
   > 운동을 _____ 집을 청소하면서 마음에 있는 스트레스
   > 를 긍정적으로 푸는 사람이 있고 반면에 취할 때까지 술을 마시고, 지나치게
   > 쇼핑을 하는 등 부정적인 방법으로 스트레스를 푸는 사람도 있다.

   ❶ 하더니   ❷ 하는 등

   ❸ 하거나   ❹ 하면   ⑫⓪

8   다음 밑줄 친 부분과 바꾸어 쓸 수 있는 말로 알맞은 것을 고르십시오.

   > 가: 어머니가 정말 젊어 보이시네요.
   > 나: 그렇지요? 사람들이 엄마가 아니라 언니인 것 같다고 할 때도 있어요.

   ❶ 엄마라면 좋을 것 같다고   ❷ 엄마보다 언니 같다고

   ❸ 엄마와 언니가 닮았다고   ❹ 엄마라기보다는 언니 같다고   ⑰

9   다음에 제시된 상황에 맞는 문장이 되도록 밑줄 친 부분에 가장 알맞은 것을 고르십시오.

> 상황 – 마이클 씨는 외국어를 잘한다. 한국어도 잘하고 중국어도 잘한다.
> 그런데 한국어 보다는 중국어를 더 잘 한다.
>
> 마이클 씨는 ＿＿＿＿＿＿＿＿＿＿＿＿ .

❶ 중국어 실력이 한국어 실력처럼 좋다
❷ 중국어 실력이 한국어 실력과 비슷하다
❸ 한국어 실력이 중국어 실력보다 낫다
❹ 한국어 실력이 중국어 실력만 못하다   (119)

10   다음 밑줄 친 부분에 들어갈 말로 알맞은 것을 고르십시오.

> 가: 배가 고프지 않아? 우리 맛있는 요리를 만들어 먹을까?
> 나: 글쎄. 배는 고픈데 지금 시간이 없으니까 요리를 하느니 ＿＿＿＿＿＿
> ＿＿＿＿＿ .

❶ 맛이 없을 것 같아
❷ 별로 배가 안 고픈 것 같아
❸ 음식을 싫어하는 사람도 있어
❹ 간단하게 라면을 끓여먹는 것이 좋겠어   (116)

unit 27
選擇・比較

11   다음 밑줄 친 부분의 의미가 나머지 셋과 <u>다른 것</u>을 고르십시오.
❶ 우리 동생은 벌써 키가 아빠<u>만 해요</u>.
❷ 이 방은 고향에 있는 제 방<u>만 해요</u>.
❸ 그 연예인은 연기는 못하고 예쁘<u>기만 해요</u>.
❹ 컴퓨터가 작아서 지갑크<u>기만 해요</u>.   (119)

TOPIK 試題中常見的韓國文化

韓國的美麗之島—濟州島

　　韓國最大最美麗的島嶼是哪座島呢？答案是濟州島。去了濟州島就會聽到有人

跟你說：「혼저옵서예」，此時你不用慌張，對方是在告訴你「歡迎光臨」。濟州

島因為島上石頭多、風多且女人多而被稱為「三多島」；又因島上沒有小偷、沒

有大門且沒有乞丐而被稱為「三無島」。

　　島嶼中央突起的漢拿山向四周延伸，以自然景觀優美著稱。著名的觀光勝地還

有牛島、涉地高地、天地淵瀑布、龍頭海岸等。最近受到追捧的環島健行路線便

是讓遊客沿著羊腸小道步行環島。如此一來，可以讓遊客在充分休息的同時盡情

享受濟州島的美景。올레길指的便是通向家中的羊腸小道。不論是誰，在這樣的

小路上走一會兒，任何煩心事都會煙消雲散。步行之後，千萬別忘了去品嘗一下

濟州島的「黑豬肉」哦！

조사 助詞

초급 문법 확인하기! 初級文法回顧

까지 例 학교에서 우리집까지 30분 정도 걸려요.

從學校到我們家大約要 30 分鐘左右。

도 例 우리 언니는 쇼핑을 좋아해요. 나도 마찬가지예요.

我姊姊喜歡購物。我也是一樣。

마다 例 아침마다 공원에서 운동을 해요. 我每天早上在公園運動。

만 例 친구들은 모두 MP3가 있는데 나만 없어요.

朋友們都有 MP3，就只有我沒有。

보다 例 나는 친구보다 발이 더 커요. 我的腳比朋友的腳大。

부터 例 1시부터 3시까지 수업이 있어요. 從 1 點到 3 點有課。

에 例 나는 지금 공항에 가요. 我現在要去機場。

에게 例 친구가 나에게 선물을 줬어요. 朋友送給我禮物。

에서 例 저는 집에서 청소를 해요. 我在家裡打掃。

와/과 例 나는 아침에 빵과 우유를 먹어요. 我早上吃麵包跟牛奶。

으로 例 오른쪽으로 가면 편의점이 있어요. 往右走的話就有便利商店。

은/는 例 제 이름은 전혜경입니다. 我的名字叫全慧京。

을/를 例 동생은 채소를 먹지 않아요. 弟弟不吃青菜。

의 例 이것은 친구의 가방입니다. 這個是朋友的包包。

이/가 例 여기가 도서관이에요. 這裡是圖書館。

이나 例 같이 차나 한 잔 할까요? 要一起喝杯茶嗎？

123 만큼 ★★★

		만큼
명사 名詞	선생님	선생님**만큼**
	친구	친구**만큼**

❶ 정도가 비슷함을 나타낸다. 表示程度相似。

例 ▸ • 가: 기말 시험은 어땠어요? 期末考如何？

　　나: 중간 고사**만큼** 어려웠어요. 跟期中考一樣難。

　• 도나 씨는 한국 사람**만큼** 한국어를 잘해요.

　　多娜小姐就像韓國人一樣韓語說得很好。

> **TIP**
>
> 'N만큼도'는 어떤 사실을 과장 되게 강조할 때 사용해요.
> 「N만큼도」是誇張地強調某項事實時使用。
>
> 例　그 친구는 잘못을 하고도 손톱만큼도 미안해하지 않아요.
> 　　那個朋友雖然犯了錯，卻連一丁點歉意都沒有。
>
> 　　나는 월급을 쥐꼬리만큼도 못 받아요. 我連老鼠尾巴大小的月薪都領不到。
>
>

2. 확인하기　　小試身手

> ※ (　　　　)에 맞는 것을 고르십시오.
>
> 가: 영미 씨가 노래를 잘 불러요?
>
> 나: 네, 영미 씨도 수진 씨(　　　　　　) 노래를 잘 불러요.
>
> ① 조차　　　　② 마저　　　　③ 만큼　　　　④ 부터

答案解析

因為나在談話中用了–도表示併列項目，並使用正面表達「唱得好」，由此可知兩人的程度不相上下。選項①的조차表示「連最基本的情況也」，後面通常接負面情況；選項②的마저表示「就連剩下的最後一個都」，後面通常接負面情況；選項④的부터表示某件事情開始的起點，這三個都不是答案。只有選項③「만큼」表示程度相似，故正確答案為③。

正確答案③

은커녕 ★★★

1. 알아두기　常見用法

		은/는커녕
명사 名詞	돈	돈**은커녕**
	친구	친구**는커녕**

❶ 앞의 상황뿐만 아니라 그보다 실현 가능한 뒤의 상황조차 일어나기 어려울 때 사용한다.

不只前面的情況，就連比那個還難實現的後面的情況都很難發生時使用。

例 ▶ ・가: 10만 원만 빌려줄 수 있어?　你可以借我 10 萬元嗎？

　　나: 10만 원**은커녕** 만 원도 없어.　別說 10 萬了，就連 1 萬都沒有。

주의사항　注意事項

● 뒤에는 주로 부정적인 상황이 온다.　後面主要接負面情況。

　例 숙제를 다 하기는커녕 시작도 못 했어요.　別說作業都寫完了，連動都沒動。

❷ 기대한 것과 다른 것을 나타낸다.　表示與期待的不一樣。

例 ▶ ・어른들이 아이들한테 모범이 되기**는커녕** 오히려 안 좋은 모습만 보여 주면 되겠어요?

　　大人們別說成為孩子的榜樣，反而只讓孩子們看到不好的一面這像話嗎？

　　・외국에 있는 친구를 찾아갔는데 나를 반가워하기**는커녕** 오히려 부담스러워했다.

　　我去拜訪住在國外的朋友，對方別說歡迎我了，反而顯得很為難的樣子。

주의사항　注意事項

● '오히려'가 함께 사용되는 경우가 많다.　搭配「오히려」一起使用的情況很多。

▶ '은커녕'은 '은 말할 것도 없고'와 바꾸어 사용할 수 있다.
「은커녕」可以跟「은 말할 것도 없고」替換使用。

例 ▶ • 지진이 난 곳에 의약품**은커녕** 마실 물도 부족해서 큰일이다.

發生地震的災區別說醫療用品，就連飲用水都不足，不得了呢。

= 지진이 난 곳에 의약품**은 말할 것도 없고** 마실 물도 부족해서 큰일이다.

3. 확인하기　小試身手

※ 밑줄 친 부분과 바꾸어 사용할 수 있는 것을 고르십시오

가: 설악산에 가 보셨어요?

나: 아니요, <u>설악산은커녕</u> 동네 뒷산도 못 가 봤어요.

① 설악산은 말고

② 설악산이라고 해도

③ 설악산은 제외하고

④ 설악산은 말할 것도 없고

答案解析

가問나去過雪嶽山嗎？나表示沒有，別說雪嶽山了，就連社區的後山都沒去過。選項①的「N말고」表示除了 N 之外；選項②的「-(이)라고 해도」為間接引用，表示承認前者而後者與之不相干；選項③的「제외하다」表示排除前者，接納後者。以上選項都不能與畫底線部分替換使用。選項④的「은 말할 것도 없고」表示「別說雪嶽山了」，與畫線部分意思相近，故正確答案為④。

正確答案④

		치고
명사 名詞	학생	학생**치고**
	친구	친구**치고**

❶ 일반적으로 기대하는 것보다 더하거나 덜할 때 사용한다.
比一般期待的程度更甚之或不及時使用。

> 例 ・이번 겨울은 겨울**치고** 많이 춥지 않네요. 今年冬天，以冬天來說不太冷呢。
> ・그 사람은 외국인**치고** 한국말을 아주 잘 하는군요.
> 那個人就外國人來說，韓語說得非常好。

❷ 예외 없이 모두 마찬가지일 때 사용한다. 表示毫無例外，全部都一樣時使用。

> 例 ・요즘 젊은 사람**치고** 컴퓨터를 못하는 사람은 없어요.
> 最近的年輕人，沒有人不會使用電腦。
> ・부모**치고** 자기 아이에게 관심이 없는 사람이 어디 있어요?
> 就父母來說，哪有人會對自己的孩子毫不關心？

주의사항 注意事項

● '-는 편이다'와 자주 같이 사용한다. 常與「-는 편이다」一起使用。
例 그 아이는 초등학생**치고** 용돈을 많이 받는 편이다.
那孩子就小學生來說，拿的零用錢算是多的了。

※ 다음 (　　　)에 알맞은 것을 고르십시오

내 동생은 중학생(　　　　　　) 키가 너무 작아서 부모님께서 항상 걱정을 하신다.

① 마저　　　　　　　　　② 조차

③ 부터　　　　　　　　　④ 치고

答案解析

本題大意為，我弟弟就中學生來說個子太矮了，父母總是很擔心。選項①的마저表示「就連剩下的最後一個項目」，後面通常接負面情況；選項②的조차表示「連最基本的情況」，後面通常接負面情況；選項③的부터表示某件事情開始的起點，這三個都不是答案。而選項④的「치고」表示比一般期待的程度更甚之或不及，故正確答案為④。

正確答案④

1. 알아두기　常見用法

		마저
명사 名詞	선생님	선생님**마저**
	너	너**마저**

❶ 마지막 남은 하나까지 더해짐을 나타낸다.　表示添加最後僅剩下的一個項目。

> 例 ▶ ・사업에 실패해서 마지막 남은 집**마저** 팔아야 해요.
> 　　　因為生意失敗，就連最後剩下的房子都必須賣掉。
> 　　・다른 사람은 몰라도 너**마저** 그렇게 말할 줄은 몰랐어.
> 　　　其他人就算了，沒想到就連你也那麼說。
> 　　・작년에 아버지가 돌아가셨는데 어머니**마저** 돌아가셨어요.
> 　　　去年父親才過世，如今連母親也走了。

주의사항　注意事項

● 부정적인 상황에서 주로 사용한다.　主要用於負面情況。

2. 더 알아두기　更多用法

▶ '마저'는 주로 '까지'❸⓪, '조차'❸❸와 바꾸어 사용할 수 있다.
　「마저」主要可以跟「까지」、「조차」替換使用。

> 例 ▶ ・길이 막히는데 비**마저** 쏟아졌다. 原本只是塞車，現在還下雨了。
> 　　= 길이 막히는데 비**까지** 쏟아졌다.
> 　　= 길이 막히는데 비**조차** 쏟아졌다.

※ 다음 밑줄 친 부분과 의미가 비슷한 것을 고르십시오.

> 가: 저 다음 달에 이사 가요.
>
> 나: 수진 씨도 이사 갔는데 <u>민정 씨도</u> 가신다니 너무 섭섭하네요.

① 민정 씨나마

② 민정 씨밖에

③ 민정 씨야말로

④ 민정 씨마저

답案解析

가說他下個月要搬家，나聽了之後表示「秀真也搬走了，現在就連你也要搬家，太難過了」，句中畫底線的部分表示添加了不想要的一個項目。選項①的「나마」表示「雖然不滿意但姑且接受」；選項②的「밖에」表示唯一項目；選項③的「야말로」表示「⋯才是」，有強調的意味，以上都與畫底線部分意思不同。而選項④「마저」表示「僅剩的最後一個項目」，意即「就連你也」，意思與題目畫線部分相同，故正確答案為④。

正確答案④

127 밖에 ★★

		밖에
명사 名詞	선생님	선생님**밖에**
	부모	너**밖에**

❶ 오직 그것뿐임을 나타낸다.　表示就只有那個而已。

例 ▸ ・이 일을 할 사람은 너**밖에** 없다.　要做這件事情的人就只有你。
　　・먹을 것이라고는 라면**밖에** 안 남았어요.　吃的東西，就只剩下拉麵了。
　　・수업이 곧 시작하는데 교실에는 선생님**밖에** 안 오셨어요.
　　　馬上就要開始上課了，教室裡就只有老師一人。

주의사항　注意事項

● 'N밖에' 뒤에는 항상 '없다, 안/못 A/V, A/V-지 않다/못하다'와 같은 부정
형을 사용한다.
「N밖에」後面常使用「없다, 안/못 A/V, A/V-지 않다/못하다」等否定形態。
例 방학이 일주일밖에 안 남았다.　假期只剩下不到一周。

2. 더 알아두기　　更多用法

▸ 'V-(으)ㄹ 수밖에 없다'는 'V-아/어야 하다'와 바꾸어 사용할 수 있다.
「V-(으)ㄹ 수밖에 없다」可以跟「V-아/어야 하다」替換使用。

例 ▸ ・그럼 내가 갈 **수밖에** 없어요.　那我只能去了。
　　= 그럼 내가 가**야** 해요.

▸ 'A-(으)ㄹ 수밖에 없다'는 'A-(으)ㄴ 것은 당연하다'와 바꾸어 사용할 수
있다.
「A-(으)ㄹ 수밖에 없다」可以跟「A-(으)ㄴ 것은 당연하다」替換使用。

例 ▸ ・옷을 그렇게 입으면 추울 **수밖에** 없어요.　像那樣穿衣服當然會冷。
　　= 옷을 그렇게 입으면 추운 **것은 당연**해요.

※ 다음 (　　　　)에 알맞은 것을 고르십시오.

　가: 이것보다 더 효과적인 방법이 없을까?

　나: 그런 방법 찾기 전에는 이대로 (　　　　　　　) 없어요.

　①하다시피

　②할 수밖에

　③하려다가

　④하는 대신에

答案解析

가說沒有比這個更有效率的方法了嗎？나表示，在找到那種方法之前就只能這樣做，表示在不能滿足需求之前只有這個辦法了。選項①的「다시피」表示類似的指示、情況；選項③的「려다가」表示有意在途中轉換；選項④的「–는 대신에」是以後面的內容代替前面的內容，這三個都不是答案。而選項②「ㄹ 수밖에 없다」表示就只能那麼做了，②為正確答案。 正確答案②

		(이)나마
명사 名詞	조금	조금**이나마**
	잠시	잠시**나마**

❶ 마음에 들지는 않지만 아쉬운 대로 그것을 선택할 때 사용한다.
雖然不滿意，但姑且選擇時使用。

例 • 가: 갑자기 비가 오는데 우산을 안 가지고 와서 큰일이네요.
突然下起雨來，沒帶雨傘這下糟糕了。
나: 교실에 헌 우산**이나마** 하나 남아 있어서 다행이네요.
至少教室裡還有一把舊雨傘，真是萬幸。
• 가: 어제 늦게 잠을 잤더니 피곤하다. 昨天很晚睡，好累。
나: 그래? 그럼 쉬는 시간에 잠깐**이나마** 잠을 자는 게 어때?
是喔？那麼休息時間稍微睡一下如何？

주의사항 注意事項

● '잠시나마, 잠깐이나마, 조금이나마'의 형태로 자주 사용된다.
經常使用「잠시나마, 잠깐이나마, 조금이나마」的形態。

※ 빈칸에 알맞은 말을 고르십시오.

> 아내는 집이 너무 작다고 불평한다. 하지만 나는 작은 집(　　　　　　) 편안하게 쉴 수 있는 우리만의 공간이 있다는 건 행복한 일이라고 생각한다.

① 이야

② 이나마

③ 까지도

④ 에서는

unit 28
助詞

答案解析

本題大意為「妻子嫌房子太小，但我認為房子雖然小，有個我們專屬的空間能讓我們放鬆休息是一件幸福的事」，意味著不奢求的態度。選項①的「이야」特指「이야」前面的那個項目；選項③的「까지도」表示添加；選項④的「에서는」表指定的場所，這三個都不適合填入空格。而選項②「이나마」表示「不滿意但仍然可以接受」，符合題意，故正確答案為②。　　　　　　　　　　　　　　　正確答案②

1. 알아두기   常見用法

		(이)야말로
명사 名詞	서울	서울**이야말로**
	제주도	제주도**야말로**

❶ 여러 가지 중에서 어떤 것이 가장 대표적이라는 것을 강조할 때 사용한다.
強調在多個選項中，某個選項最具代表性時使用。

例 • 가: 한국을 대표하는 음식이 뭐예요? 代表韓國的食物是什麼？
　　나: 여러 가지가 있지만 김치**야말로** 가장 대표적인 음식이지요.
　　雖然有很多種，但泡菜才是最具代表性的食物。

• 제주도**야말로** 한국에서 가장 아름다운 관광지라고 할 수 있어요.
濟州島可以說是韓國最美麗的觀光景點。

• 세상에 중요한 것이 많이 있지만 사랑**이야말로** 가장 아름다운 것이라고 생
각해요. 雖然世界上有很多重要的事，但我認為愛情才是最美麗的。

2. 확인하기   小試身手

※ 빈칸에 들어갈 말로 알맞은 것을 고르십시오.

가: 이 사진기가 마음에 드는데 가격이 좀 비싸군요.

나: 그렇기는 하지만 이 사진기(　　　　　　) 손님이 원하시는 기능을
다 갖춘 것입니다.

①조차　　　②마저　　　③만한　　　④야말로

答案解析

가說雖然他喜歡這台相機，但價格有點貴。나表示雖然如此，但這台相機具備了客人想要的所有功能。
選項①的「조차」表示「連最基本的項目」，後面通常接負面情況；選項②的「마저」表示「僅剩下的最
後一個項目」，後面通常接負面情況；選項③的「만한」表示相同的比較事項，以上都不是答案。而選
項④「야말로」表特別指定項目，故正確答案為④。　　　　　　　　　　　　　　　　正確答案④

130 까지 ★

		까지
동사 動詞	친구	친구**까지**
	학생	학생**까지**

❶ 어떤 상황에서 다른 상황이 더해진 것을 나타낸다.

表示在某種狀況中，再加上另一種狀況。

例 ・쓰기 시험도 망쳤는데 읽기 시험**까지** 망쳐 버렸어.

不只寫作測驗考砸了，就連閱讀測驗也考砸了。

・그 사람은 얼굴뿐만 아니라 마음**까지** 아름다워요.

那個人不只臉蛋漂亮，就連心地也很善良。

・동생은 영어에 일본어**까지** 잘해요. 弟弟不僅英語好，就連日語也很好。

▶ 부정적인 상황일 때 '까지'는 '마저'❿126, '조차'❿133와 바꾸어 사용할 수 있다.

若為負面情況時，「까지」可以跟「마저」、「조차」替換使用。

例 ・길이 막히는데 비**까지** 쏟아졌다. 原本只是塞車，現在還下雨了。

= 길이 막히는데 비**마저** 쏟아졌다.

= 길이 막히는데 비**조차** 쏟아졌다.

※ 다음 밑줄 친 부분과 바꿔 쓸 수 있는 것을 고르십시오.

늦게 출발했는데 버스<u>까지</u> 놓치다니 정말 지각하겠는데요.

① 라도

② 마저

③ 에다가

④ 부터

答案解析

本題大意為，「就已經晚出發了，連公車都錯過，這下真的要遲到了」，底線部分為負面情況的添加。選項①的「라도」表示姑且（接納）；選項②的「마저」表示「就連剩下的最後項目」，後面通常接負面情況；選項③的「에다가」表示添加；選項④的「부터」表示某件開始的事項。這四個選項中，只有②的意思與畫線部分相似，因此正確答案為②。

正確答案②

131 에다가 ★

1. 알아두기　常見用法

		에다가
명사 名詞	옷	옷**에다가**
	학교	학교**에다가**

❶ 어떤 행동의 대상이 되는 장소를 나타낸다.　表示為某項行動對象的場所。

> 例 ▸ • 중요한 서류는 이 서랍**에다가** 넣어 뒀어요. 重要的文件都放在這個抽屜裡面。
> • 지갑**에다가** 뭘 그렇게 많이 넣고 다녀요? 你怎麼在錢包裡放了那麼多東西？
> • 사무실**에다가** 전화해서 물어 봤어요. 我打去辦公室問了一下。

주의사항　注意事項

- 주로 '꽂다, 넣다, 놓다, 두다, 걸다(벽에 걸다), 걸다(전화를 걸다), 물어 보다, 알아 보다' 등의 동사와 사용한다.
  主要搭配「꽂다, 넣다, 놓다, 두다, 걸다(벽에 걸다), 걸다(전화를 걸다), 물어 보다, 알아 보다」等動詞一起使用。

2. 더 알아두기　更多用法

▶ '에다가'는 '에'와 바꾸어 사용할 수 있다.
「에다가」可以跟「에」替換使用。

> 例 ▸ • 중요한 서류는 이 서랍**에다가** 넣어 뒀어요.
> 重要的文件都放在這個抽屜裡面。
> = 중요한 서류는 이 서랍**에** 넣어 뒀어요.

※ 다음 밑줄 친 부분에 들어갈 적당한 것을 고르십시오.

가: 외국인등록증을 가져가야 하는데 못 찾겠어.

나: 외국인등록증? 그거 내가 책상 서랍 _____ 넣어 두었어.

① 조차

② 에다가

③ 까지

④ 이라도

132　으로서 ★

		(으)로서
명사 名詞	인간	인간**으로서**
	친구	친구**로서**

❶ 지위, 신분, 자격이 있다는 것을 나타내거나 그 입장에 있다는 것을 나타낸
　다. 表示具有地位、身分、資格或處於那個立場。

　例　• 학생**으로서** 하지 말아야 할 일들이 있어요. 作為學生有些事情不應該做。
　　　• 이 기업의 회장**으로서** 여러분께 약속하겠습니다.
　　　　我以這家企業會長的身分向各位保證。
　　　• 선생님**으로서** 최선을 다하고 있습니다. 作為老師我盡心盡力。

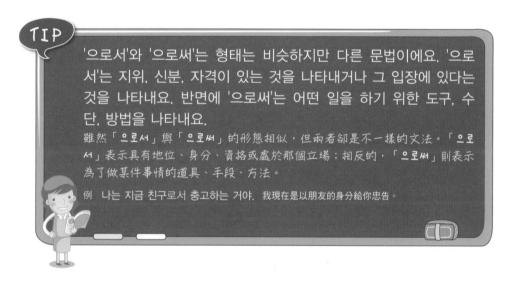

TIP

'으로서'와 '으로써'는 형태는 비슷하지만 다른 문법이에요. '으로
서'는 지위, 신분, 자격이 있는 것을 나타내거나 그 입장에 있다는
것을 나타내요. 반면에 '으로써'는 어떤 일을 하기 위한 도구, 수
단, 방법을 나타내요.
雖然「으로서」與「으로써」的形態相似，但兩者卻是不一樣的文法。「으로
서」表示具有地位、身分、資格或處於那個立場；相反的，「으로써」則表示
為了做某件事情的道具、手段、方法。

例　나는 지금 친구로서 충고하는 거야. 我現在是以朋友的身分給你忠告。

※ 빈칸에 들어갈 말로 알맞은 것을 고르십시오

너를 사랑하는 친구 _____ 너에게 충고하고 싶어.

① 밖에

② 로서

③ 에다가

④ 나마

1. 알아두기　常見用法

		조차
명사 名詞	선생님	선생님**조차**
	부모	부모**조차**

❶ 일반적으로 당연하거나 쉽다고 기대하는 것이 기대와 다른 상황일 때 사용한다. 當一般被認為理所當然或覺得很簡單而期待的事情出現與期待不同的情況時使用。

> 例 ▶ ・그 문제는 너무 어려워서 선생님**조차** 못 푼다고 해요.
> 　　那個問題太難了，連老師都說他解不開。
> ・계속 거짓말을 하니까 부모님**조차** 그의 말을 믿지 않는다.
> 　　因為他一直說謊，就連他的父母都不相信他的話。
> ・목이 너무 아파서 침**조차** 삼키기 힘들어요. 喉嚨非常痛，就連吞口水都很困難。

2. 더 알아두기　更多用法

▶ '조차'는 주로 '마저'⑫⑥, '까지'⑬⓪와 바꾸어 사용할 수 있다.
「조차」主要可以跟「마저」、「까지」替換使用。

> 例 ▶ ・길이 막히는데 비**조차** 쏟아졌다. 原本只是塞車，現在還下雨了。
> 　　= 길이 막히는데 비**마저** 쏟아졌다.
> 　　= 길이 막히는데 비**까지** 쏟아졌다.

3. 확인하기　小試身手

※ 빈칸에 들어갈 말로 알맞은 것을 고르십시오.

가: 이번 시험이 어려웠다면서요?

나: 네, 우리 반에서 공부를 제일 잘하는 친구(　　　　　) 못 푸는 문제가 많았대요.

①로서　　　　　②조차　　　　　③만큼　　　　　④야말로

答案解析

가表示「聽說這次的考試很難？」나回答「是，聽說（就連）我們班成績最好的同學也有很多道題目解不開」，意謂著理所當然應該會解題的同學也不如期待。選項①的「로서」表示身分；選項③的「만큼」表示程度相似；選項④的「나마」表示姑且選擇項目，這三個選項都不適合填入空格。而選項②「조차」表示「最基本的情況」，後接負面情況，故②為正確答案。　　　　　正確答案②

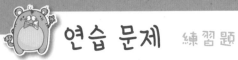

연습 문제 練習題

1 ( )에 맞는 것을 고르십시오.

> 가: 철수 씨가 농구를 잘 해요?
> 나: 네, 철수 씨도 민호 씨( ) 농구를 해요.

❶ 치고   ❷ 마저
❸ 만큼   ❹ 조차   123

2 ( ) 안에 알맞은 것을 고르십시오.

> 가: 요즘 대학생들이 졸업을 해도 취업하기가 힘들다고 하던데 직장은 구하셨어요?
> 나: 말도 마세요. 직장( ) 아르바이트도 구하기 힘들어요.

❶ 은커녕   ❷ 이나마
❸ 에다가   ❹ 이야말로   124

3 ( ) 안에 알맞은 것을 고르십시오.

> 가: 이번 교육 공무원 선거할 거예요?
> 나: 그럼요. 부모( ) 교육에 관심이 없는 사람은 없을 걸요.

❶ 조차   ❷ 나마
❸ 마저   ❹ 치고   125

4 밑줄 친 표현 중 바르게 표현한 것을 고르십시오.
❶ 깜빡하고 핸드폰을 <u>식당으로서</u> 두고 왔다.
❷ 사람들과의 <u>인연은커녕</u> 소중하다.
❸ <u>조금이나마</u> 도움이 될 수 있어서 다행이에요.
❹ 고향 친구가 한국에 와서 <u>제주도야말로</u> 갔다.   128

5 다음 (   )에 알맞은 것을 고르십시오.

> 가: 너도 어렵게 한 부탁일 텐데 못 들어줘서 정말 미안해.
> 나: 너(   ) 안 된다고 하니 이제는 어쩔 수가 없네.

① 마저   ② 밖에
③ 만큼   ④ 치고   126

6 다음 (   ) 안에 알맞은 것을 고르십시오.

> 노년의 행복은 50대까지 만든 인간관계에 의해 결정된다고 한다. 인간의 수명은 점점 늘어나고 있다. 우리가 노후를 행복하게 보내려면 친구를 많이 만드는 길(   ) 없다.

① 에서   ② 밖에
③ 마저   ④ 이야말로   127

7 다음 (   )에 알맞은 것을 고르십시오.

> 가: 한국을 대표하는 음식 좀 추천해 주세요.
> 나: 비빔밥(   ) 한국을 대표하는 음식이라고 할 수 있지요.

① 으로서   ② 이나마
③ 에다가   ④ 이야말로   129

8 (   )에 맞는 것을 고르십시오.

> 가: 동생이 (   ) 예쁘네요.
> 나: 네, 그 집 자매들은 언니도 동생도 모두 예뻐요.

① 언니조차   ② 언니만큼
③ 언니나마   ④ 언니야말로   123

9   (   ) 안에 알맞은 것을 고르십시오.

> 가: 최근에는 국제기구와 민간단체들의 적극적인 활동 덕분에 기아에 허덕이
> 는 사람들이 많이 줄어든 것 같아요.
> 나: 글쎄요. 아직도 세계의 많은 아이들이 굶주림에 시달리고 있는데 사람들
> 이 도움을 (   ) 관심도 없어요.

❶ 주기는커녕   ❷ 주기야말로

❸ 주는 것만큼   ❹ 주는 것조차   124

10   다음 밑줄 친 부분이 맞는 것을 고르십시오.

❶ <u>가끔만큼</u> 찾아뵙도록 하겠습니다.

❷ 물가가 올라서 과일을 <u>사는 것이나마</u> 겁이 난다.

❸ 지금까지 살면서 <u>오늘조차</u> 힘든 날은 없었던 것 같아요.

❹ 요즘 <u>청소년치고</u> 연예인을 안 좋아하는 학생들은 없을 거예요.   125

11   (   ) 안에 알맞은 것을 고르십시오.

> 요즘은 서울에서 집을 사기가 하늘의 별 따기보다 더 어렵다고 한다. 그래도
> 나는 작은 집 (   ) 있어서 다행이다.

❶ 조차   ❷ 이나마

❸ 에다가   ❹ 이야말로   128

12   다음 밑줄 친 부분 중 맞는 것을 고르십시오.

❶ <u>초등학생이나마</u> 키가 큰 편이네요.

❷ <u>친구만큼</u> 인생에서 가장 소중한 존재예요.

❸ <u>아버지마저</u> 저를 믿지 않으시면 어떡해요?

❹ 여행가는 데 <u>이것은커녕</u> 안 가지고 왔어요?   076

13 다음 밑줄 친 부분과 바꾸어 쓸 수 있는 것을 고르십시오.

> 가: 왜 유학을 포기했어요?
> 나: 유학을 가고 싶었지만 집안 사정이 어려워서 <u>취직을 할 수밖에 없었어요</u>.

❶ 취직을 해 봤자 소용이 없었어요

❷ 취직을 안 할 수가 없었어요

❸ 취직을 할 수조차 없었어요

❹ 취직을 할래야 할 수가 없었어요
  127

14 다음 (   )에 알맞은 것을 고르십시오.

> 가: 제 남자친구는 항상 제 메일을 확인하려고 해요.
> 나: 말도 안돼요. 그런 행동(   ) 심각한 사생활 침해
>   라고 생각해요.

❶ 만큼   ❷ 이나마

❸ 이야말로   ❹ 에다가
  129

15 (   )에 맞는 것을 고르십시오.

> 가: 오랜만에 집에서 쉬니까 너무 좋다.
> 나: 그러게 말이야. (   ).

unit 28 助詞

❶ 집마저 편한 곳은 어디에도 없을 거야

❷ 집밖에 편한 곳은 어디에도 없을 거야

❸ 집만큼 편한 곳은 어디에도 없을 거야

❹ 집까지 편한 곳은 어디에도 없을 거야
  123

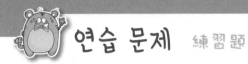
16 밑줄 친 부분이 맞는 것을 고르십시오.

  ❶ 노력을 안 하는 <u>사람마저</u> 성공하는 사람은 없다.

  ❷ 이번 학기는 <u>장학금은커녕</u> 진급도 하기 힘들어요.

  ❸ 나는 우리 <u>선생님이야말로</u> 친절한 사람은 처음 본다.

  ❹ <u>선배님밖에</u> 고향에 돌아 간 줄 알았는데 이렇게 만나서 기뻐요. ⑫④

17 (   ) 안에 알맞은 것을 고르십시오.

  > 가: 유리코 씨의 한국어 실력이 많이 는 것 같아요.
  > 나: 네. 그 정도면 6개월 공부한 것(   ) 훌륭하지요.

  ❶ 조차   ❷ 치고

  ❸ 밖에   ❹ 마저   ⑫⑤

기타 其他

–는 대로 ★★★

		–(으)ㄴ 대로	–는 대로
동사 動詞	받다	받은 대로	받는 대로
	도착하다	도착한 대로	도착하는 대로

❶ 어떤 일을 하는 것과 똑같이 한다는 의미를 나타낸다.

表示跟做某件事情一模一樣的做法。

> 例 • 가: 이제 아기가 말 할 줄 알아요? 孩子現在會說話了嗎?
> 　　나: 네, 요즘 제가 말하는 대로 잘 따라해요. 是,他最近都會學我說話。
> 　• 가: 가르쳐 주신 대로 했는데 잘 안 돼요. 我照著你教的做,但是行不通。
> 　　나: 그래요? 그럼 제가 다시 설명해 드릴게요. 是嗎?那我再跟你解說一次。

❷ 어떤 일을 하고 바로라는 의미를 나타낸다. 做了某件事情之後馬上⋯的意思。

> 例 • 가: 아직 여자 친구와 결혼 계획은 없어요?
> 　　　你跟你女朋友還沒有結婚的打算嗎?
> 　　나: 취직하는 대로 결혼하려고 해요. 我打算一找到工作就結婚。
> 　• 가: 언제쯤 도착할 수 있어요? 你什麼時候可以到?
> 　　나: 일 끝나는 대로 출발하면 8시쯤 도착할 것 같아요.
> 　　　工作結束之後馬上出發的話,應該 8 點左右可以到。

주의사항　注意事項

- '–는 대로'가 ❷ 의 뜻일 때는 과거형을 사용할 수 없다.
  當「–는 대로」是 ❷ 的意思時,不能使用過去時制。

  예 집에 온 대로 저에게 전화 주세요. (X)
  　　(과거형) 過去時制

▶ '–는 대로'가 ❷ 의 뜻일 때는 '–자마자'⁰²⁸와 바꾸어 사용할 수 있다.
當「–는 대로」是 ❷ 的意思時,可以跟「–자마자」替換使用。

例 ▶ ・일이 끝나**는 대로** 출발하겠습니다. 工作一結束就馬上出發。
　　= 일이 끝나**자마자** 출발하겠습니다.

▶ **다른 문법과의 결합형** 與其他文法的結合形態

- V -으라는 대로: 간접화법의 명령형인 '-으라고 하다'◯41와 '-는 대로'
가 결합된 형태로 명령한 것과 같이 어떤 일을 해야 할 때 사용한다.
V-으라는 대로：以間接引用的命令形「-으라고 하다」與「-는 대로」結合的形態，連同下達的命令一起表示必須要做某件事情時使用。

例 ▶ ・언니가 하라**는 대로** 했더니 쉽게 해결됐어.
按照姊姊叫我做的去做，結果輕鬆解決了。
(언니가 시키는 것과 같이 했다.)（連同姊姊指使的部分一起做了。）
・언니 하**는 대로** 했더니 쉽게 해결됐어.
照著姊姊的做法去做，結果輕鬆解決了。
(언니가 하는 행동과 똑같이 했다.)（做了跟姊姊一模一樣的行動。）

TIP
'N은/는 N대로'는 같은 것끼리 따로 분류할 때 사용해요.
「N은/는 N대로」將相同類別的東西各自分類時使用。

例　이 중에서 옷은 옷대로 가방은 가방대로 정리해라.
在這之中衣服歸衣服，包包歸包包整理乾淨。

3. 확인하기 小試身手

※ 밑줄 친 부분이 <u>다른 의미</u>로 사용된 것을 고르십시오.

①편지 받는 <u>대로</u> 곧 답장하세요.

②수업이 끝나는 <u>대로</u> 도서관 앞에서 만납시다.

③거짓말하지 말고 들은 <u>대로</u> 이야기하세요.

④미영 씨 들어오는 <u>대로</u> 저한테 오라고 전해 주세요.

答案解析

本題為「-는 대로」意義的辨別。「-는 대로」有兩種意思，一個是「跟做某件事情一模一樣的做法」，一個是「做了某件事情之後馬上…」。選項①為「收到信後請馬上回信」；選項②為「下課後立刻在讀書館前碰面吧」；選項④為「美英小姐一進來的話就請她來找我」，這三個選項都有做完前面這個動作之後馬上做後面這個動作的意思。但選項③的意思是「不要説謊，請依你聽到的敘述」，這裡的「대로」有「按照、依照」的意思，明顯與其他三個選項不同，因此正確答案為③。　　　　　正確答案③

135 　 –는 척하다 ★★★

		–(으)ㄴ 척하다	–는 척하다
동사 動詞	먹다	먹은 척하다	먹는 척하다
	보다	본 척하다	보는 척하다

		–(으)ㄴ 척하다
형용사 形容詞	작다	작은 척하다
	예쁘다	예쁜 척하다

		인 척하다
명사+이다 名詞＋이다	학생	학생인 척하다
	친구	친구인 척하다

❶ 행동이나 상태를 실제와 다르게 꾸미는 태도를 나타낸다.

表示將行動或狀態修飾成與實際不一樣的態度。

例 • 가: 오늘 아침에 준호를 만났는데 나를 못 본 **척하**고 지나갔어. 나한테 화가 났나?

我早上遇見俊浩，但他裝做沒看見我的樣子走掉了。他在生我的氣嗎？

나: 글쎄, 준호가 너를 정말 못 본 것은 아닐까?

這個嘛，會不會俊浩真的沒看到你？

• 항상 예쁜 **척하**기 때문에 여자 아이들이 지영이를 싫어한다.

因為總是自以為漂亮，所以女孩子們不喜歡智英。

• 수업 시간에 선생님 말씀을 듣는 **척했**지만 사실은 어제 일을 생각하고 있었어요.

雖然上課時裝作聽老師講課的樣子，但其實在想昨天的事情。

● 동사 '알다'의 경우 현재형으로만 사용하고 과거형은 사용하지 않는다.
　動詞「알다」的情形，只用現在時制，不使用過去時制。

　　例　그 문제를 이해할 수 없었지만 계속 <u>아는</u> 척했어요. (O)

　　　　　　　　　　　　　　(현재형) 現在時制

　　雖然無法理解那道題目，但一直裝作了解的樣子。

　　그 문제를 이해할 수 없었지만 계속 <u>안</u> 척했어요. (X)

　　　　　　　　　　　　　　(과거형) 過去時制

2. 더 알아두기　　更多用法

▶ '-는 척하다'는 '-는 체하다'⑭⑤와 바꾸어 사용할 수 있다.
　「-는 척하다」可以跟「-는 체하다」替換使用。

　　例　· 친구는 내 비밀을 알고 있지만 계속 모르**는 척했**어요.
　　　　朋友雖然知道我的秘密，卻一直裝作不知道的樣子。
　　　　= 친구는 내 비밀을 알고 있지만 계속 모르**는 체했**어요.

3. 확인하기　　小試身手

※ (　　　) 안에 알맞은 것을 고르십시오.

가: 수미 씨가 많이 아픈가 봐요.

나: 아니에요. 오늘 모임에 가기 싫어서 (　　　　　　).

①아플 거예요　　　　　　②아팠으면 해요

③아픈 척하는 거예요　　　④아플까봐 걱정이에요

答案解析

가說秀美好像病得很嚴重，나表示沒有，她是因為不想去今天的聚會所以（裝病）。由對話情境來看，空格部分是假裝的意思。選項①為推測會生病；選項②為希望生病；選項③為假裝生病；選項④為怕生病所以在擔心。上述選項只有③是裝病的意思，因此正確答案為③。

正確答案③

–던데(요) ★★★

1. 알아두기　常見用法

		–았/었던데요	–던데요	–겠던데요
동사 動詞	먹다	먹었던데요	먹던데요	먹겠던데요
	가다	갔던데요	가던데요	가겠던데요

		–던데요
형용사 形容詞	작다	작던데요
	예쁘다	예쁘던데요

		(이)던데요
명사+이다 名詞＋이다	돈	돈이던데요
	친구	친구던데요

❶ 과거의 어떤 상황을 회상하여 말할 때 사용한다.
回想過去的某個情況並陳述時使用。

例 • 가: 혹시 민수 봤어요? 你有看到民秀嗎?
　　나: 아까 집에 가던데요. 他剛剛回家了。
• 가: 어제 민호 씨 여자친구를 만났다면서요?
　　聽說你昨天見到民浩的女朋友?
　　나: 네. 정말 예쁘던데요. 是，真的很漂亮呢。

주의사항　注意事項

● 정이나 기분을 나타낼 때를 제외하고는 주어는 1인칭을 사용할 수 없다.
除了表達感情或心情的時候之外，主詞不能使用第1人稱。

例 남자친구한테 꽃을 받으니까 (제가) 기분이 정말 좋던데요. (O)
　　　　　　　　(주어) 主詞　　(기분을 나타냄) 表達心情

我收到男朋友送的花，心情真的很好。

제가 어제 머리를 하러 미용실에 가던데요. (X) 我昨天去美容院做頭髮。
(주어) 主詞　　　　　　(기분을 나타내지 않음) 沒有表達心情

동사의 경우, '–았/었던데요', '–던데요'는 모두 과거를 회상할 때 사용하는데 형태가 조금씩 다르지요? 각각 의미 차이가 있는데요. '–았/었던데요'는 과거에 이미 완료된 상황을 본 것을 의미하며, '–던데요'는 과거에 진행되고 있던 일을 의미해요.

動詞的情形，「－았/었던데요」、「－던데요」都是回想過去時使用，但形態有點不同。兩者意義上各有差異，「－았/었던데요」意指看見過去已經完成的情況，而「－던데요」則是指過去處於進行中的事情。

例　비가 오던데요. → 비가 내리고 있는 상황을 보고 나서 이야기한다.
　　回想看見正在下雨的情形然後陳述。

　　비가 왔던데요. → 비가 내린 후 젖은 땅을 보고 나서 이야기한다.
　　看見雨後潮濕的地面然後陳述。

하지만, '–겠던데요'는 추측의 의미가 있어요.

但是，「－겠던데요」有推測的意思。

例　비가 오겠던데요. → 흐린 하늘을 보고 나서 추측하면서 이야기한다.
　　看見陰霾的天空之後推測並陳述。

3. 확인하기　　小試身手

※ 밑줄 친 부분이 틀린 것을 고르십시오.

① 저는 무서운 영화를 <u>좋아하던데요</u>.

② 어제는 날씨가 흐렸지만 오늘은 <u>맑던데요</u>.

③ 그 물건을 써 보니까 품질이 아주 <u>좋던데요</u>.

④ 사람들이 매표소 앞에 길게 줄을 서 <u>있던데요</u>.

答案解析

本題要讀者選出畫線部分錯誤的選項。選項②為「昨天天氣陰陰的，但今天天氣晴朗」，用「맑던데요」表達天氣晴朗，代表話者回想的當下天氣依舊處於晴朗狀態。若使用「－았/었던데요」則表示話者回想的當下天氣不是晴朗的，可能已經是晚上或是正在下雨，因此不管使用哪一個，選項②的句子都是正確的。選項③為「用了那個東西，發現品質很好」，用「좋던데요」表達東西品質好，代表話者回想的當下東西品質依舊很好。若使用「－았/었던데요」會變成話者回想的當下那個東西的品質已經變差了，因此不管使用哪一個，選項③也是正確的句子。選項④為「人們在售票口前大排長龍」，用「서 있던데요」代表話者回想的當下售票口前依舊大排長龍。若使用「－았/었던데요」會變成話者回想的當下售票口前的隊伍已經沒排那麼長了，或是沒人排隊了，所以不管使用哪一個，選項④也是正確的句子。「－던데요」除了表達感情或心情的時候之外，主詞不能使用第 1 人稱。選項①的主詞為第一人稱，因此選項①是錯的。

正確答案①

unit 29
其他

얼마나 –는지 모르다 ★★★

1. 알아두기 　常見用法

		얼마나 –았/었는지 모르다	얼마나 –는지 모르다
동사 動詞	먹다	**얼마나 먹었는지 모르다**	**얼마나 먹는지 모르다**
	자다	**얼마나 잤는지 모르다**	**얼마나 자는지 모르다**

		얼마나 –았/었는지 모르다	얼마나 –(으)ㄴ지 모르다
형용사 形容詞	좋다	**얼마나 좋았는지 모르다**	**얼마나 좋은지 모르다**
	예쁘다	**얼마나 예뻤는지 모르다**	**얼마나 예쁜지 모르다**

		얼마나 이었/였는지 모르다	얼마나 인지 모르다
명사＋이다 名詞＋이다	학생	**얼마나 좋은 학생이었는지 모르다**	**얼마나 좋은 학생인지 모르다**
	친구	**얼마나 좋은 친구였는지 모르다**	**얼마나 좋은 친구인지 모르다**

❶ 어떤 사실이나 상황의 정도가 대단함을 강조할 때 사용한다.
　強調某項事實或情況的程度很屬害時使用。

　例▶ ・가: 어제 간 식당이 어땠어요? 昨天去的那家餐廳怎麼樣？
　　　　나: 정말 좋더라고요. 음식이 맛있어서 **얼마나** 많이 **먹었는지** 몰라요.
　　　　真的很好。因為菜很好吃，不知道吃了多少。
　　　・가: 요즘 그곳 날씨가 어때요? 最近那裡的天氣怎樣？
　　　　나: 지금 겨울이어서 **얼마나** 추운지 몰라요.
　　　　因為現在是冬天，不曉得有多冷呢。

　주의사항　注意事項

> ● 명사 앞에는 꾸며 주는 형용사가 필요하다.　名詞前面需要有修飾名詞的形容詞。
> 　例 얼마나 좋은 학생인지 몰라요. (O)
> 　　　　(꾸며주는 형용사) 修飾的形容詞
> 　얼마나 학생인지 몰라요. (X)

※ 밑줄 친 부분과 의미가 같은 것을 고르십시오.

가: 어머니 수술이 잘 끝나서 정말 다행이에요.

나: 하지만 어제는 <u>얼마나 마음을 졸였는지 몰라요</u>.

① 마음이 편해졌어요

② 많이 편찮으셨어요

③ 걱정을 정말 많이 했어요

④ 수술이 늦게 끝나서 잠깐 졸았어요

138　-(으면) -을수록 ★★★

		-(으면) -(으)ㄹ록
동사 動詞	마시다	(마시면) 마실수록
	먹다	(먹으면) 먹을수록
형용사 形容詞	싸다	(싸면) 쌀수록
	많다	(많으면) 많을수록

❶ 선행절의 행동이나 상황이 계속됨으로 후행절의 정도가 더해지는 것을 나타낸다. 表前子句的行動或狀況持續，後子句的程度因而增加之意。

例 ▶ ・그 사람은 만나면 만날수록 좋은 사람인 것 같아요.
　　越是跟那個人交往，就越覺得他是個好人。
　　・싸면 쌀수록 품질이 떨어지는 것 같아요. 似乎越便宜品質越差。
　　・친구는 많을수록 좋잖아요. 朋友越多越好啊。

2. 확인하기　小試身手

> ※ 빈칸에 가장 알맞은 것을 고르십시오.
>
> 가: 한국어 공부는 잘 돼 가요?
>
> 나: 네, 힘들지만 ＿＿＿＿＿＿ 재미있어요.
>
> ① 공부를 하는 대로　　　　② 공부를 하려고 해도
>
> ③ 공부를 하면 할수록　　　④ 공부를 하기 힘들까봐

答案解析

由나的回答內容來看，前後子句的關係看起來是「承認（辛苦）（但）有趣」，此句雖無空格穿插內容也可成立，但從內容可以得知是努力程度的遞增，使學習韓語這件事情變得有趣。意即雖然辛苦但是（越學越）有趣。選項①的「-는 대로」表明其結果與前句動作預期的結果相同；選項②的「-려고 해도」表有意卻不如意；選項④的「ㄹ까봐」表示推測，有「擔心」的意思，以上都不是答案。而選項③表示「越學越有趣」，符合題意，故正確答案為③。

正確答案③

–을 뻔하다 ★★★

1. 알아두기　常見用法

		–(으)ㄹ 뻔하다
동사 動詞	잊다	**잊**을 **뻔하다**
	넘어지다	넘어**질 뻔하다**

❶ 어떤 상황이 거의 일어나려고 했지만 실제로는 일어나지 않았을 때 사용한 다.　表示某個情況幾乎要發生了，但實際上沒有發生時使用。

例▶　• 가: 눈이 와서 길이 정말 미끄럽죠? 걷기가 너무 힘드네요.
　　　下雪路上真的很滑吧？走起路來非常吃力呢。
　　　나: 맞아요. 오다가 길에서 넘어**질 뻔했어요**. 對啊，我來的路上差點滑倒。

　　　• 가: 여행은 어땠어요? 旅行好玩嗎？
　　　나: 사람들이 정말 많아서 아이를 잃어버릴 **뻔했어요**.
　　　人真的太多了，差點把孩子弄丟了。

주의사항　注意事項

● 항상 과거형으로 쓴다.　總是使用過去時制。

例 교통 사고가 날 **뻔했어요**. (O)
　　　　(과거형) 過去時制

　　교통 사고가 날 **뻔해요**. (X)
　　　　(현재형) 現在時制

※ 빈칸에 들어갈 알맞은 것을 고르십시오.

> 모처럼 대학 동창들과 함께 극장에 갔더니 주말이라고 표가 모두 매진되었다. 공휴일이라 그런지 극장 안은 사람들로 붐벼서 발 디딜 틈도 없었다. 영화를 못 (　　　　　　) 다행히 다음 시간 영화표가 몇 장남아 있어서 가까스로 표를 살 수 있었다.

① 볼까 봐서

② 볼 뻔했지만

③ 볼 만했지만

④ 볼 리 없었지만

由空格前後「看不到電影」(　　　)「幸好下一場有票」之間的關係來看，前段應該是接近於看不到電影的狀況。選項①為擔心看不到電影，所以…；選項③表示過去有可看性；選項④為不可能看不成電影，這三個都不是答案。而選項②表示差一點看不成電影，正確答案為②。

正確答案②

140 　－기(가) ★★

1. 알아두기　常見用法

		－기(가)
동사 動詞	먹다	먹**기(가)**
	가다	가**기(가)**

❶ 어떤 일을 하는 것에 대한 상태나 생각을 표현할 때 사용한다.
表達對於做某件事情的狀態或想法時使用。

例 ▶ • 눈이 올 때 너무 빨리 운전하면 사고 나**기가** 쉽다.
下雪時如果開得太快，很容易出車禍。

• 그 사람 앞에만 가면 왠지 말하**기가** 부끄러워요.
只要走到那個人的面前，不曉得為什麼就不敢開口說話。

• 목이 너무 아파서 지금은 노래하**기** 힘들어요.
因為喉嚨太痛了，所以很難開口唱歌。

주의사항　注意事項

● 'V-기가' 뒤에는 '부끄럽다, 불편하다, 섭섭하다, 쉽다, 슬프다, 싫다, 어렵다, 좋다, 즐겁다, 편하다, 피곤하다, 힘들다' 등 감정을 표현하는 형용사가 주로 온다.
「V-기가」後面主要接「부끄럽다, 불편하다, 섭섭하다, 쉽다, 슬프다, 싫다, 어렵다, 좋다, 즐겁다, 편하다, 피곤하다, 힘들다」等表達感情的形容詞。

※ 밑줄 친 부분과 의미가 같은 말을 고르십시오.

가: 오늘 회의 결과는 어떻게 됐어요?

나: 쉽게 결론을 낼 수 없었어요. 의견이 하도 다양해서 말이에요.

① 결론을 내기가 조금 힘들었어요

② 전혀 힘들지 않게 결론이 났어요

③ 별로 힘들지 않게 결론이 났어요

④ 결론을 내기가 여간 어렵지 않았어요

答案解析

畫線部分意義為「無法輕易下結論」，選項①為「有點難下結論」；選項②為「毫無困難地下了結論」；選項③為「不太困難地下了結論」，這三個都不是答案。而選項④表示「不容易下結論」，故④為正確答案。

正確答案④

−기는(요) ★★

1. 알아두기   常見用法

		−기는(요)
동사 動詞	찾다	찾**기는(요)**
	하다	하**기는(요)**
형용사 形容詞	많다	많**기는(요)**
	예쁘다	예쁘**기는(요)**

		(이)기는(요)
명사+이다 名詞+이다	학생	학생**이기는(요)**
	천재	천재**기는(요)**

❶ 상대방이 말한 것을 가볍게 부정하거나 칭찬에 대해 겸손하게 대답할 때
사용한다.
　　輕微否定對方所說的話，或是謙虛地回應別人的稱讚時使用。

例 ▸ • 가: 민호는 영어를 정말 잘하는 것 같아. 民浩的英語好像真的很好。
　　　나: 잘하**기는**. 발음도 별로야. 哪裡好，發音也不怎麼樣。
　　• 가: 오늘 정말 예쁘네요. 你今天真的很漂亮呢。
　　　나: 예쁘**기는요**. 머리도 엉망인데요. 哪裡漂亮呀，頭髮也亂七八糟的。

2. 확인하기   小試身手

※ (　　　　) 안에 알맞은 것을 고르십시오.

> 가: 오늘 연설 아주 멋있었습니다.
>
> 나: (　　　　　　　　). 제 경험을 좀 소개한 것뿐인데요.

① 멋있기는요　　　　　　　② 멋있고말고요

③ 멋있는 셈이죠　　　　　　④ 멋있는 편이죠

答案解析

가對나說「今天的演說真的很帥氣」，나回答「哪裡帥氣了，我只是介紹自己的經驗罷了」。選項②的
「−고말고(요)」表示「當然…」；選項③的「−는 셈이다」跟選項④的「−는 편이다」都有「算是…」的
意思，這三個都不是答案。而選項①「−기는(요)」表示微微否定對方說的話，故正確答案為①。

正確答案①

–는 둥 마는 둥 ★★

常見用法

		–는 둥 마는 둥
동사 動詞	먹다	먹**는 둥 마는 둥**
	보다	보**는 둥 마는 둥**

❶ 어떤 행동을 하기는 했지만 제대로 하지 않은 것을 나타낸다.
表示雖然做了某項行動，但是並沒有好好地做。

例 ・늦잠을 자는 바람에 아침을 먹**는 둥 마는 둥** 하고 나왔어요.
因為睡得太晚，早餐有吃跟沒吃一樣就出門了。

・미술관에 사람이 많아서 보**는 둥 마는 둥** 했어요.
因為美術館人很多，所以有看跟沒看一樣。

・그 사람은 바쁘다면서 제 얘기를 듣**는 둥 마는 둥** 했어요.
他說他很忙，對我說的話似聽非聽的。

小試身手

※ 빈칸에 들어갈 말로 알맞은 것을 고르십시오.

요즘 동생이 무슨 걱정이 있는 것 같아요. 오늘 아침에는 말도 별로 안
하고 식사도 (   ) 하고 출근했어요.

① 하다가 말다가   ② 하거나 말거나

③ 하는 둥 마는 둥   ④ 하는 척 마는 척

答案解析

本題大意為「最近弟弟好像在擔心什麼。今天早上也不太說話，早餐也是有一口沒一口地就出門上班了」。選項①的「하다가 말다가」表示「做做停停」；選項②的「하거나 말거나」表示「做或不做」；選項④的「하는 척 마는 척」表示「裝作吃，又裝作不吃的樣子」。題目的意思是「弟弟有吃飯，但是有吃跟沒吃一樣」，因此表示「有吃但是沒好好吃」的選項③「하는 둥 마는 둥」最符合題意，故正確答案為③。

正確答案③

–고말고(요) ★

		–았/었고말고(요)	–고말고(요)
동사 動詞	먹다	먹었고말고(요)	먹고말고(요)
	가다	갔고말고(요)	가고말고(요)
형용사 形容詞	춥다	추웠고말고(요)	춥고말고(요)
	예쁘다	예뻤고말고(요)	예쁘고말고(요)

		이었/였고말고(요)	(이)고말고(요)
명사+이다 名詞＋이다	학생	학생이었고말고(요)	학생이고말고(요)
	친구	친구였고말고(요)	친구고말고(요)

❶ 어떤 일에 대해 동의를 나타내거나 그 일이 당연하다고 생각할 때 사용한다. 對某件事情表示同意或認為那件事情理所當然時使用。

> 例 ▶ ·가: 내일 같이 갈 거지요? 你明天會一起去吧？
>   나: 가고말고요. 當然要去了。
> ·가: 엄마, 저도 어렸을 때 귀여웠어요? 媽，我小時候也很可愛嗎？
>   나: 그럼, 귀여웠고말고. 當然，當然可愛了。

※ 빈칸에 들어갈 말로 알맞은 것을 고르십시오.

가: 내일 제 생일인데, 파티에 올 거지요?

나: _____ .

① 가도 돼요

② 가 봤어요

③ 가고말고요

④ 가서 좋았어요

答案解析

가表示明天是我的生日,你會來參加派對吧?回答應為是與否。選項①表示「允許別人去參加派對」;選項②表示「去看過了」。選項④表示「去了覺得很開心」,以上都不是答案。最後剩下的選項③表示「當然會去」,符合題意,故正確答案為③。

正確答案③

–는 수가 있다 ★

		–는 수가 있다
동사 動詞	남다	남**는 수가 있다**
	보다	보**는 수가 있다**

❶ 어떤 행동이나 상태 때문에 어떤 결과가 생길 가능성이 있다는 것을 나타낸다.

表示因為某個行動或狀態的緣故而有發生某個結果的可能性。

> 例 ▶ • 그렇게 버릇없이 굴다가는 혼나**는 수가 있어.**
>
> 你再那樣沒規矩地亂搞的話，有可能會挨罵。
>
> • 자신의 이익만 생각하다가는 오히려 손해를 보**는 수가 있다.**
>
> 若只考慮到自身的利益，反而有可能遭受損失。
>
> • 과거에 대한 반성 없이 미래만 생각하면 같은 잘못을 저지르**는 수가 있다.**
>
> 若不反省過去只想著未來，將來可能會犯下同樣的失誤。

주의사항 注意事項

● 결과는 주로 부정적인 것이 많다. 結果多為負面的句子。

▶ '–는 수가 있다'는 '–을 지도 모르다'와 바꾸어 사용할 수 있다.

「–는 수가 있다」可以跟「–을 지도 모르다」替換使用。

> 例 ▶ • 감기가 심해지면 목이 붓**는 수가 있어요.**
>
> 感冒如果變嚴重，喉嚨可能會腫起來。
>
> = 감기가 심해지면 목이 부**을 지도** 몰라요.

※ 다음 밑줄 친 부분과 바꾸어 쓸 수 있는 것을 고르십시오.

> 설날에는 고향에 가는 표를 미리 사 놓지 않으면 <u>못 가는 수가 있어요.</u>

① 못 갈 지도 몰라요

② 못 갈 정도예요

③ 못 갈까 해요

④ 못 갈 리 없어요

答案解析

本題大意為，過年回老家的車票若不提前買好，很有可能會回不去。底線部分表可能性。選項②的「-을 정도이다」表示程度；選項③的「-을까 하다」表意圖或計畫；選項④的「-을 리 없다」表示不可能，以上都不是答案。而選項①「-을 지도 모르다」表示「搞不好會回不去」，故正確答案為①。

正確答案①

398_ 144 -는 수가 있다

145 −는 체하다 ★

		−(으)ㄴ 체하다	−는 체하다
동사 動詞	먹다	먹**은 체하다**	먹**는 체하다**
	보다	본 **체하다**	보**는 체하다**

		−(으)ㄴ 체하다
형용사 形容詞	작다	작**은 체하다**
	예쁘다	예쁜 **체하다**

		인 체하다
명사+이다 名詞＋이다	학생	학생**인 체하다**
	친구	친구**인 체하다**

❶ 행동이나 상태를 실제와 다르게 꾸미는 태도를 나타낸다.
表示將行動或狀態修飾得與實際情況不一樣的態度。

例 ▶ ・그 사람은 나를 봤는데도 모르**는 체했**어요. 那個人看到我卻裝作不認識。
　　・집에 가고 싶어서 학교에서 아픈 **체했**어요. 因為想回家，所以在學校裝病。
　　・채팅을 하고 있었지만 중요한 일을 하고 있**는 체했**어요
　　　雖然在聊天，但裝作在處理重要的事情。

▶ '−는 체하다'는 '−는 척하다'❶³⁵와 바꾸어 사용할 수 있다.
「−는 체하다」可以跟「−는 척하다」替換使用。

例 ▶ ・친구는 내 비밀을 알고 있지만 계속 모르**는 체했**어요.
　　　朋友雖然知道我的秘密，卻一直裝作不知道的樣子。
　　　= 친구는 내 비밀을 알고 있지만 계속 모르**는 척했**어요.

unit 29
其他

※ 밑줄 친 부분을 같은 의미로 바꾸어 쓴 것을 고르십시오.

가: 어제 본 영화 어땠어요? 정말 무섭다고 들었는데.

나: 정말 무서웠는데 여자 친구 때문에 안 <u>무서운 체했어요</u>.

① 무서운 셈이에요

② 무서운 척했어요

③ 무서울 뻔했어요

④ 무서울 지경이에요

–다니 ★

1. 알아두기　常見用法

동사 動詞		–았/었다니	–다니	–(으)ㄹ 거라니
	먹다	먹**었다니**	먹**다니**	먹**을 거라니**
	가다	갔**다니**	가**다니**	갈 **거라니**

형용사 形容詞		–았/었다니	–다니	
	좋다	좋**았다니**	좋**다니**	
	예쁘다	예**뻤다니**	예쁘**다니**	

명사+이다 名詞＋이다		이었/였다니	(이)라니	
	학생	학생**이었다니**	학생**이라니**	
	친구	친구**였다니**	친구**라니**	

❶ 어떤 사실이나 상황이 놀랍거나 믿을 수 없을 때 사용한다.
　某個事實或情況很驚人，或是讓人無法相信時使用。

> 例► ・저렇게 빨리 달릴 수 있**다니** 정말 신기하군요.
>   居然能跑得那麼快，真是太神奇了。
> ・봄인데도 이렇게 춥**다니** 너무 이상해요. 春天還這麼冷，太奇怪了。
> ・그 사람이 50대**라니** 믿을 수 없어요. 저는 30대인 줄 알았어요.
>   那個人居然有 50 幾歲，真讓人無法相信。我以為才 30 幾歲呢。

주의사항 注意事項

● 문장의 끝에 올 때 '–다니(요)'의 형태로 사용할 수 있다.
　接在句尾時，可以使用「–다니(요)」的形態。

> 예 친구가 나에 대해 나쁜 말을 하다니…… 朋友居然說我壞話…
> ＝ 친구가 나에 대해 나쁜 말을 하다니 믿을 수 없어요.
> 벌써 밤 12시라니요? 居然已經晚上 12 點了？
> ＝ 벌써 밤 12시라니 말도 안 돼요.

※ 다음 두 문장을 바르게 연결한 것을 고르십시오.

공부를 하나도 안 한 친구가 1등을 하다/믿을 수 없다

①공부를 하나도 안 한 친구가 1등을 하느라고 믿을 수 없어요.

②공부를 하나도 안 한 친구가 1등을 하다시피 믿을 수 없어요.

③공부를 하나도 안 한 친구가 1등을 하다니 믿을 수 없어요.

④공부를 하나도 안 한 친구가 1등을 하다가 믿을 수 없어요.

答案解析

本題要選出正確連結的兩個句子。前後兩句之間的關係為（不可置信的）理由依據。選項①的「ㅡ느라고」表示理由，且前後子句的主詞必須相同；選項②的「ㅡ다시피」表聽者已經知道的資訊；選項④的「ㅡ다가」表示持續中轉換，以上都不是答案。而選項③表示「完全沒有念書的同學居然考了第一名，讓人難以置信」，正確答案為③。

正確答案③

147 어찌나 –는지 ★

		어찌나 –았/었는지	어찌나 –는지
동사 動詞	먹다	**어찌나 먹었는지**	**어찌나 먹는지**
	사다	**어찌나 샀는지**	**어찌나 사는지**

		어찌나 –았/었는지	어찌나 –(으)ㄴ지
형용사 形容詞	작다	**어찌나 작았는지**	**어찌나 작은지**
	크다	**어찌나 컸는지**	**어찌나 큰지**

❶ 선행절의 내용을 강조하며 그것이 후행절의 원인이 될 때 사용한다.
強調前子句的內容，且該內容成為後子句的原因時使用。

> 例 ▶ • 가: 이번 여름은 날씨가 **어찌나** 더운**지** 밖에 나가고 싶지가 않네요.
> 今年夏天的天氣太熱了，以至於不想外出。
> 나: 맞아요. 너무 더워서 짜증이 날 정도예요. 對啊，太熱了熱到很煩。
> • 아까 맛있다고 밥을 **어찌나** 많이 먹**었는지** 지금도 배가 불러요.
> 剛剛說好吃結果吃了很多飯，到現在肚子都還很撐。

주의사항 注意事項

● 동사를 사용할 때 '잘, 많이, 자주, 열심히'등의 부사와 함께 자주 사용된다.
若使用動詞時，經常與「잘, 많이, 자주, 열심히」等副詞一起使用。

例 한국 요리를 어찌나 잘 먹는지 한국 사람 같아요.고 很會吃韓國料理，都像韓國人了。

▶ '어찌나 –는지'는 '얼마나 –는지'와 바꾸어 사용할 수 있다.
「어찌나 –는지」可以跟「얼마나 –는지」替換使用。

> 例 ▶ • 옆집이 **어찌나** 시끄러운**지** 잠을 잘 수가 없다. 隔壁很吵所以我無法睡覺。
> = 옆집이 **얼마나** 시끄러운**지** 잠을 잘 수가 없다.

unit 29
其他

※ 다음 문장의 의미를 가장 잘 설명하고 있는 것을 고르십시오.

> 내 친구는 목소리가 어찌나 작은지 옆에 있는 사람도 잘 들을 수가 없어요.

① 내 친구의 목소리가 아주 작아서 사람들이 잘 듣지 못한다.

② 내 친구의 목소리가 아주 작지만 사람들이 듣는 데에 문제가 없다.

③ 내 친구의 목소리가 더 작다면 사람들이 잘 듣지 못했을 것이다.

④ 내 친구의 목소리가 더 작다면 몰라도 사람들이 듣는 데에 문제가 없다.

答案解析

題目的意思是，「我朋友的聲音太小了，就連旁邊的人也聽不清楚」。選項②為「雖然我朋友的聲音很小，但是人們要聽他說話都沒有問題」；選項③為「如果我朋友的聲音再小一點，人們就聽不到了」；選項④的「–다면 몰라도」表示為「如果我朋友的聲音再小一點也許聽不到，但是人們聽他說話都沒有問題」，以上三個都不符合題意。而選項①表示「因為我朋友的聲音很小，所以人們聽不清楚」，正確答案為①。

正確答案①

404_　147 어찌나 –는지

–으리라고 ★

		–았/었으리라고	–(으)리라고
동사 動詞	먹다	먹**었으리라고**	먹**으리라고**
	합격하다	합격**했으리라고**	합격하**리라고**
형용사 形容詞	작다	작**았으리라고**	작**으리라고**
	크다	**컸으리라고**	크**리라고**

		이었/였으리라고	(이)리라고
명사+이다 名詞+이다	학생	학생**이었으리라고**	학생**이리라고**
	친구	친구**였으리라고**	친구**리라고**

❶ 어떤 일에 대한 추측을 나타낼 때 사용한다. 表示對某件事情的推測時使用。

例▶ • 열심히 공부했으니까 꼭 합격하**리라고** 믿어요.
  你這麼努力念書，我相信你一定會合格。
 • 같은 학교 학생이니 우연히 한번쯤은 만나**리라고** 생각해.
  因為是同一所學校的學生，我想應該偶爾會碰上一次吧。
 • 그 사람이 지영 씨 친구**였으리라고** 생각하지 못했어요.
  沒想到那個人曾是智英的朋友。

주의사항 注意事項

● '–으리라고' 뒤에 '믿다, 생각하다, 보다' 등의 동사가 자주 온다.
  「–으리라고」後面常接「믿다, 생각하다, 보다」等動詞。

● '생각, 예상, 추측, 믿음' 등의 명사 앞에서 '–으리라는 N' 형태로 사용한다.
  在「생각, 예상, 추측, 믿음」等名詞前使用「–으리라는 N」的形態。
  예 나는 그 사람이 거짓말을 하지 않으리라는 <u>믿음</u>을 가지고 있어요.
                        (명사) 名詞
  我對那個人有一股他不會說謊信念存在。

TIP

이 문법은 '-으리라고는 상상도 못하다'의 형태로 자주 사용돼요.
這個文法常使用「-으리라고는 상상도 못하다」的形態。

'-으리라고는 상상도 못하다'의 의미는 어떤 일에 대해서 생각조차 못하고 있었다는 것을 나타내요. 그래서 정말 생각지도 못한 깜짝 놀란 일이라는 것을 표현할 때 사용해요.
「-으리라고는 상상도 못하다」的意思是表示之前對某件事情連想都沒有想過。所以，要表達真的連想都沒有想到，令人驚訝的事情時使用這個文法形態。

例 네가 이번 시험에서 1등을 하리라고는 상상도 못했어.
我想都沒有想過你這個學期考試會第一名。

2. 확인하기　小試身手

※ 밑줄 친 부분에 가장 알맞은 것을 고르십시오.

가: 만나기만 하면 싸우던 두 사람이 다음 주에 결혼을 한다니 정말 믿을 수 없었어요.

나: 저도 _____ .

① 두 사람이 결혼하리라고는 상상도 못했어요

② 두 사람이 결혼 안 한다면 믿지 못했을 거예요

③ 두 사람이 사이가 나쁘다고 생각지도 못했어요

④ 사이가 좋은 두 사람이 결혼할 거라고 믿었어요

答案解析

가表示「只要見面就吵架的兩個人下禮拜居然要結婚了，真令人難以置信」，而나的態度則是「저도」，表示兩人的立場相同，本題要選出一個最適當的回答方式。選項②為「如果兩個人不結婚，我是不相信的」；選項③為「無法想像他們兩人關係不好」；選項④為「我也一直相信關係好的兩個人將來會結婚」，這三個都不是答案。而選項①表示「我想都沒有想過他們倆會結婚」，符合題意，故正確答案為①。

正確答案①

149 | –을락 말락 하다 ★

		–(으)ㄹ락 말락 하다
동사 動詞	닿다	닿을락 말락 하다
	보이다	보일락 말락 하다

❶ 어떤 일이 거의 일어날 것 같다가 안 일어남을 나타낸다.
表示某件事情似乎差點就要發生了，卻沒有發生。

例 • 잠이 겨우 들락 말락 했는데 전화 소리에 깼어요.
　　好不容易快要睡著，卻被電話聲吵醒了。
• 바람이 부니까 잎이 떨어질락 말락 해요. 風一吹，樹葉差點就要掉下來了。
• 손을 뻗긴 뻗었는데 닿을락 말락 해요. 手是伸直了，但搆不到。

2. 확인하기   小試身手

> ※ 다음 밑줄 친 부분에 알맞은 것을 고르십시오.
>
> 가: 하늘을 보니까 비가 _____ .
>
> 나: 그러네요. 아침에 뉴스에서 그냥 흐리다고만 했었는데.
>
> ① 올 뿐이에요　　　　　② 올 뻔했어요
>
> ③ 올까 해요　　　　　　④ 올락 말락 해요

答案解析

本題가的意思是「看天空的樣子，似乎快下雨了」，나回答的態度是肯定的그러네요（是啊），「早上的新聞只說陰天而已」。選項①的「–을 뿐이다」表示除了前句的事實以外沒有其他的了；選項②的「–을 뻔하다」表示幾乎要發生；選項③的「–을까 하다」表意圖，這三個都不是答案。而選項④表示「似乎即將要發生但還沒發生」，正確答案為④。

正確答案④

−지 그래(요)? ★

		−지 그래(요)?
동사 動詞	먹다	먹**지 그래(요)?**
	가다	가**지 그래(요)?**

❶ 다른 사람에게 어떤 일을 하기 권하거나 추천할 때 사용한다.
　勸說或推薦他人做某件事情時使用。

例 ▶ ·가: 내일 회사 면접이 있는데 어떤 옷을 입어야 할지 고민이에요.
　　　明天要去公司面試，我在苦惱應該穿什麼樣的衣服。
　　나: 지난번에 산 검은색 양복을 입**지 그래요?**
　　　你怎麼不穿上次買的那套黑色西裝？
　·가: 감기에 걸렸는지 목이 너무 아프네. 不曉得是不是感冒了，喉嚨好痛啊。
　　나: 그럼 꿀물을 마셔 보**지 그래?** 那你要不要喝喝看蜂蜜水？

※ 밑줄 친 문장과 의미가 같은 것을 고르십시오.

　가: 내일이 어머니 생신인데 뭘 선물하면 좋을지 모르겠어요.

　나: 요즘 날씨가 추워졌으니까 따뜻한 장갑을 선물하면 어때요?

① 선물할까 봐요.　　　　　② 선물해 놓으세요.

③ 선물하게 할까요?　　　　④ 선물하지 그래요?

答案解析

가說明天是媽媽的生日，但不知道送什麼比較好，나表示最近天氣變冷了，送個溫暖的手套當禮物如何？
底線部分意為提示做法，建議他人如此做。選項①的「−을까 보다」表自己的意圖；選項②的「−아/어
놓다」表示事先已經做了的某種行動，其狀態持續的樣子；選項③的「−게 하다」表指使其他人行動，以
上都不是答案。而選項④「−지 그래요?」表示「何不…」，符合題意，故正確答案為④。　　正確答案④

1 다음 밑줄 친 부분과 의미가 비슷한 것을 고르십시오.

> 고향에 <u>도착하는 대로</u> 전화해 주세요.

❶ 도착했으니까   ❷ 도착하자마자

❸ 도착하더라도   ❹ 도착하기 전에   134

2 ( ) 안에 알맞은 것을 고르십시오.

> 가: 너는 민호 씨 이야기가 재미있나 봐. 민호 씨가 얘기만 하면 웃잖아.
> 나: 아니야. 나도 재미없는데 그냥 예의상 ( ).

❶ 재미있을 거야   ❷ 재미있었으면 해

❸ 재미있을까 봐 걱정이야   ❹ 재미있는 척하는 거야   135

3 다음 ( )에 알맞은 말을 고르십시오.

> 가: 죄송하지만 부탁하신 일이 아직 안 끝났습니다.
> 나: 그럼, 시간을 더 줄 테니까 ( ) 이메일로 보내
> 주세요.

❶ 완성할 만큼   ❷ 완성하느라고

❸ 완성하는 대로   ❹ 완성하는 정도로   134

4 다음 두 표현을 가장 알맞게 연결한 것을 고르십시오.

> 한국어를 공부하다/더 어렵다는 생각이 들다

❶ 한국어를 공부할 뿐이지 더 어렵다는 생각이 들어요.

❷ 한국어를 공부할수록 더 어렵다는 생각이 들어요.

❸ 한국어를 공부할까 봐서 더 어렵다는 생각이 들어요.

❹ 한국어를 공부할 정도로 더 어렵다는 생각이 들어요.   138

unit 29
其他

5 (   ) 안에 알맞은 것을 고르십시오.

> 가: 오늘 수업 내용은 정말 어렵더라. 그런데 수업 시간에 보니까 너는 다 이해한 것 같더라.
> 나: 아니야. 교수님이 자꾸 나를 보시길래 잘 모르면서 그냥 (
>   ) 했어.

❶ 이해할 줄   ❷ 이해할 법
❸ 이해하는 척   ❹ 이해하는 셈   ⑬⑤

6 밑줄 친 문장의 의미와 같은 것을 고르십시오.

> 가: 어제 회식에서 술을 많이 마셨어요?
> 나: 아니요, 술을 마시기 싫어서 <u>술을 전혀 못 마시는 척했어요.</u>

❶ 술을 마시는 사람을 이해하지 못하겠어요
❷ 술을 같이 마시자고 계속 말했어요
❸ 술을 마실 수 있지만 못 마신다고 했어요
❹ 술을 마시고 싶어도 못 마셔요   ⑬⑤

7 (   )에 들어 갈 적당한 말을 고르십시오.

> 가: 떡볶이가 맵다고 하면서 계속 잘 먹네.
> 나: 맵기는 한데 (   ) 맛있어요.

❶ 먹을 테니까   ❷ 먹어서 그런지
❸ 먹는다고 해도   ❹ 먹을수록   ⑬⑧

8 두 문장을 바르게 연결한 것을 고르십시오.

> 민호가 곧 올 거예요. 그러면 바로 출발하도록 할게요.

❶ 민호가 오기 전에 출발하도록 할게요.
❷ 민호가 오는 데에 출발하도록 할게요.
❸ 민호가 오는 대로 출발하도록 할게요.
❹ 민호가 온다고 해도 출발하도록 할게요.   ⑬④

9 제시된 상황에 맞는 대화가 되도록 밑줄 친 부분에 가장 알맞은 것을 고르십시오.

상황 – 친구와 같이 영화관에서 슬픈 영화를 보고 나왔다.

가: 영화가 정말 슬프고 감동적이었지?
나: 응, 아까 영화를 보다가 _____ .

❶ 눈물이 났어도 괜찮았어   ❷ 눈물이 날 뻔했어
❸ 눈물을 흘릴 리가 없었어   ❹ 눈물을 흘리지 않았을 텐데   139

10 다음 두 표현을 가장 알맞게 연결한 것을 고르십시오.

친구는 많다/더 좋다

❶ 친구는 많으면 많을수록 더 좋습니다.   ❷ 친구는 많든지 적든지 더 좋습니다.
❸ 친구는 많으려고 해도 더 좋습니다.   ❹ 친구는 많으나마나 더 좋습니다.   138

11 다음 (   )에 알맞은 것을 고르십시오.

가: 아이고, 네가 나를 안 잡아 줬으면 계단에서 (   ).
나: 계단이 미끄러우니까 조심해.

❶ 넘어질 텐데   ❷ 넘어질까 해
❸ 넘어진 척했어   ❹ 넘어질 뻔했어   139

12 (   ) 안에 알맞은 것을 고르십시오.

가: 한국어를 정말 잘하시네요.
나: (   ). 아직도 멀었는데요.

❶ 잘하기는요   ❷ 잘하고 말고요
❸ 잘하는 셈이죠   ❹ 잘하는 편이죠   141

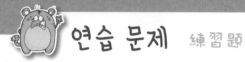

연습 문제 練習題

13 다음 밑줄 친 부분에 가장 알맞은 것을 고르십시오.

> 가: 제가 아까 횡단보도를 건너다가 ＿＿＿＿＿＿＿＿＿＿＿＿ . 정말 깜짝 놀랐어요.
> 나: 또 음악을 듣다가 주변을 보지 않고 길을 건넜지? 엄마가 횡단보도에서는 조심하라고 했잖아.

❶ 사고가 날 뻔했어요 ❷ 길에 자동차가 없던데요

❸ 친구가 길에 쓰러졌어요 ❹ 사람들이 함께 건넜어요 ⑬⑨

14 (   ) 안에 알맞은 것을 고르십시오.

> 가: 미영 씨, 이 음식을 직접 만든 거예요? 요리 실력이 진짜 대단한데요!
> 나: (   ). 평범한 실력에 불과해요.

❶ 대단하나 마나예요 ❷ 대단한 것 같아요

❸ 대단하기는요 ❹ 대단한 체해요 ⑭①

15 밑줄 친 부분과 의미가 같은 말을 고르십시오.

> 가: 휴가 때 어디로 여행을 갈 지 결정했어요?
> 나: <u>쉽게 결정할 수가 없네요.</u> 가고 싶은 곳이 너무 많아서 말이에요.

❶ 여행갈 곳을 결정하기가 힘들어요. ❷ 전혀 힘들지 않게 결정을 했어요.

❸ 별로 힘들지 않게 결정을 했어요. ❹ 결정을 하는 게 이만저만 쉽지 않아요. ⑭⓪

16 빈칸에 들어갈 말로 알맞은 것을 고르십시오.

> 요즘 내 친구 혜경이에게 무슨 일이 있는 것 같다. 성격이 밝고 명랑하던 혜경이는 요즘 만나도 말도 별로 안 하고 내가 말을 해도 (
>   ) 한다.

❶ 듣거나 말다가 ❷ 듣든지 말든지

❸ 듣는 둥 마는 둥 ❹ 들으면 들을수록 ⑭②

17 다음 밑줄 친 부분에 알맞은 것을 고르십시오.

> 가: 이번 주말에 집들이하는데 혹시 와서 좀 도와줄 수 있어?
> 나: 그럼 ＿＿＿＿＿＿＿＿＿＿＿＿ . 몇 시까지 가면 돼?

❶ 도와줄 리 없어
❷ 도와줘 봤어
❸ 도와주고말고
❹ 도와주곤 했어 ⑭³

18 밑줄 친 부분과 바꿔 쓸 말을 고르십시오.

> 가: 여보, 민호는 어디 갔어요?
> 나: 몰라. 아까 밥을 먹는 둥 마는 둥 하더니 나가 버렸어.

❶ 밥을 먹고 또 먹고
❷ 밥을 제대로 안 먹고
❸ 밥을 계속 먹다가
❹ 밥을 전혀 안 먹고 ⑭²

19 다음 밑줄 친 부분과 바꾸어 쓸 수 있는 것을 고르십시오.

> 엄마 말을 계속 안 듣다가는 혼나는 수가 있어요.

❶ 혼날 리가 없어요
❷ 혼날 정도예요
❸ 혼날까 해요
❹ 혼날 지도 몰라요 ⑭⁴

20 밑줄 친 부분을 같은 의미로 바꾸어 쓴 것을 고르십시오.

> 학교에서 공부하기 싫어서 아픈 체했더니 선생님께서 집에 가라고 하셨어요.

unit **29**
其他

❶ 아픈 셈쳤더니
❷ 아픈 척했더니
❸ 아플 뻔했더니
❹ 아플 뿐이었더니 ⑭⁵

연습 문제 練習題

21 밑줄 친 부분에 알맞은 것을 고르십시오.

> 가: 왜 이렇게 늦었어요? _____ .
> 나: 미안해요. 연락하려고 했는데 핸드폰 베터리가 없었어요.

❶ 늦는 척이라도 해야죠
❷ 얼마나 걱정했는지 몰라요
❸ 무소식이 희소식이라고 했잖아요
❹ 얼마나 늦었는지 걱정하고 있었어요 137

22 다음 밑줄 친 부분 중 바른 것을 고르십시오.
❶ 가족들이 모두 옛날 사진을 <u>보던데요</u>.
❷ 계속 통화 중인걸 보니까 <u>바쁜가 봤어요</u>.
❸ 오랜만에 친구를 <u>만나게 되더라도</u> 자주 연락할 거예요.
❹ 오늘 내가 심하게 <u>운동을 하더니</u> 친구가 몸살이 났어요. 136

23 다음 두 문장을 바르게 연결한 것을 고르십시오.

> 4월에 눈이 오다/믿을 수 없다

❶ 4월에 눈이 오느라고 믿을 수 없어요.
❷ 4월에 눈이 오다시피 믿을 수 없어요.
❸ 4월에 눈이 오다니 믿을 수 없어요.
❹ 4월에 눈이 오다가 믿을 수 없어요. 146

24 밑줄 친 부분에 알맞은 것을 고르십시오.

> 가: 요즘 물가가 올라서 만원으로 살 수 있는 물건이 몇 개 없어요.
> 나: 맞아요. 특히 _____ .

❶ 채소값이 얼마나 올랐어요?
❷ 채소를 얼마나 샀는지 알아요?
❸ 채소값이 얼마나 올랐는지 몰라요.
❹ 채소가 얼마인지 모르겠어요. 137

25 밑줄 친 부분에 가장 알맞은 것을 고르십시오.

> 가: 내가 대학교에 일등으로 합격하다니 정말 믿을 수 없어.
> 나: 그러게. 나도 합격은 예상했지만 _____ .

❶ 일등을 하리라고는 상상도 못했어
❷ 일등을 못 했다면 믿지 못했을 거야
❸ 일등을 하는 게 이렇게 어려울 줄 몰랐어
❹ 일등을 한 것은 당연한 결과라고 생각해   148

26 밑줄 친 부분과 의미가 같은 것을 고르십시오.

> 가: 아들이 이번에 대학에 합격했다고 들었어요. 축하해요.
> 나: 고마워요. 합격 소식을 듣기 전까지 <u>얼마나 마음을 졸였는지 몰라요</u>.

❶ 마음이 맞았어요   ❷ 마음이 편했어요
❸ 걱정을 정말 많이 했어요.   ❹ 걱정을 할 필요가 없었어요   137

27 빈칸에 알맞은 것을 고르십시오.

> 가: 수민 씨가 노래를 잘 한다고 (   ) 들어 봤어요?
> 나: 안 그래도 어제 노래방에 같이 갔었는데 정말 잘했어요.

❶ 하고서   ❷ 하도록
❸ 하더니   ❹ 하던데   136

28 다음 밑줄 친 부분에 알맞은 것을 고르십시오.

> 가: 벽에 붙어 있는 종이가 _____ .
> 나: 그러네요. 다시 붙여야겠어요.

❶ 떨어질 뿐이에요   ❷ 떨어질 리가 없어요
❸ 떨어질까 해요   ❹ 떨어질락 말락 해요   149

unit 29
其他

29 밑줄 친 부분과 의미가 같은 것을 고르십시오.

> 눈이 내린 학교가 <u>어찌나 아름다운지</u> 사진을 찍을 수밖에 없네요.

① 아주 아름다워서　　　　　　　② 아주 아름답긴 해도

③ 아주 아름다운 반면에　　　　　④ 아주 아름답도록　　　**147**

30 밑줄 친 문장과 의미가 같은 것을 고르십시오.

> 가: 요즘 밤에 잠이 안 와서 걱정이에요.
> 나: 자기 전에 따뜻한 <u>우유를 마시는 게 어때요?</u>

① 우유를 마실까 봐요.　　　　　② 우유를 준비해 놓았어요.

③ 우유를 마시게 할까요?　　　　④ 우유를 마시지 그래요?　　　**150**

31 빈칸에 알맞은 것을 고르십시오.

> 가: 그 회사 면접에 사람들이 많이 왔다면서요?
> 나: 네. 역시 경쟁률이 _____ .

① 세던데요　　　　　　　　　　② 세면서요

③ 셀까 봐서요　　　　　　　　　④ 셀 리가 없어요　　　**136**

부록 附錄

불규칙 不規則

반말 半語

서술문 書面語

1. '⊏' 불규칙 : 받침이 'ㄷ'인 어간은 모음 '아/어'나 '으'로 시작하는 문법 형태와 결합할 경우 어간 받침 'ㄷ'가 'ㄹ'로 바뀐다. 단, '닫다, 받다'의 경우는 받침의 형태가 변하지 않는다.

「ㄷ」不規則：當終聲為「ㄷ」的語幹和用母音「아/어」或「으」開始的文法形態相結合時，終聲「ㄷ」變為「ㄹ」。但「닫다, 받다」的情況則不改變終聲的形態。

걷다 ▶ 걷 + 어요 → 걸 + 어요 → 걸어요
　　 ▶ 걷 + 으니까 → 걸 + 으니까 → 걸으니까

	-아/어요	-아/어도	-(으)ㄹ 텐데	-(으)면	-(으)니까	-(스)ㅂ니다
걷다	걸어요	걸어도	걸을 텐데	걸으면	걸으니까	걷습니다
듣다	들어요	들어도	들을 텐데	들으면	들으니까	듣습니다
묻다	물어요	물어도	물을 텐데	물으면	물으니까	묻습니다
싣다	실어요	실어도	실을 텐데	실으면	실으니까	싣습니다
닫다	닫아요	닫아도	닫을 텐데	닫으면	닫으니까	닫습니다
받다	받아요	받아도	받을 텐데	받으면	받으니까	받습니다

例 • 많이 걸어야 할 텐데 편한 운동화를 준비하세요.
　　得走很多路，請準備舒適的運動鞋吧。
　• 한국 음악을 들어 보니까 어땠어요?
　　聽了韓國音樂你覺得怎樣？
　• 곧 출발합니다. 어서 차에 짐을 실으세요.
　　馬上就要出發了，請快點把行李放到車上。

2. 'ㅂ' 불규칙 : 받침이 'ㅂ'인 어간은 모음 '아/어'나 '으'로 시작하는 문법 형태와 결합할 경우 어간 받침 'ㅂ'는 없어지고, 모음 '아/어'는 '워'로 '으'는 '우'로 바뀐다. 단, '돕다'의 경우는 모음 '아/어'로 시작하는 문법 형태가 올 경우 '아/어'는 '와'로 바뀐다. 그런데 '입다, 좁다'의 경우는 받침의 형태가 변하지 않는다.

「ㅂ」不規則：當終聲為「ㅂ」的語幹和用母音「아/어」或「으」開始的文法形態相結合時，終聲「ㅂ」脫落，母音「아/어」變成「워」，「으」變成「우」。但若是「돕다」後面接用母音「아/어」開始的文法形態，「아/어」則變為「와」。而「입다, 좁다」的情況則不改變終聲的形態。

| 덥다 | ▶ 덥 + 어요 → 더 + 워요 → 더워요 |
| | ▶ 덥 + 으니까 → 더 + 우니까 → 더우니까 |

	–아/어요	–아/어도	–(으)ㄹ 텐데	–(으)면	–(으)니까	–(스)ㅂ니다
덥다	더워요	더워도	더울 텐데	더우면	더우니까	덥습니다
아름답다	아름다워요	아름다워도	아름다울 텐데	아름다우면	아름다우니까	아름답습니다
고맙다	고마워요	고마워도	고마울 텐데	고마우면	고마우니까	고맙습니다
돕다	도와요	도와도	도울 텐데	도우면	도우니까	돕습니다
입다	입어요	입어도	입을 텐데	입으면	입으니까	입습니다
좁다	좁아요	좁아도	좁을 텐데	좁으면	좁으니까	좁습니다

例
- 날씨가 너무 더운 **탓**에 밤에 잠을 잘 수가 없어요.
  天氣太熱了，所以晚上沒辦法睡覺。
- 지하철역이 가까**워서** 출근하기가 편해요.
  因為離地鐵站很近，所以上班很方便。
- 상희 씨가 입은 옷은 요즘 한창 유행하는 스타일이에요.
  尚熙小姐穿的衣服是最近正在流行的款式。

3. '으' 불규칙: 끝음절이 모음'으'로 끝나는 어간은'아/어'로 시작하는 문법 형태
와 결합할 경우 어간의 '으'는 없어진다.
「으」不規則：當末音節以母音「으」結束的語幹和用「아/어」開始的文法形態相結合時，
語幹的「으」脫落。

| 예쁘다 | ▶ 예쁘 + 어요 → 예뻐요 |

	–아/어요	–아/어도	–(으)ㄹ 텐데	–(으)면	–(으)니까	–(스)ㅂ니다
예쁘다	예뻐요	예뻐도	예쁠 텐데	예쁘면	예쁘니까	예쁩니다
기쁘다	기뻐요	기뻐도	기쁠 텐데	기쁘면	기쁘니까	기쁩니다
고프다	고파요	고파도	고플 텐데	고프면	고프니까	고픕니다
쓰다	써요	써도	쓸 텐데	쓰면	쓰니까	씁니다

• 상희 씨는 하도 예뻐서 인기가 많아요.

　　尚熙小姐實在太漂亮了，所以人氣很旺。

• 아침을 먹는 둥 마는 둥 했더니 배가 너무 고파요.

　　早餐有一口沒一口的吃，現在肚子好餓。

• 벌써 이번 달 월급을 다 써 버렸어요.

　　這個月的薪水已經花光了。

4. '르' 불규칙: 끝음절이 '르'인 어간은 '아/어'로 시작하는 문법 형태와 결합할 경우 어간에 받침 'ㄹ'이 생기고 '으'가 없어진다.

「르」不規則：當末音節為「르」的語幹和用「아/어」開始的文法形態相結合時，產生終聲「ㄹ」，而「으」脫落。

모르다 ▶ 모르 + 아요 → 몰ㄹ + 아요 → 몰라요

	–아/어요	–아/어도	–(으)ㄹ 텐데	–(으)면	–(으)니까	–(스)ㅂ니다
모르다	몰라요	몰라도	모를 텐데	모르면	모르니까	모릅니다
고르다	골라요	골라도	고를 텐데	고르면	고르니까	고릅니다
오르다	올라요	올라도	오를 텐데	오르면	오르니까	오릅니다
부르다	불러요	불러도	부를 텐데	부르면	부르니까	부릅니다

例 • 그 사람을 아무리 불러도 대답을 안 했어요.

　　不管怎麼叫那個人，他就是不回答。

• 요즘 물가가 많이 올랐다고 해요.

　　聽說最近物價上漲很多。

• 친구 생일인데 선물 좀 같이 골라 주세요.

　　我朋友生日快到了，請陪我一起挑生日禮物吧。

5. 'ㅅ' 불규칙: 받침이 'ㅅ'인 어간은 모음 '아/어'나 '으'로 시작하는 문법 형태와 결합할 경우 어간 받침 'ㅅ'이 없어진다.

「ㅅ」不規則：當終聲為「ㅅ」的語幹和用母音「아/어」或「으」開始的文法形態相結合時，終聲「ㅅ」脫落。

짓다 ▶ 짓 + 어요 = 지어요

　　 ▶ 짓 + 으면 = 지으면

	-아/어요	-아/어도	-(으)ㄹ 텐데	-(으)면	-(으)니까	-(스)ㅂ니다
짓다	지어요	지어도	지을 텐데	지으면	지으니까	짓습니다
붓다	부어요	부어도	부을 텐데	부으면	부으니까	붓습니다
젓다	저어요	저어도	저을 텐데	저으면	저으니까	젓습니다
웃다	웃어요	웃어도	웃을 텐데	웃으면	웃으니까	웃습니다
씻다	씻어요	씻어도	씻을 텐데	씻으면	씻으니까	씻습니다

例
- 길에서 넘어져서 발목이 **부었어요**.
  因為在路上跌倒，腳踝腫起來了。
- 동대문은 지은 지 얼마나 됐어요?
  東大門蓋好多久了？
- 제 동생은 자주 웃는 편이에요.
  我弟弟算是笑口常開的類型。

6. '르' 불규칙: 받침이 'ㄹ'인 어간은 모음 'ㄴ, ㅂ, ㅅ'로 시작하는 문법 형태와 결합할 경우 어간 받침 'ㄹ'이 없어진다. 뿐만 아니라 받침이 'ㄹ'인 어간은 모음 '으'로 시작하는 문법 형태와 결합할 경우는 'ㄹ' 받침과 '으'가 없어진다.

「ㄹ」不規則：當終聲「ㄹ」的語幹和用「ㄴ、ㅂ、ㅅ」開始的文法形態相結合時，終聲「ㄹ」脫落。不僅如此，當終聲為「ㄹ」的語幹和用母音「으」開始的文法形態相結合時，終聲「ㄹ」和「으」脫落。

살다 ▶ 살 + ㅂ니다 = 삽니다
　　 ▶ 살 + 는 = 사는
　　 ▶ 살 + 으면 = 살면

	-아/어요	-아/어도	-(으)ㄹ 텐데	-(으)면	-(으)니까	-(스)ㅂ니다
살다	살아요	살아도	살 텐데	살면	사니까	삽니다
놀다	놀아요	놀아도	놀 텐데	놀면	노니까	놉니다
만들다	만들어요	만들어도	만들 텐데	만들면	만드니까	만듭니다
멀다	멀어요	멀어도	멀 텐데	멀면	머니까	멉니다

• 한국에서 산 **지** 벌써 10년이 되었어요.
　　住在韓國已經 10 年了。
　　• 어머니께서 만드**신** 고향 음식을 먹고 싶어요.
　　我想吃母親做的家鄉菜。
　　• 먼 곳으로 이사를 가도 계속 연락합시다.
　　就算搬到遠方也要繼續保持聯繫。

7. 'ㅎ' 불규칙: 받침이 'ㅎ'인 어간은 '아/어'로 시작하는 문법 형태와 결합할 경우 받침 'ㅎ'가 없어지고 '아/어'는 '애'가 된다. 반면에 '으'로 시작하는 문법 형태와 결합할 경우 받침 'ㅎ'는 없어지지만 '아/어'는 변하지 않는다.

「ㅎ」不規則：當終聲為「ㅎ」的語幹和用母音「아/어」開始的文法形態相結合時，終聲「ㅎ」脫落，「아/어」變為「ㅐ」。相對的，若是和用母音「으」開始的文法形態相結合時，雖然終聲「ㅎ」也脫落，但「아/어」卻不改變。

노랗다　▶ 노랗다 + 아요 = 노래요
　　　　▶ 노랗다 + 으니까 = 노라니까

	–아/어요	–아/어도	–(으)ㄹ 텐데	–(으)면	–(으)니까	–(스)ㅂ니다
노랗다	노래요	노래도	노랄 텐데	노라면	노라니까	노랗습니다
까맣다	까매요	까매도	까말 텐데	까마면	까마니까	까맣습니다
하얗다	하얘요	하얘도	하얄 텐데	하야면	하야니까	하얗습니다
그렇다	그래요	그래도	그럴 텐데	그러면	그러니까	그렇습니다

例 • 황사가 심해서 하늘이 노래요.
　　因為沙塵暴很嚴重，天空黃黃的。
　　• 장례식에 갈 때는 까만**색** 옷을 입어야 해요.
　　參加葬禮時，必須穿黑色衣服。
　　• 아이에게 그런 칭찬을 하면 할수록 좋아요.
　　對孩子越是那樣稱讚越好。

1. 알아두기 常見用法

친구나 나이가 비슷한 친한 사람 또는 자기보다 나이가 어린 사람과 이야기할 때 사용한다.
與朋友、年齡相仿的熟人或比自己年紀小的人交談時使用。

가. 평서문/의문문 陳述句／疑問句

동사 動詞		−았/었어	−아/어	−(으)ㄹ 거야
	먹다	먹었어	먹어	먹을 거야
	가다	갔어	가	갈 거야

형용사 形容詞		−았/었어	−아/어	−(으)ㄹ 거야
	작다	작았어	작아	작을 거야
	크다	컸어	커	클 거야

명사+이다 名詞+이다		이었어/였어	(이)야
	학생	학생이었어	학생이야
	친구	친구였어	친구야

例
- 가: 요즘 도나가 통 안 보이던데 어디 **갔어**?
  最近都沒看到多娜，她跑去哪了？
  나: 유학 갔다고 **들었어**.
  聽說去留學了。
- 가: 왜 이렇게 **늦었어**?
  你怎麼這麼晚？
  나: 미안해. 길이 막혀서 어쩔 수가 **없었어**.
  對不起，路上塞車我也沒辦法。
- 가: 아까 이야기하던 사람 **누구야**? 아는 **사람이야**?
  剛剛跟你說話的人是誰啊？認識的人嗎？
  나: 응. 고등학교 때 **친구였어**.
  嗯，是我高中時的朋友。

나. 명령문　命令句

		−아/어	−지 마
동사 動詞	먹다	먹어	먹지 마
	가다	가	가지 마

例
- 가: 배고플 텐데 많이 먹어.
  一定很餓吧？多吃一點。
  나: 고마워. 맛있는 게 많네.
  謝謝，好吃的東西真多啊。
- 가: 뜨거우니까 만지지 마.
  很燙，請不要摸。
  나: 알았어. 큰일 날 뻔했네.
  知道了，差點就出大事了。

다. 청유문　勸誘句

		−자	−지 말자
동사 動詞	먹다	먹자	먹지 말자
	가다	가자	가지 말자

例
- 가: 시간이 없는데 빨리 가자.
  沒時間了，快走吧。
  나: 그래. 조금만 기다려.
  好，你等我一下。
- 가: 하늘을 보니 비가 올 모양이야.
  看天空的樣子，好像要下雨了。
  나: 그러네. 그럼, 오늘 가지 말자.
  是啊。那今天就別去了吧。

2. 더 알아두기 更多用法

높임말 敬語	반말 半語	예문 例句
저는/전	나는/난	저는 학생입니다. → 나는 학생이야.
제가	내가	제가 청소 할게요. → 내가 청소 할게.
(당신은)	너는/넌	(당신은) 누구예요? → 너는 누구야?
(당신이)	네가	(당신이) 혜경 씨예요? → 네가 혜경이야?
저의/제	나의/내	제 여자 친구를 소개 할게요. → 내 여자 친구를 소개 할게.
(당신의)	너의/네	(당신의) 차를 탈 거예요. → 네 차를 탈 거야.
(당신을)	너를/널	(당신을) 사랑해요. → 너를 사랑해.
(당신에게/당신한테)	너에게/너한테	(당신에게) 드릴 선물이 있어요. → 너에게 줄 선물이 있어.
(당신과/당신하고)	너와/너하고	(당신과) 결혼하고 싶어요. → 너와 결혼하고 싶어.
네, 예	응	네, 알겠어요. → 응, 알겠어.
아니요	아니	아니요, 몰라요. → 아니, 몰라.

*당신並非只有尊待一義，吵架、爭執時也會使用。是正反兩用詞。

서술문
書面語

1. 알아두기 　常見用法

보통 책이나 신문기사, 일기 등을 쓸 때 사용한다.
通常用在書籍、新聞報導或日記寫作中。

동사 動詞		–았/었다	–(느)ㄴ다	–(으)ㄹ 것이다
	먹다	먹었다	먹는다	먹을 것이다
	가다	갔다	간다	갈 것이다

형용사 形容詞		–았/었다	–다	–(으)ㄹ 것이다
	좋다	좋았다	좋다	좋을 것이다
	예쁘다	예뻤다	예쁘다	예쁠 것이다

명사+이다 名詞＋이다		이었다/였다	(이)다	일 것이다
	학생	학생이었다	학생이다	학생일 것이다
	친구	친구였다	친구다	친구일 것이다

- 나는 매일 학교에 간다.
  我每天都去學校。
- 어제는 날씨가 좋았다.
  昨天天氣很好。
- 저 분이 김 선생님일 것이다.
  那位應該就是金老師。

연습 문제 정답 練習題解答

unit 1 양보 讓步

1. ① 2. ④ 3. ① 4. ② 5. ① 6. ② 7. ③
8. ④ 9. ① 10. ① 11. ③ 12. ④ 13. ③
14. ② 15.③

unit 2 정도 程度

1. ① 2. ④ 3. ② 4.④ 5. ③ 6. ④
7. 구경해 볼 8. ③ 9. ② 10.② 11. ③
12. ③

unit 3 추측 推測

1. ① 2. ④ 3. ① 4. ③ 5. ④ 6. ①
7. ② 8. ④ 9. ① 10. ③ 11. ③ 12. ③
13. ① 14. ③ 15. ②
16. ② 싫어한가 봐요 → 싫어하나 봐요
17. ③ 18. ③ 19. ②

unit 4 순서 順序

1. ① 2. ③ 3. ② 4. ③ 5. ③ 6. ③ 7. ③
8. ① 9. ① 10. ④ 11. ③ 12. ② 13. ④
14. ④ 15. ③ 16. ②

unit 5 목적 目的

1. ① 2. ② 3. ① 4. ② 5. ① 위한 → 위해
6. ③ 7. ② 8. ② 9. ① 10. ④ 11. ②
12. ①

unit 6 인용(간접화법) 引用（間接引用）

1. ㉣ 돌아가자고 → 돌아가라고 2. ② 3. ②
4. ④ 5. ④ 6. ④

unit 7 당연 當然

1. ④ 2. ③ 3. ② 4. ③

unit 8 한정 限定

1. ② 2. ② 3. ④ 4. ② 5. ③

unit 9 나열 羅列

1. ④ 2. ② 3. ③ 4. ② 5. ④

unit 10 상태지속 狀態·持續

1. ③ 2. ④ 3. ② 4. ① 5. ② 6. ① 7. ①
8. ② 9. ④ 10. ③ 11. ③ 12. ②

unit 11 조건/가정 條件／假設

1. ④ 2. ② 3. ③ 4. ① 5. ① 6. ③ 7. ③
8. ① 9. ④ 10. ③ 11. ④ 12. ③ 13. ③
14. ② 15. ② 16. ③ 17. ②

unit 12 이유 理由

1. ② 2. ③ 3. ③ 4. ③ 했길래 → 하길래
5. ④ 6. ② 7. ④ 8. ① 9. ③ 10. ③
11. ③ 12. ③ 13. ④ 14. ④ 15. ② 16. ④
17. ② 18. ④ 19. ① 20. ② 21. ④ 22. ①

unit 13 사동 使動

1. ③ 2. ① 3. 먹여 4. ① 5. ④ 6. ②

unit 14 기회 機會

1. ① 2. ② 3. ①
4. ② 오는 김에 → 오는 길에 5. ②

unit 15 관형 冠形詞

1. ④ 2. ② 산 → 살 3. ④
4. ① 준비하는 → 준비했던 5. ①

unit 16 반복 反覆

1. ② 2. ③ 3. ① 4. ①

unit 17 완료 結束

1. ④ 2. ④ 3. ① 4. ③ 5. ④

unit 18 정보확인 確認訊息

1. ③ 2. ③ 3. ④ 4. ④ 5. ④

unit 19 대조 對照

1. ② 2. ④ 3. ④ 4. ② 5. ④ 6. ③ 7. ①
8. ④

unit 20 계획 計畫

1. ② 2. ③ 3. ① 4. ④ 5. ③ 6. ③ 7. ④
8. ① 9. ①

unit 21 피동 被動

1. ④ 2. ③ 3. ① 4. ②

unit 22 기준 基準

1. ③ 2. ②

unit 23 바람·희망 期望·希望

1. ③ 2. ④ 3. ①

unit 24 변화 變化

1. ④ 2. ① 3. ②

unit 25 후회 後悔

1. ① 2. ③

unit 26 시간 時間

1. ① 2. ① 3. ② 4. ④

unit 27 선택·비교 選擇·比較

1. ② 2. ① 3. ① 4. ① 5. ③ 6. ③ 7. ③
8. ④ 9. ④ 10. ④ 11. ③

unit 28 조사 助詞

1. ③ 2. ① 3. ④ 4. ③ 5. ① 6. ② 7. ④
8. ② 9. ① 10. ④ 11. ② 12. ③ 13. ②
14. ③ 15. ③ 16. ② 17. ②

unit 29 기타 其他

1. ② 2. ④ 3. ③ 4. ② 5. ③ 6. ③ 7. ④
8. ③ 9. ② 10. ① 11. ④ 12. ① 13. ①
14. ③ 15. ① 16. ③ 17. ③ 18. ② 19. ④
20. ② 21. ② 22. ① 23. ③ 24. ③ 25. ①
26. ③ 27. ④ 28. ④ 29. ① 30. ④ 31. ①

문법색인 文法索引

台灣廣廈 國際出版集團
Taiwan Mansion International Group

國家圖書館出版品預行編目（CIP）資料

NEW TOPIK 新韓檢中高級必修文法150 / 金周衍等著.
-- 新北市：國際學村 ,2017.07
　面；　公分. --
ISBN 978-986-454-043-3
1.韓語　2.語法 3.能力測驗

803.289　　　　　　　　　　　　　　　　106004635

 國際學村

NEW TOPIK 新韓檢中高級必修文法150

作　　者／金周衍／文仙美／　　　編輯中心／第七編輯室
　　　　　劉載善／李知昱／　　　編輯長／伍峻宏・編輯／邱麗儒
　　　　　崔裕河　　　　　　　　封面設計／林嘉瑜・內頁排版／菩薩蠻數位文化有限公司
審　　定／楊人從　　　　　　　　製版・印刷・裝訂／東豪／弼聖／明和

發 行 人／江媛珍
法律顧問／第一國際法律事務所 余淑杏律師・北辰著作權事務所 蕭雄淋律師
出　　版／台灣廣廈有聲圖書有限公司
　　　　　地址：新北市235中和區中山路二段359巷7號2樓
　　　　　電話：（886）2-2225-5777・傳真：（886）2-2225-8052

行企研發中心總監／陳冠蒨
國際版權組／王淳蕙・孫瑛
公關行銷組／楊麗雯
綜合業務組／莊匀青
　　　　　地址：新北市235中和區中和路378巷5號2樓
　　　　　電話：（886）2-2922-8181・傳真：（886）2-2929-5132

代理印務・全球總經銷／知遠文化事業有限公司
　　　　　地址：新北市222深坑區北深路三段155巷25號5樓
　　　　　電話：（886）2-2664-8800・傳真：（886）2-2664-8801
郵 政 劃 撥／劃撥帳號：18836722
　　　　　劃撥戶名：知遠文化事業有限公司（※單次購書金額未達1000元，請另付70元郵資。）

■ 出版日期：2022年01月5刷
ISBN：978-986-454-043-3　　　　版權所有，未經同意不得重製、轉載、翻印。